KÜSS MICH FÜR IMMER

KISS TALENTAGENTUR 6

VIRNA DEPAUL

KLAPPENTEXT

Sie findet ein Portemonnaie (keinen Schuh) und er ist ein Milliardär (kein Prinz), doch dieses Mal dreht Aschenputtel den Spieß um...

Julia

Kostproben in einem Supermarkt anzupreisen, ist nicht gerade mein Traumjob. Und trotzdem bin ich hier, mit einem Tablett in der Hand und einem falschen Lächeln ins Gesicht gekleistert. Das einzige Highlight ist, ihn zu sehen. Ich kenne seinen Namen nicht, aber wenn ich ihn wüsste, würde ich ihn in meinen schmutzigen, von ihm inspirierten Träumen schreien. Er ist verdammt gutaussehend, voller Selbstbewusstsein und Macht. Er hat noch nie mit mir gesprochen. Hat niemals überhaupt in meine Richtung gesehen. Doch eines Tages fällt er mir buchstäblich vor die Füße. Jetzt habe ich seinen Geldbeutel. Ich weiß, wo er wohnt. Und ich habe online Nacktbilder von ihm gefunden.

Es ist nicht die Bruschetta auf ihrem Tablett, die er zu gerne mal probieren möchte...

Bastian

Ich habe Models, Ärztinnen und Firmenchefinnen gedatet, doch irgendetwas an Julia Rominger hat mich fasziniert … und mehr als nur ein bisschen erregt. Vielleicht sind es ihre üppigen Kurven, die mich verrückt machen. Oder die Tatsache, dass sie keine Scheu kennt, mich zum Teufel zu schicken. Wie auch immer – sie hat mich von meiner schlechtesten Seite gesehen - mit meiner besten will ich sie umhauen. Ich weiß genau, wo ich sie berühren, wo ich sie küssen und wie weit ich gehen muss, um sie zum Wahnsinn zu treiben. Doch schon bald ist es nicht mehr genug, Julia zu befriedigen. Ich will sie besitzen. Sie soll mein sein. Und ich werde bis zum bitteren Ende kämpfen, um ihr Herz zu gewinnen.

BÜCHER VON VIRNA DEPAUL

DIE SERIE ‚MIT DEN JUNGGESELLEN IM BETT‘

DIE SERIE, LIEBE AM SPIELFELDRAND

DIE SERIE, KISS TALENTAGENTUR

DIE SERIE, ROCK'N'ROLL CANDY

DIE SERIE, HEIMKEHR NACH GREEN VALLEY

DIE SERIE, ÄRZTE ZUM VERLIEBEN

DIE SERIE, HART WIE STAHL

DIE SERIE, GLÜHEND HEIßE COPS REIHE

DIE SERIE, SEXUALKUNDEROMANE

DIE SERIE, BILLIONAIRE BAY

WALL STREET ROMEO

NAGELPROFIS

ABENTEUER SEX(T)

EIN BILD VON EINEM MANN

SEAL – EIN LEBEN LANG

DER COWBOY, DER MICH LIEBT

VERRÜCKT NACH DEM VERKEHRTEN KERL

Erlösung für einen Vampir

Nacktfotos senden/ löschen

KAPITEL EINS

Kiss Talentagentur

Verweise Ryland
Masters (Rockstar)
an RichCo.org

Julia

Leckende, saugende Geräusche bahnen sich einen Weg in meinen Gehörgang und ein gelegentliches, leises Stöhnen sickert hindurch. Mein Fokus liegt einzig und allein auf dem Mann vor mir und dem Wissen, dass ich ihn fast vor Genuss in die Knie gezwungen habe. Er stöhnt herzhaft, während seine Zähne knabbern und seine Zunge schnipst. Seine Kehle arbeitet, als er schluckt, und seine Finger sind glitschig. Glatt. Suchend.

Mein Körper schaudert.

Vor Ekel.

„Hey, hast du noch mehr Chicken Wings?", fragt Joe Miller.

Joe ist einen Meter fünfundneunzig groß und ehemaliger Profi-Footballspieler, der jetzt an der örtlichen Highschool unterrichtet. Er lässt sich die Kostproben schmecken, die ich in Cooper's Supermarkt & Drogerie aushändige, und leckt sich noch immer die Soße von den Fingern, als wäre er ein Kleinkind und kein erwachsener Mann.

Ich versuche, keine Grimasse zu ziehen. Denn ich weiß, dass

ich keine Chicken Wings mehr habe, will aber nicht, dass sich Joe beim Manager über zu kleine Portionen beschwert.

Das kommt davon, wenn man nach einer Beförderung fragt. Statt hinter der Kasse zu arbeiten, verdiene ich nun einen Dollar mehr pro Stunde, indem ich als kulinarisches Äquivalent derjenigen arbeite, die vorbeigehende Passanten mit Parfum besprühen. Ich schiele zu den Ausstellungsproben – mein doppeltes Angebot aus Kokosnuss-Curry-Wings und Spargel soll sowohl Gesundheitsfreaks als auch abenteuerliche Esser begeistern. Ein einsamer Chicken Wing liegt auf einem rot-weiß-karierten Papierteller, der so aussieht wie die Pommes-Frites-Schalen an der Tankstelle, nur kleiner. Ein identisches Tablett beinhaltet portionierte grüne Stängel der Gesundheit (ich sage ihnen ständig, dass roher Spargel nicht essbar sei, aber niemand hört auf mich).

Joe schaut nicht mal in die Richtung des Spargels und ich kann es ihm nicht verübeln.

Ich bin kein Fan von Curry, aber wenn etwas verdammt vielen Kalorien hat – jederzeit.

Joe beäugt die winzige Chicken Wing Probe, als würde er berechnen, ob es sich lohnt, sie zu essen, oder ob er mich darum bitten soll, nach hinten zu gehen und größere zu holen. Ich lächele, hoffe, dass er weggeht.

Meine Füße fühlen sich an, als stünde ich seit fünf Jahren ohne Pause an dieser Stelle, aber ich weiß, dass das nicht stimmt. Ich habe sie an Kasse Drei verbracht – deshalb kenne ich fast jeden, der hier durch die Tür kommt.

Es könnte schlimmer sein. Es könnte so sein, wie es damals war, als all meine Freunde von der Highschool ihren Abschluss am College machten und nach Hause kamen, um ihre Sachen zusammenzupacken und dort hinzuziehen, wo es sie als nächstes hin verschlug, sei es zur Gradschool oder zu tollen neuen Jobs.

Wenn ich daran denke, dass ich hier festsitze, erinnere ich mich daran, dass ich zumindest für Mr. Cooper, den Besitzer, arbeite, auch wenn ich der neuen Managerin, die er kürzlich eingestellt hat, She-Hulk, nicht gerade freundlich gegenüberstehe. Cooper's gehört einer Familie aus der Gegend und Mr. Cooper hat mir eine Chance gegeben, als niemand sonst es wollte. Außerdem: Ich werde hier nicht für immer arbeiten müssen, um meinen Lebensunterhalt zu verdienen.

Gott, bitte lass das nicht für immer mein Leben sein.

„Hier, Joe", sage ich schließlich, da Joe offensichtlich nicht gehen wird, bevor ich seinen Appetit nach mehr Wings gestillt habe. Ich händige ihm das kleine Tablett samt Hähnchenflügel aus, außerdem mehrere Servietten.

Er schiebt den Flügel mit einem Bissen in seinen Mund.

Sofort bedeckt Soße sein Gesicht und tropft auf das graue T-Shirt, das er trägt und bereits von vorhin Soßenflecken aufweist. Wieder einmal unterdrücke ich eine Grimasse, als er am Knochen saugt. Es klingt wortwörtlich so, als würde er sein Essen inhalieren.

„Danke." Joe gibt mir das leere Tablett zurück, anstatt es in den Mülleimer vor uns zu werfen.

Ich blicke auf das Tablett, keine Knochen in Sicht, und dann zurück zu Joe. Ich will ihn fragen, ob er die Knochen gegessen hat, doch dann passiert ein Mann meinen Stand und ich bin sprachlos.

Ich bin sprachlos, punkt.

Ich reagiere genauso wie die letzten fünf Male, als ich ihn gesehen habe.

Nein, ich kenne seinen Namen nicht, aber ja, ich weiß genau, wie oft er im Laden war, zumindest während meiner Arbeitszeiten. Zum ersten Mal kam er vor etwa zwei Monaten, an verschiedenen Tagen und Uhrzeiten, um die Vitamine unter die Lupe zu nehmen.

Er ist groß. Schwer, muskulös und außerordentlich gutaussehend mit kurzem, dunklem Haar und kantigen Gesichtszügen. Er trägt ein ausgeblichenes T-Shirt, das seinen straffen Oberkörper betont, und eine Jeans, die ein beeindruckendes Paket und einen festen Arsch bedeckt. Obwohl er lässig gekleidet ist, strahlt er Selbstsicherheit und Stärke aus.

Er hat noch nie ein Wort mit mir gewechselt. Noch nie in meine Richtung geschaut. Er könnte der größte Arsch auf dem Planeten sein und das wäre eine verdammte Schande, denn ich denke gerne, dass er innerlich genauso wunderschön ist wie äußerlich.

Jedes Mal wenn ich ihn sehe, überkommt mich ein vertrautes Gefühl, aber ich weiß nie, warum. Ich verbringe viel Zeit damit, davon zu träumen, wovon er lebt. Und jedes Mal ende ich damit, ihn als eine Art Filmstar zu betrachten, obwohl ich mir nicht vorstellen kann, was er dann in Rutherford tun würde, vor allem in diesem Viertel.

Er sieht jedenfalls wie ein Filmstar aus, mit kräftigem Kiefer und hohen Wangenknochen, die jedes Mädchen zum Kreischen bringen würden. Und dunkle Augen, die sogar aus der Ferne jeden, der so viel Glück hat, im Kreuzfeuer zu landen, verführen und ertränken können.

Heute jedoch überkommt mich die Vorstellung von ihm in schickem Anzug samt Krawatte als absoluter Herrscher eines Bürogebäudes irgendwo in gewaltigen Höhen von Downtown Rutherford.

„Mädchen, er spielt so weit außerhalb deiner Liga."

Ruckartig drehe ich mich zu der Seite, aus der die Stimme kommt. Joe ist weg, dafür steht da nun Kevin, mein bester Freund, Kollege und stetiger Befähiger. Er ist groß und dünn und seine Augen gleichen den meinen so sehr, dass sich schon viele gefragt haben, ob wir Geschwister sind. Sein Haar ist vorsätzlich zerzaust und sein Shirt immer gebügelt. Er ist von Kopf bis Fuß peinlich sauber. Normalerweise ist er der stereotypische schwule, beste Freund, von dem jedes Mädchen träumt, aber verdammt noch mal, er lenkt mich von Big Sexy ab und ich weiß, dass dieser bald gehen wird. Er bleibt nie lange.

Ich habe noch nie jemandem von meiner intensiven Reaktion ihm bezüglich erzählt, nicht einmal meinem besten Kumpel. Doch eins ist sicher: Ob Big Sexy ein netter Kerl ist oder nicht, Kevin hat recht – er spielt weit außerhalb meiner Liga. Das bedeutet nicht, dass ich ihn nicht bewundern sollte, solange ich kann.

„Danke, Kevin", sage ich mit ausdruckslosem Gesicht. „Danke, dass du eine Abrissbirne mitten in mein Selbstbewusstsein schlägst."

„Ich versuche nur, dich vor Kummer zu schützen."

„Kummer? Ich habe ihm schöne Augen gemacht, was vermutlich die meisten tun. Ich verliebe mich ja schließlich nicht in…"

„Diesen Arsch?" Er schielt genau wie ich zurück zu Big Sexy. Während wir ihn beobachten, kauert sich Big Sexy plötzlich auf den Boden, um die Vitamine im untersten Regal zu begutachten. „Dieser Arsch ist es wert, sich in ihn zu verlieben", fügt Kevin hinzu.

„Er spielt nicht in deiner Liga, Kevin", werfe ich zurück. Dann kichere ich leise. „Warum starten wie diese Endlosdebatte wegen eines totalen Fremden?"

„Wegen dieses Arsches!"

Ich schaue noch einmal verstohlen hin. „Das ist ein schöner Arsch."

„Gott hat etwas mehr Zeit mit diesem Hinterteil verbracht."

„Und dem Lächeln."

„Woher willst du wissen, wie es aussieht, wenn er lächelt?"

„Wie du weißt, habe ich eine blendende Vorstellungskraft."

„Stellst du dir sein Lächeln vor oder nach dem Sex mit dir vor?"

„Beides, natürlich." Spielerisch stoße ich seine Schulter an, doch schon bald liegen unsere Blicke wieder auf Big Sexy.

„Kevin Dorsey zum Kundendienst." She-Hulk ruft Kevin über die Sprechanlage aus. „Kevin Dorsey zum Kundendienst."

Er stöhnt, geht aber ohne zu zögern weiter. She-Hulk

erwartet Pünktlichkeit in allen Aspekten des Jobs – vor allem wenn sie uns zusammenscheißen will. She-Hulk (tatsächlicher Name: Sheila) – groß, blond und schlank – ist gut in ihrem Job, aber ihre Stimmung schwingt hin und her wie ein Pendel. Man weiß nie, woran man bei ihr ist.

Als Kevin an Big Sexy vorbeigeht, greift er in seine Hosentasche, fischt sein Handy heraus und bereitet die Kamera vor. Als er das Vitaminregal passiert, blickt er mich mit verschmitztem Lächeln an und macht schnell ein Foto von Big Sexys Arsch.

Ich zucke zusammen, als Big Sexy sich umdreht und Kevin erwischt.

Vielleicht ist er wirklich ein Filmstar, denn er scheint nicht überrascht zu sein. Oder vielleicht hat er das Handy nicht gesehen. Doch er reckt seinen Hals weiter und blickt nach hinten, bis sein Blick auf meinen trifft.

Gott, diese Augen. So perfekt. Ich spüre seinen Blick in jedem Teil meines Körpers.

Dann lächelt er sanft und ich schwöre, etwas in mir, von dem ich nicht wusste, dass es kaputt war, rastet hörbar ein. Mit diesem einen Lächeln hat Big Sexy mich vervollständigt. Mich wieder ganz gemacht.

Diese traumhaften Lippen, die mich necken und erregen. So rot. So sinnlich. So verdammt küssbar.

Ich fühle eine Verbindung. Er sieht direkt durch mich hindurch und ich…

O Gott, ich starre!

Ich schlage meinen Kopf zur Seite und drehe mich um, dabei verflechte ich meinen Fuß auf seltsame Weise. Ich bin nicht beweglich genug, um eine sanfte Korrektur durchzuführen, und so kollidiere ich mit dem Stand. In Slow Motion droht der Tisch, der mit Schongarer, leeren Tellern und einem Dutzend Spargelstängeln ausgestattet ist, zu fallen.

Ich keuche vor Angst, als ich mir vorstelle, wie mein Name über die Lautsprecher ausgerufen wird.

Bitte in Gang Fünf aufräumen, wo Big Sexy Julia Rominger angelächelt und sie deshalb das Kostproben-Mädchen-Äquivalent zum ‚sich in die Hosen machen' vorgeführt hat.

Ich würde es She-Hulk zutrauen, so etwas zu tun.

Dann würde Big Sexy meinen wirklichen Namen kennen, anstatt der Bezeichnung, die er im Moment vermutlich für mich erfindet: *das gruselige Mädchen, das mich anstarrt und sich zum Narren macht.*

Zum Glück, nach ernsthaftem Strampeln, bin ich in der Lage, mich am Tisch festzuhalten und sowohl ihn und mich zu stabilisieren, bevor ich auf dem Hintern lande. Mit klopfendem Herzen, zitternden Beinen und flammendem Gesicht (flammender als das der Jungfrau im Bachelor, wenn die Kamera für den ach so *perfekten* ersten Kuss hineinzoomt) atme ich tief durch.

Ich weigere mich, zu Big Sexy hinüberzuschauen.

Ich kämme mit einem Finger durch mein Haar, eine nervöse Angewohnheit, die ich seit meiner Zeit als schüchternes Kind nicht loswerden konnte.

Dann kann ich nicht anders. Ich drehe mich wieder zu ihm.

Und schreie fast vor Überraschung, als ich feststelle, dass er direkt vor mir steht.

„Hallo", sagt er.

Ich blinzele und mein Gesicht erfährt eine weitere Runde leuchtender Röte.

„Also, was ist heute im Angebot?", fragt er.

„Wie bitte?"

„Chicken Wings, hm?" Er untersucht die Packung und die Soßenreste im Schongarer.

„Ähm, ja. Es ist mir gerade ausgegangen, aber ich kann…" Er wartet, als wäre er tatsächlich an einer *Alternative* zu Chicken Wings interessiert. „Naja, ich kann mehr holen?"

Er nickt. „Okay", sagt er. „Es stört mich nicht, zu warten."

„Bist du sicher?", frage ich ihn.

„Ich bin sicher."

Als ich um den Tisch herumgehe, verlagert er sein Gewicht und unsere Arme berühren sich. Der Körperkontakt bringt meinen Körper zum Beben und ich zittere noch mehr, als ich einen Hauch seines Dufts wahrnehme – etwas Würziges mit Zitronenakzenten, die mich danach sehnen lassen, zu stöhnen, mich an ihn zu klammern und ihn wie eine Eiswaffel abzulecken. Irgendwie schaffe ich es, einige Meter zu gehen, bevor ich über die Schulter spähe, um sicherzugehen, dass er nicht abgehauen ist. Er besieht sich ein Blumendisplay in der Nähe meines Standes und ich will ihm sagen, dass ich eine Blume habe, die er untersuchen kann. Doch es besteht keine Chance, dass er Interesse an mir hat. Er spielt nicht nur außerhalb meiner Liga – er ist so weit weg, dass wir nicht einmal dasselbe Spiel spielen.

Ich eile nach hinten zur Angestellten-Toilette und prüfe meine Haare. Ich weiß nicht warum, aber siehaben die Tendenz, bei der Arbeit platt nach unten zu hängen. Mein goldenes Haar soll springen. Wenn es voller Leben ist,sehe auch ich aus wie das blühende Leben, richtig? Ich fahre meine Finger durch die Haare und plustere sie auf, gebe ihnen etwas Schwung und Volumen zurück. Mein Make-Up passt. Ich könnte etwas Lippenpflege oder Lipgloss vertragen, aber ich feuchte meine Lippen einfach mit etwas Wasser aus dem Wasserhahn an und tupfe sie mit einem Papierhandtuch trocken.

Dann richte ich mein Arbeitsshirtund gehe sicher, dass es gerade sitzt. Ich öffne den obersten Knopf und ziehe es etwas nach unten um ein bisschen Ausschnitt zu zeigen, ihm einen Vorgeschmack meiner Kurven zu geben. Dann schüttele ich den Kopf, als ich das Lebensmittelgeschäft-Kostproben-Mädchen vor mir im Spiegel sehe. Es hat keinen Sinn. Ich bin so langweilig, wie es nur irgendwie möglich ist. Ich wiege auch einiges mehr als eine typische Größe 36 und ich habe oft genug Dickerchen-Kommentare an der Kostprobenstation gehört. Als ich meine Mutter das letzte Mal gesehen habe, wies sie mich darauf hin, in der Eisdiele etwas kürzer zu treten, was nicht die höflichste Art der Begrüßung war, wenn man bedenkt, dass ich die letzten zwei Jahre damit verbracht habe, sie zu versorgen, während sie ihre Krebsbehandlungen bekommen hat. Doch sie hat mir das Leben geschenkt und ich bin froh, dass es ihr so gut geht. Auch wenn sie darauf besteht, dass die Zahl auf meiner Waage zu hoch ist, und zwar im zweistelligen Bereich.

Egal. Ich muss zurück zu meinem Stand, bevor Big Sexy das Interesse an den Chicken Wings verliert. Wenn er geht, sehe ich ihn vielleicht nie wieder. Er könnte schon morgen einen anderen Laden finden, wo er seine Vitamine kauft. Er könnte sich überlegen, dass er nicht mehr Gefahr laufen möchte, dem trampeligen Mädchen bei Cooper's über den Weg zu laufen. Und ich? Ich will einfach nur die Möglichkeit haben, ein bisschen mehr mit ihm zu reden.

Er hat eine tolle Stimme und jetzt, da ich sie kenne, werde ich mir vermutlich all die Dinge vorstellen, von denen ich *wünschte*, dass er sie zu mir sagen würde. Dabei kommt die Frage nach mehr Chicken Wings garantiert nicht vor, aber vielleicht...

Du siehst heute wunderschön aus.

Verdammt, was für ein Körper.

Du bist die beste Geliebte, die ich je hatte.

Ich greife nach einem Paket Wings und eile zurück nach vorne, wo mein Stand unbeaufsichtigt auf mich wartet.

Er ist weg.

Natürlich.

Ich weiß nicht, was ich dachte. Ich müsste es besser wissen. Jemand wie er, mit seinem perfekten Gesicht, seinem perfekten Körper, könnte niemals an jemandem wie mir interessiert sein. Und trotzdem habe ich das Gefühl, gerade die Chance auf etwas Kostbares verloren zu haben.

Ich richte mein T-Shirt, sodass es etwas mehr meinem Arbeitsplatz entspricht, und knöpfe es wieder zu, bevor mich jemand sieht.

Es ist sowieso Zeit, dass ich Pause mache. Ich kann den Tisch wegräumen und über einem Sandwich vom Deli schmollen. Ich laufe zurück zum Tisch und bemerke, dass Big Sexy doch nicht gegangen ist.

Stattdessen liegt er auf dem Boden.

KAPITEL ZWEI

Julia

„Verdammte Scheiße." Schnell knie ich mich neben ihn. Er atmet. Er scheint nicht in Gefahr zu sein. Er ist nur bewusstlos. Ich schüttele ihn ein bisschen, dümmlich hoffend, dass er wieder zu sich kommt, doch keine Reaktion.

Ich erinnere mich an mein Reanimationstraining und checke seinen Puls. Er ist normal, wenn auch ein wenig schwach. Ich frage mich, ob er Diabetiker ist oder einen niedrigen Blutdruck hat. Vielleicht ist er Epileptiker? Mein Herz schlägt schneller, Angst erfüllt mich, als er weiterhin ohne Bewusstsein bleibt.

Ein schneller Blick bestätigt, dass wir die einzigen beiden Menschen auf dieser Seite des Ladens sind. Wo sind denn alle, verdammt nochmal? Ich denke daran, zum Kundenservice zu rennen, She-Hulk zu alarmieren und ihr zu sagen, den Notruf anzurufen, doch dann erinnere ich mich, dass ich mein Handy in der Tasche habe.

Schnell wähle ich. Als ich dem Telefonist sage, dass ich Big Sexy's Namen nicht kenne – oder vielmehr, den Namen des

Mannes, der auf dem Boden ohnmächtig geworden ist –, weist sie mich an, nach einem Geldbeutel und einer Identifikation zu suchen. Vorsichtig klopfe ich ihn ab, fische seinen Geldbeutel aus seiner Hosentasche und öffne ihn.

Was ich zuerst sehe, ist sein Führerschein, von dem mich sein wie-immer-gutaussehendes Gesicht anstarrt. Von ihm scheint es eindeutig keine grässlichen Behördenbilder zu geben, was schlichtweg zu meinem Eindruck beiträgt, dass er sich jenseits von menschlicher Perfektion befindet. Ich greife nach dem Führerschein, ziehe ihn aus der Hülle und lese der Telefonistin den Namen vor: „Sein Name ist Sebastian Rich. Er wohnt in 531 Ruby Road in West Rutherford. Er hat keine medizinischen Identifikationsmarken oder Ähnliches."

Die Telefonistin versichert mir, dass der Notarzt auf dem Weg sei, und ich lege auf. Ich schiebe den Ausweis des Mannes zurück in seinen Geldbeutel. Währenddessen öffnet sich das Bargeldfach und entblößt ein dickes Bündel Bargeld. Scheiße, ich kann nicht zulassen, dass damit etwas passiert, denke ich und schließe das Portemonnaie, bevor ich es in meine Schürzentasche stecke.

Big Sexy – nein, Sebastian – stöhnt. Seine Augenlider flackern, aber er kommt nicht wieder zu Bewusstsein. Ich fühle mich schuldig, dass er auf dem kalten, harten Boden liegt, also hebe ich sanft seinen Kopf in meinen Schoß. In den fünf Minuten, die der Notarzt braucht, um anzukommen, starre ich ihn an. Ich streichle ihm das Haar aus dem Gesicht und merke, dass er im Moment alles andere als selbstbewusst und kräftig aussieht. Er wirkt verletzlich.

Und obwohl ich weiß, dass es nur ein weiteres, handfestes Indiz dafür ist, wie verschoben ich bin, finde ich ihn so noch attraktiver als je zuvor.

In der Ferne höre ich die Sirenen.

„Es wird alles gut", sage ich. „Hilfe ist gleich hier."

Bei meinen Worten öffnen sich seine Augen – sie sind golden, mit grünen Flecken. Er ist desorientiert, sieht mit runzelnder Stirn zu mir auf.

„Hey", sage ich, bevor die Rettungskräfte durch die weiten automatischen Türen in den Laden stürmen. Ehe ich mich versehe, werde ich zur Seite geschoben und eine Menschenmenge versammelt sich um mich. Ich umgreife das Portemonnaie in meiner Schürzentasche, um es den Rettungskräften zu geben, als She-Hulk mich am Arm packt, ihre perfekt manikürten Nägel krallen sich in meine Haut.

„Was zum Teufel ist passiert?", fragt sie.

„Keine Ahnung. Er ist zusammengeklappt. Ich habe den Notarzt gerufen."

„Offensichtlich! Du hättest zuerst zu mir kommen sollen."

„Aber ich…"

„Julia!" Jemand packt meinen andern Arm. Es ist Kevin. „Was zum Teufel hast du gemacht?"

Ich rolle mit den Augen. „Ich habe ihm keine übergezogen, um ihn in meine Höhle zu zerren, wenn du das denkst, Kevin." Ich löse mich von den beiden und will sehen, was mit Sebastian geschieht. Die Rettungskräfte haben ihn auf eine Liege befördert und rollen ihn schnell aus dem Laden.

Was zur Hölle? Er war doch eben noch wach. Ich hatte erwartet, der Notarzt würde seine Werte prüfen. Ihm etwas Wasser, Sauerstoff oder so etwas geben, anstatt ihn hier eilig heraus zu befördern. Automatisch gehe ich ihnen nach.

She-Hulk greift erneut nach meinem Arm und ich schwöre, ich schlage sie fast aus purem Reflex.

„Wo gehst du hin?", fragt sie harsch.

Ich drücke den Geldbeutel in meiner Hand, doch aus irgendeinem Grund möchte ich nicht, dass She-Hulk und Kevin wissen, dass ich etwas habe, das Sebastian gehört. Es ist so, als wäre ich mit etwas Kostbarem vertraut worden, etwas, das ich nicht in die falschen Hände geraten lassen kann. Ich habe die Pflicht, sicherzugehen, dass das Portemonnaie so schnell wie möglich zu ihm zurückgelangt.

„Ich bin gleich zurück, She-Hul– Sheila", sage ich und reiße mich wieder los. „Ich muss nur schauen, ob er in Ordnung ist."

Ich eile nach draußen und fluche. Ich komme gerade rechtzeitig, um zu sehen, wie der Krankenwagen davonrast. Zumindest verwendet er die Sirene nicht, was mich beschwichtigt, dass Sebastians Leben nicht tatsächlich in Gefahr ist.

Doch ich will sicher sein. Ich will wissen, warum er ohnmächtig war und dass es ihm gutgehen wird. Es gibt zahlreiche Krankenhäuser in der Stadt. Ich weiß nicht, wohin sie ihn bringen, und ich will nicht Gefahr laufen, nicht in der Lage zu sein, ihn selbst zu finden.

Und die Wahrheit ist...

Ich bin neugierig. Ich bin gelangweilt. Ich bin seit Langem gelangweilt und die einzige Person, die nahe dran war, das zu ändern, ist Sebastian Rich. Zuerst, indem er mich spitzer gemacht hat als einen Dornbusch in einer glühend heißen Sommernacht. Dann, indem er mir zu Herzen gegangen ist und mich dazu gebracht hat, mehr in ihm zu sehen als einen Haufen Premiumfleisch: ein menschliches, verletzliches Wesen.

Ich blicke zurück zum Laden und weiß, dass es vernünftig wäre, zurück zur Arbeit zu gehen und She-Hulk Sebastians Portemonnaie zu geben.

Aber Scheiß auf Vernunft.

Ich habe das verzweifelte, lebensrettende Bedürfnis nach einem Abenteuer.

Damals in meinen glorreichen Tagen, bevor ich realisiert habe, dass große Träume niemals den kosmischen Witz der Realität überwinden können, habe ich mich selbst als werdender Detektiv vorgestellt. Wie die meisten Menschen, die zwischen 1980 und 2000 geboren wurden, hatte ich zu viele Folgen der Serie gesehen, die man den totenstarren Fingern vonMariska Hargitay nicht entwinden konnte. In meinen wildesten Fantasien stellte ich mich als reale Version von ihr vor, in meinem ganz eigenen Law and Order. Es stellte sich heraus, dass man dafür aufs College musste.

Zugegeben, ich war auf dem College, es ist allerdings auf etwas weniger Anspruchsvolles als Strafrecht hinausgelaufen. Nein, ich wollte für lange Zeit lediglich Komponistin und Darstellerin werden. Wie viele vor mir träumte ich von Ruhm und Reichtum, doch ich hatte entschieden, diesen Traum mit einem Abschluss in Musiklehre abzusichern. In anderen Worten, ich habe die sichere Route zu musikalischer Berühmtheit gewählt.

Bis dahin hatte ich alles richtig gemacht. Dann, in einer einzigen Nacht, hatte ich alles weggeworfen und ich bezahle seit Jahren dafür.

Ich verdiene ein anständiges Abenteuer, oder nicht?

Mit all diesem Brummen in meinem Kopf entscheide ich mich, die Verfolgung aufzunehmen.

Jedoch kann ich den Rettungswagen mit meinem ach-so-abenteuerlichen 4-Gang Fahrrad, mit dem ich zur Arbeit fahre, da ich nur einige Straßen entfernt wohne, nicht verfolgen.

Zwei Taxen stehen vor dem Supermarkt. Ich renne zum ersten und kommandiere dem Fahrer, dem Rettungswagen zu folgen. Er hält gerade an einer roten Ampel nur einen Häuserblock weiter.

„Nein, Madam", sagt der Taxifahrer. „Wir jagen keine Autos, geschweige denn Rettungswägen."

„Aber es ist ein Notfall!"

Er zuckt mit den Schultern.

Ich kann Sebastian seinen Geldbeutel immer noch zurückgeben, wenn er wieder zuhause ist, aber was, wenn er nicht dorthin zurückkehrt? Was, wenn etwas mit ihm absolut nicht stimmt? Ich muss wissen, dass es ihm gut gehen wird. Nachdem ich kurz gezögert habe, ziehe ich schließlich einen Schein aus Sebastians Geldbeutel und wedele ihn vor dem Fahrer hin und her. „Ich gebe ihnen hundert Dollar." Ich werde das Geld zurückzahlen, auch wenn es mehr als ein voller Tageslohn für mich ist.

Der Taxifahrer schnappt sich das Geld mit einem breiten Grinsen aus meiner Hand und bedeutet mir, auf den Rücksitz zu steigen. Ich verliere keine Zeit, reiße die Tür auf, und bevor ich überhaupt die Tür geschlossen und es mir auf den abgenutzten Stoffsitzen bequem gemacht habe, ziehen wir schon los.

Weniger als eine Minute später tritt mein Taxifahrer auf die Bremse. Ich drücke meine Hand gegen seinen Sitz, gerade rechtzeitig, um meinen Kopf davor zu bewahren, dagegen zu donnern. Sobald ich mich erholt habe, sehe ich nach vorne, um den Grund zu suchen, warum wir so abrupt stehengeblieben sind: Der Krankenwagen steht an der nächsten roten Ampel.

Bald sind wir schon wieder in Bewegung und biegen scharf rechts ab. Wir folgen dem Rettungswagen dicht, zu dicht für meinen Geschmack. Plötzlich habe ich Angst, dass Sebastian Rich hinten im Wagen sitzt, aus den kleinen Fenstern der Hintertür schaut und sich fragt, warum zum Teufel das Kostproben-Mädchen von Cooper's Market ihm auf den Fersen ist.

„Könnten Sie versuchen, einen Wagen Abstand zwischen uns zu halten?", frage ich so nett wie ich kann. Nicht nett genug für ihn, wie es scheint, als er erneut brutal auf der Bremse steht. „Muss ich Ihnen einen weiteren Hundertdollarschein geben, um meine sichere Ankunft zu garantieren?"

„Könnte nicht schaden", antwortet er.

Ich vergesse, dass es sich um einen Fremden handelt, und klatsche ihm auf die Schulter. Er dreht sich mit einem verärgerten Blick zu mir um und ein Anflug von Schuld kitzelt in meinem Bauch, bis ich realisiere, dass ich dem Mann eine hübsche Summe gezahlt habe. Bisher bekommt er kein Trinkgeld. Ich schiele um die Kopflehne herum und drücke meine Augen zusammen, um besser zu sehen.

Wir nähern uns einer gelben Ampel – die Art von gelb, die

eine Reihe Autos mit Leichtigkeit nehmen kann, doch aus irgendeinem Grund kommt der Rettungswagen zum Stillstand.

Ein unbehagliches Gefühl macht sich in mir breit – dass Sebastian Rich nicht nur weiß, dass ich ihn verfolge, sondern dass er verfolgt werden *will*. Dass alles, was bisher passiert ist, volle Absicht war: Von der Tatsache, dass ich es war, die ihn findet, bis zur Telefonistin, die mir sagt, nach seinem Geldbeutel zu suchen.

Mein Verstand rast zur natürlichsten Schlussfolgerung: Er und seine Komplizen, die in Wirklichkeit gar keine Rettungskräfte sind, locken mich aus der Stadt heraus. Niemand wird in der Nähe sein, um mein Schreien zu hören, während er meinen Körper zerstückelt und jeden Körperteil in einen eigenen Müllsack steckt.

Mein Blick wandert zum Taxifahrer und meine Augen schmälern sich voller Misstrauen.

Er ist ein Teil davon. Sie arbeiten zusammen, erklärt mir der pessimistischste Teil meines Verstands. *Sie sind Komplizen und niemand würde sie je verdächtigen.*

Die Ampel schaltet auf grün und der Krankenwagen verliert keine Zeit, die Kreuzung zu überqueren. Ich schüttele meine melodramatischen, paranoiden Gedanken ab und tippe meinem Fahrer mehrmals auf die Schulter, dränge ihn, sie zu verfolgen.

Doch dann passiert das Lustigste – ich meine, natürlich tut es das –, denn sobald wir beschleunigen, rüttelt das Taxi plötzlich und der Motor gibt auf. Mitten auf der geschäftigsten Kreuzung dieser Seite der Stadt.

Der Krankenwagen zieht davon, weiter und weiter die Straße hinab, bis er im Teppich des beginnenden Nachmittagsverkehrs verschwindet.

Mein Taxifahrer dreht den Schlüssel in der Zündung um, doch der Motor springt nicht an. Es hupt von allen Seiten. Wir blockieren den Verkehr und ich mache mir plötzlich keine Sorgen mehr darum, im Nirgendwo ermordet zu werden. Wenn wir hier nicht so schnell wie möglich rauskommen, werde ich von einer ärgerlichen Meute Großstadthelden auseinandergerissen.

Seufzend verlasse ich das Taxi. „Trotzdem danke", sage ich.

Ich umklammere das Portemonnaie und laufe zur nächsten Bushaltestelle, um zurück zur Arbeit zu fahren, wissend, dass She-Hulk ihren großen Tag mit mir haben wird, wenn ich dort ankomme.

Aber das ist mir gleich. Ich werde ihren Anschiss wie ein guter Verlierer akzeptieren, und sobald meine Schicht vorüber ist, geht die richtige Arbeit los: Herausfinden, wo Sebastian Rich ist.

KAPITEL DREI

Julia

Ich schließe die Tür meines kleinen Ein-Zimmer-Apartments auf und werde von der kühlen Brise und dem nagenden Heulen meiner Klimaanlage begrüßt, die hart gegen die Sommerhitze arbeitet, welche den Kampf im moderigen Flur gewonnen zu haben scheint. Ich sehe nach hinten, um sicherzugehen, dass niemand mir folgt. Ich kann das Gefühl nicht abschütteln, dass jemand weiß, dass ich Sebastian Richs Portemonnaie habe – und dass dieser jemand jeden Moment auftaucht, um es sich zu nehmen.

In meiner Vorstellung läuft das nicht gerade freundlich ab.

Ich schließe die Tür hinter mir ab und verriegele sie, sehe durch das Guckloch, um abzusichern, dass niemand aufgetaucht ist. Ich gehe sicher, dass alle Vorhänge und Rollläden geschlossen sind, sodass niemand in meine Wohnung schauen kann.

Ein weiches Miau begrüßt mich und ich greife nach unten, um meinen Kater Samson zu streicheln. Ich habe ihn in einem Müllcontainer gefunden, als er noch ein kleines Kätzchen war, und er hat entschieden, mich zu behalten. Er ist glatt und schwarz mit großen, gelben Augen. Manchmal versteckt er sich gerne in den schattigen Ecken meiner Wohnung und dann sehe ich lediglich diese Augen, die mich anstarren, was verdammt unheimlich sein kann.

Samson folgt mir weiter in die winzige Wohnung hinein, die mit zusammengewürfelten Möbeln bestückt ist. Ein klappriger Couchtisch im Wohnzimmer, mit Magazinen und Gläsern überfüllt. Ein Fernsehgerät, das schon bessere Tage gesehen hat; ein Abstelltisch, von dem eine sterbende Pflanze hängt. Ich habe keine dieser Möbel selbst gekauft: Entweder habe ich sie geerbt oder kostenlos auf Craigslist gefunden (Gott sei Dank gibt es den kostenlosen Bereich bei Craigslist, ansonsten hätte ich nichts zum Draufsitzen).

Ich lasse mich auf meine Couch plumpsen. Es ist dieselbe müde, alte Couch, die jeder in seiner ersten Wohnung hat – das aufgetragene Stück mit dubioser Herkunft. Sie ist grau und braun…glaube ich. Sie könnte einmal mit einer Art blumigem Muster verziert gewesen sein, aber das ist verblasst und schmuddelig. Und obwohl dies meine erste Wohnung war und ist, hätte diese Couch zum jetzigen Zeitpunkt schon mehrmals ausgetauscht werden müssen. Wenn ich das Geld für etwas Hübscheres hätte, natürlich. Was ich nicht habe.

Nachdem ich zurück zu Cooper's gegangen war und mich übermäßig bei She-Hulk dafür entschuldigt hatte, vor ihr weggelaufen zu sein, beendete ich meine Schicht. She-Hulk machte den Eindruck, mich an Ort und Stelle feuern zu wollen, doch stattdessen bekam ich einen stechenden Blick und einen Vortrag, bevor ich zu meiner Station zurückgeschickt wurde.

Jetzt, immer noch auf der Couch sitzend, stelle ich meine Handtasche neben mir auf den Boden und fische den Geldbeutel mit einer Hand heraus. Meine Finger wickeln sich um den befriedigenden Umfang, das Gewicht des Portemonnaies lockt mich wie eine verbotene Frucht an. Ich brenne darauf, mehr über

Sebastian herauszufinden, aber ich will nicht mehr als nötig in seine Privatsphäre eindringen. Doch auf der anderen Seite ist vermutlich eine Krankenversichertenkarte in diesem Geldbeutel, die mir dabei helfen könnte, herauszufinden, in welchem Krankenhaus er ist. Oder eine Visitenkarte mit seiner Telefonnummer. Er würde es zu schätzen wissen, wenn ich mich nach ihm erkundige, nicht wahr? Ihm sage, dass ich seinen Geldbeutel habe und jede Absicht habe, ihn zurückzugeben?

Ich öffne das zusammengefaltete Lederstück und sehe erneut sein Führerscheinbild, das aus der Hülle herausschielt, die seine persönlichen Daten versteckt. Langsam ziehe ich den Führerschein heraus und starre auf das Bild. Dieses Mal sehe ich mehr als seine wunderschönen Merkmale. Vielleicht liegt es daran, weil er so verletzlich aussah auf dem Boden des Lebensmittelgeschäfts. Aber ich stelle mir jetzt vor, so viel mehr zu sehen als seinen Schlafzimmerblick, seinen starker Kiefer und das seidige Haar, das sich himmlisch anfühlen würde, wenn ich meine Finger hindurch gleiten lassen würde. Ich meine, Tapferkeit in diesem sturen Kinn zu sehen. Ehre in seinen scharfen Wangenknochen. Leidenschaft, Humor und Güte in seinen goldenen Augen.

Plötzlich habe ich das Gefühl, ihn zu kennen, eine intime Verbindung mit ihm zu teilen, und das hartnäckige Wissen füllt mich, dass Sebastian Rich es wert ist, kennengelernt zu werden. Nicht weil er Big Sexy ist, sondern weil er ein guter Mensch ist. Und verdammt – das macht ihn in meinen Augen noch attraktiver als zuvor.

Schließlich lege ich den Führerschein neben dem offenen Portemonnaie auf den Tisch. Dann zögere ich.

Ich räuspere mich, als ich mich durch die Kreditkarten wühle. Ich öffne das Fach, indem sich das Bargeld befindet, und ziehe das Bündel an Geldscheinen heraus, für den Fall, dass er etwas zwischen die Banknoten gesteckt hat. Das würde ich tun. Doch nichts. Ich lege das Geld auf den Tisch und meine Finger arbeiten sich durch die Spalten des weichen Leders, versuchen zu finden, was sich tief innen versteckt. Ich weiß, dass sich etwas hinter den Kreditkarten befindet, doch ich bekomme es nicht heraus. Meine Finger finden einen Schlitz im Stoff und spreizen das Fach weit auf, schütteln das Portemonnaie leicht. Zwei quadratische Pakete fallen auf den Tisch – mit dem verräterischen Ring der Kondome, der sich in der Verpackung abzeichnet. Ich spüre, wie mein Gesicht aufflammt, lege den Geldbeutel auf den Tisch und aus reiner Neugier drehe ich die Verpackungen um, um zu sehen, mit was sich Mr. Rich für die Ladies eintütet.

„Oh, Mr. Rich", stoße ich aus, als ich die Größe der Kondome sehe: XL. „Ich nehme an, all die Vitamine und Ergänzungsmittelchen funktionieren." Ich zwinge meinen Blick von den Kondomen weg, damit ich mich weiter durch den Geldbeutel wühlen kann, doch meine Gedanken kreisen um die Ausbeulung in seiner Jeans, die ich heute im Laden gesehen habe. Ich stelle mir vor, wie gut er diese extra großen Kondome ausfüllt, und das führt zu dem Gedanken, wie gut er mich ausfüllen würde.

So viel also zur Anziehungskraft seiner inneren Güte.

Lust entzündet sich in mir, als ich an Sebastians dicke, harte Männlichkeit denke, die mein Inneres straff dehnt. Ich schließe die Augen und atme langsam, lasse die Welle der Lust wieder und wieder über mich hinwegspülen.

Ich kann mich jetzt nicht in Fantasien verlieren. Ich muss wissen, wer dieser Mann ist. Ich meine, ich weiß, wer er ist, aber ich will wissen, *wer* er ist.

„Ich könnte einfach hinfahren, jetzt sofort", sage ich und sehe zu Samson. „Ich könnte hinfahren, durch ein Fenster steigen und darauf warten, dass er mich in seinem Bett findet. Es wird sich herausstellen, dass er nur etwas dehydriert war, aber er wird dankbar sein, dass ich ihn gerettet habe – einmal, indem ich den Notarzt gerufen habe, und dann, indem ich seine Sachen zurückgebracht habe. Er wird so dankbar sein, dass er mich belohnen wollen wird, mit etwas Kostbarerem als Geld. Oh, es wäre so perfekt. Wenn ich ihm nicht vorher schon einen Herzinfarkt einjage oder im Knast lande."

Ich nehme den Führerschein in die Hand, während ich mit mir selbst rede, und drehe ihn in meiner Hand herum. Dann schiebe ich ihn zurück in sein Fach. Dasselbe tue ich mit den Kondomen. Ich falte den Geldbeutel wieder zusammen, als ich einen Hauch Weiß hinter dem Führerschein hervorlinsen sehe. *Wie viele Fächer hat dieses Ding?* Ich setze mich wieder hin und beginne damit, zwei Stück Papier langsam aber energisch herauszuziehen.

Eines ist weich wie Fotopapier. Das andere sieht strukturiert aus, wie eine Visitenkarte oder so. Sobald ich sie weit genug draußen habe, drücke ich die Papiere zusammen und ziehe sie vollständig heraus.

„So viel dazu."

Ich halte ein Foto von Sebastian Rich und einer wunderschönen Blondine mit Augen so blau wie ein wolkenloser Sommerhimmel. Sie stehen vor einem Haus mit einem ‚Zu Verkaufen'-Schild. Sie lächeln beide und Sebastian hat seinen Arm um die Schultern der Frau gelegt.

Er trägt ein blaues Hemd und graue Anzughosen mit seinem unverkennbaren Lächeln. Die schlanke Blondine neben ihm trägt einen engen, schwarzen Rock, der etwas oberhalb ihrer Knie aufhört und perfekte Beine entblößt. Ein schwarzer Blazer liegt über einer weißen Bluse, die sie in den Rock gesteckt hat. Ihr Körper ist perfekt. Schlanke Hüften, nur leicht kurvig. Und doch sind die Kurven ihrer großzügigen Brust beneidenswert. Sie hat das wunderschönste goldene Haar und ein Lächeln, das freundlich und ansteckend wirkt.

Es ist eindeutig, dass ich ein Haus betrachte, das sie gekauft haben, obwohl ich keinen Ehering an ihren Fingern sehe. Aber hey, die Zeiten haben sich geändert. Ich habe schon viele verheiratete Paare gesehen, die keine Ringe tragen. Oder noch wahrscheinlicher, sie führen eine wilde Ehe. Leben zusammen, ohne verheiratet zu sein. Wie dem auch sei – wenn ich mich nicht ins Territorium einer „Verhängnisvollen Affäre" begeben will, ist Rich definitiv nicht mehr zu haben. Nicht, dass ein Mann wie er sich jemals überhaupt für mich interessiert hätte.

Ich betrachte die Visitenkarte und erwarte, den Namen des Maklers zu sehen, der ihnen das Haus verkauft hat.

Ashley Rich, Maklerin.

Ich sehe zurück zum Bild. Die Blondine ist offensichtlich Ashley. Und genauso offensichtlich ist sie seine Frau.

„Und ich sitze hier und fantasiere über einen verheirateten Mann", stöhne ich und lasse das Foto und die Karte aus meiner Hand fallen. Ich fühle mich bereits wie ‚die andere Frau' und das Ausmaß unserer Beziehung besteht aus seinem Ohnmachtsanfall und mir, die ihm sowohl persönlich als auch mithilfe der Inhalte seines Geldbeutels nachstellt. Bam! Backsteinmauer. „Es ist Zeit, Mr. Rich zu vergessen."

Doch ich realisiere, dass ich das nicht kann. Noch nicht. Ich lasse mich wieder auf meine Couch fallen, kalte Luft pumpt aus meiner sterbenden Klimaanlage. Samson springt mir auf den Schoß und beginnt zu schnurren.

„Nein, wir sind jetzt schon zu sehr verstrickt", sage ich der Katze. Ich setze mich auf und betrachte das Haus auf dem Bild. Es ist ein kleines, idyllisches Haus mit einem Stockwerk und schön gepflegtem Rasen. Es sieht wie das perfekte, kleine Zuhause aus, um eine perfekte, kleine Familie zu haben.

Und aus irgendeinem Grund überkommt mich eine so große Wolke der Depression, dass ich aufstehe – Samson stößt ein genervtes Miau aus –, den Geldbeutel lasse, wo er ist, ins Schlafzimmer gehe, mich aufs Bett fallen lasse und meinen Kopf mit einem Kissen verdecke. Vielleicht schreie ich sogar.

Gemäß den Nachforschungen, die ich mit meinem Laptop in

einem Café nahe meiner Wohnung angestellt habe, nennt sich Sebastian Rich Bastian.

Bastian.

Das wäre unerträglich, wenn er nicht wie ein Bastian *aussehen* würde: sexy und mysteriös, mit Augen, die lebendig leuchten, wenn er nicht gerade bewusstlos auf dem Boden eines Lebensmittelgeschäfts liegt.

Ich sitze erst seit vierzehn Minuten an meinem Laptop, also kann ich noch nicht behaupten, ein Experte bezüglich Mr. Rich zu sein, aber ich habe genug herausbekommen, um zu wissen, dass einige meiner Spekulationen richtig waren.

Und einige davon falsch.

Er kommt aus einer reichen Familie. Er arbeitet in einem hochgeschossenen Gebäude Downtown. Er trägt oft Anzug und Krawatte zur Arbeit.

Und ja, er spielt mit absoluter Sicherheit nicht in meiner Liga.

Aber er ist nicht verheiratet. Ashley Rich ist, wie sich herausstellt, seine Schwester.

Ich wünschte fast, er *wäre* verheiratet.

Dann müsste ich mir ihn wenigstens nur in einer ernsthaften Beziehung mit einer Frau vorstellen, statt in einer Reihe sexueller Begegnung mit einer Frau nach der anderen.

Es stellt sich heraus: Bastian Rich ist ein Playboy. Zumindest wenn man den Beweisen online Glauben schenkt, von denen es massenhaft zu geben scheint.

Es ist gerade die zweitgeschäftigste Zeit für Cafés in dieser Stadt – die Zeit, wenn die Büroangestellten Adrenalinschübe in Form von Koffein brauchen, bevor sie nach der Arbeit die Nachtszene unsicher machen. Ich habe Internet auf meinem Handy, aber nicht in meiner Wohnung – zu teuer –, deshalb bin ich, nachdem ich zuhause eine Weile Trübsal geblasen hatte, ins Café gegangen.

Beim einzig verfügbaren Tisch handelt es sich um eine kleine Tischplatte für zwei, die genau in der Mitte des Cafés situiert ist.

Obwohl da nur ein leerer Stuhl an meinem Tisch steht, fühle ich mich wie das einsamste Mädchen in diesem Raum. Privatsphäre zwischen mir und denen hinter mir ist quasi nicht vorhanden, doch trotz des Risikos, erwischt zu werden, stelle ich weiterhin Mr. Rich im Internet nach.

Ich klicke auf den Zurück-Button und lande erneut auf der Webseite seiner Firma: RichCo.org. Es klingt nett und luxuriös, aber ich nehme an, das ist zu erwarten, wenn dein Nachname *Rich* ist. Im ‚About'-Bereich erfahre ich, dass das Familienunternehmen von Bastian, seinem Vater Sebastian Sr. und seinem Bruder Lucian geführt wird. Es gibt ein Bild von allen drei Männern – allesamt attraktiv, allesamt strahlen sie dieses gewisse Etwas aus, das nach Macht und Anrecht schreit, allesamt sind sie in der Lage, meine Höschen mit einem gezwungenen Lächeln auf der anderen Seite der Kameralinse zu schmelzen. Auch die jüngere Ashley ist zu sehen.

Nur eine Telefonnummer ist gelistet.

Rich Co. Rezeption: 555 – 6969

Willst du mich verarschen? Keine Chance, dass diese Nummer legitim ist, und falls ja, würde ich vorschlagen, den PR Manager der Firma zu feuern. Eine Glühbirne schwebt über meinem Kopf, vielleicht könnte ich diesen Dummkopf dazu überreden, mir einen gut bezahlten Job als Markenmanagerin für Rich Co. zu geben.

Die wievielte Wahnvorstellung ist das heute? Es reicht jedenfalls aus, um die Papiere für einen dauerhaften Aufenthalt in einer Psychiatrie zu unterschreiben.

Zurück zu meinen Suchergebnissen.

Auf den nächsten Seiten weckt nichts mein Interesse, doch dann wandert mein Blick zu einem Link auf der Seitenleiste. RichMenExposed.com. Ich bin so versessen darauf, mehr über diesen Mann namens Bastian herauszufinden, dass ich die

Konsequenzen, auf diesen Link zu klicken, nicht einmal in Betracht ziehe.

Sofort werde ich mit Bildern von Männern in verschiedenen Zuständen des Entkleidens bombardiert. Die ersten Bilder lassen mich zusammenzucken, freimütige Bilder eines Prominenten, von dem ich noch nie gehört habe, doch basierend auf den Kommentaren unter dem Bild scheint er ein totales Arschloch zu sein. Karma ist kein Zuckerschlecken. Ich scrolle weiter die Seite hinunter, bis ich auf einen sprichwörtlichen Schatz treffe.

Bastian, fotografiert wie der Filmstar, für den ich ihn zuerst abgestempelt habe, steht neben einem Fenster. Sonnenlicht scheint gegen sein perfekt symmetrisches Gesicht. Weiter unten sieht man ihn mit freiem Oberkörper. Mein Mund steht weit offen, als ich seine perfekten Bauchmuskeln sehe. Und muskulöse Brustmuskeln mit Bizeps, der nicht zu groß ist. Gerade richtig. Die Fotogalerie beginnt unschuldig, gerät aber schnell außer Kontrolle.

Zuerst ist sein Reißverschluss offen, entblößt ein Paar schwarze, enge Boxershorts. Dann fehlt auf einmal die ganze Hose. Dann liegen seine Shorts auf dem Boden und er liegt auf dem Bett. Sein harter Schwanz, lang und dick, ruht an seinem Oberschenkel. Dann umfasst er seinen Schwanz und sieht dabei aus, als wäre er kurz davor, zu explodieren.

Ich bin kurz davor, zu explodieren. In einem Pool meiner eigenen Lust zu ertrinken, mitten in einem Café....

Oh nein!

„Was zum Teufel stimmt nicht mit dir?", beschimpft mich ein Fremder, als er mit einem Kleinkind im Arm an meinem Tisch vorbeistürmt. „Du bist krank."

Ich würde protestieren, aber mir fehlen die Worte für mein eigenes Verhalten. In einem Anflug von Scham drücke ich meinen Laptop zu und sehe mich kurz im Café um.

Alle starren mich an.

Ich habe mitten in einem überfüllten Café Schwanzbilder

angeglotzt. Das muss ein neuer Tiefpunkt für mich sein, und wenn man meine Vorgeschichte betrachtet, war diese Latte unglaublich hoch angesetzt. Und doch habe ich es geschafft, mich darüber zu werfen wie ein Akrobat, der auf Selbstzerstörung aus ist.

Ich kann mein Gesicht auf dieser Seite der Stadt nie wieder zeigen, was ein Problem ist, da ich nur ein Haus weiter wohne.

Dabei erwischt werden, einen perfekten Fremden anzustarren? Check.

Beim Erwischtwerden des besagten perfekten Fremden ein komplettes Arschloch aus mir selbst machen, indem ich vorgebe, nicht gestarrt zu haben? Check.

Einen Krankenwagen, der den perfekten Fremden befördert, verfolgen und danach mithilfe eines abgewürgten Taxis einen Stau provozieren? Check.

Dabei erwischt werden, an einem gut besuchten öffentlichen Ort über Schwanzbilder zu geifern? Doppelcheck.

Heute mag genau der Tag sein, an dem ich die Theorie beweise, dass es möglich ist, vor Scham zu sterben. Aber ich muss stark bleiben; schließlich wäre es nicht fair, meine Mutter kinderlos zu hinterlassen, nachdem wir so hart dafür gearbeitet haben, sie durch ihre Krebsbehandlungen zu kriegen.

Gott, wenn sie nur wüsste, wie mein Tag heute aussieht, würde sie fordern, dass ich zurück nach Hause ziehe, und alles geben, um mich wieder auf den rechten Weg zu bringen. Leider – für sie und für mich – bin ich weit darüber hinaus, ein hoffnungsloser Fall zu sein.

Mein Handy klingelt mit einem weiteren eingehenden Anruf von Kevin, doch ich nehme nicht ab. Ich habe noch nicht entschieden, ob ich ihm vom Portemonnaie und meinem impulsiven Autorennen, um besagten Geldbeutel zu seinem Besitzer, Bastian Rich, zurückzubringen, erzählen werde.

Ich katalogisiere, was ich bisher von ihm weiß. Seine Adresse und seinen Personenstand. Die Namen seines Vaters, seines Bruders und seine Schwester. Die Tatsache, dass er ein wohlhabender Geschäftsmann und Playboy ist, der anscheinend gerne Nacktbilder von sich schießt und diese online stellen lässt oder eindeutig sein Vertrauen in die falschen Menschen gelegt hat.

Oh und ich kenne seine Schwanzgröße.

Also, ja, den ganzen wichtigen Scheiß.

Ich betrachte die Nummer, die ich aufgeschrieben habe, bevor ich – die Hure von Babylon – von einer fanatischen Meute Schlampen-Drescher aus dem Café gejagt wurde. Ich nehme allen Mut zusammen und wähle die Nummer. Nach einem langen Atemzug drücke ich den Finger auf den grünen Knopf und hebe das Handy an mein Ohr.

KAPITEL VIER

Julia

Am Tag nachdem ich Bastian Rich ohnmächtig auf dem Boden gefunden habe, stehe ich hinter meinem Kostproben-Tisch, dieses Mal in der Gesund & Schön Ecke. Wenn man betrachtet, wie spät es gewesen war, war es keine Überraschung gewesen, dass der Rezeptionist der Rich Co. nicht geantwortet hatte. Ich habe den Abend damit verbracht, Krankenhäuser durchzutelefonieren, um zu erfahren, ob ein Sebastian Rich eingeliefert worden war. Gegen zehn Uhr habe ich aufgegeben. Jetzt verteile ich Pröbchen einer neuen Marke für Wattestäbchen. Genau, jemand hat entschieden, das einfache Design eines Wattestäbchens zu verbessern.

„Ma'am, würden Sie gerne eine neue Marke für Wattetupfer ausprobieren?" Ich biete einer älteren Frau, die gerade den Drogeriebereich verlässt, ein Pröbchen an.

Für einen Moment sieht sie interessiert aus, doch es ist möglich, dass sie sich lediglich anstrengt, mich zu verstehen.

„Sie sind weicher und luxuriöser als die gewöhnlichen Wattestäbchen", sage ich.

„Tut mir Leid, Liebes. Ich mag die Wattestäbchen, die ich bereits mein ganzes Leben lang verwende."

Ich seufze, überrascht von der Zahl an Menschen, die diese Dinge ablehnen. Das sind quasi Designer-Wattestäbchen! Wer kann davon nicht mehr gebrauchen? Vielleicht würde dieses Produkt auf Bastians Seite der Stadt mehr Anklang finden.

Als ich der kleinen, alten Frau dabei zusehe, wie sie über ihren Einkaufwagen gebückt davonläuft, dämmert mir plötzlich, dass sie *aussieht* wie ein Wattestäbchen. Mit ihrem Ball aus weißem Haar auf dem Kopf. Ich überlege, von hinten ein Bild von ihr zu machen und Kevin meine Beobachtung zu schicken, doch er ist sauer auf mich, weil ich seine Anrufe ignoriert habe. Ich habe versucht, mich heute Morgen bei ihm zu entschuldigen, doch er hat mich lediglich aufgefordert, mit seiner Hand zu reden, und ist mit schüttelndem Kopf davonstolziert. Ich werde ihm einen Tag geben, sich zu beruhigen, und ihm dann, nachdem ich Bastian gefunden und ihm nach der Arbeit sein Portemonnaie zurückgegeben habe, bei ein paar Drinks vom neusten Anfall von Wahnsinn erzählen.

„Also, was gibt es heute?", fragt ein gutaussehender Mann plötzlich und stoppt genau vor meinem Probenstand. Sein freundliches Verhalten und die Tatsache, dass er sich so verhält, als würde er mich kennen, verwundern mich etwas. Der Typ ist total süß. Ich räuspere mich und versuche, meiner Antwort etwas Flirten beizumischen. Gott weiß, dass ich Übung brauche.

„Wunder Wattestäbchen. Sie sind weicher und luxuriöser als jedes Wattestäbchen, das Sie je benutzt haben", erkläre ich ihm. „Mit anderen Stäbchen sticht man sich manchmal, weil nicht genug Baumwolle am anderen Ende ist. Naja, mit diesen Stäbchen wird das nie passieren. Absolut nicht, Sir."

„Es ist ein Wunder", sagt er, sieht von dem Probepäckchen auf und zeigt zu mir, um seinen Witz zum Abschluss zu bringen.

Ich lächele schwach. Ja, er ist süß, fast so süß wie Bastian, und doch hat sich mein Herzschlag nicht einmal beschleunigt.

„Das nehme ich", sagt er plötzlich. „Kann ich ein paar davon mitnehmen? Ich verteile sie im Fitnesscenter."

Ich frage mich, ob das sein Ernst ist, doch ich greife nach einer grünen Wunder-Wattestäbchen Tasche und fülle sie für ihn.

„Warten Sie, es gibt noch mehr", sage ich und ziehe einen Coupon heraus. „Weil Sie heute eine Probentüte mitgenommen haben, bekommen Sie einen Coupon. Fünfundzwanzig Prozent Rabatt auf ihren nächsten Wunder-Wattestäbchen Einkauf. Gilt für alle Packungsgrößen und -varianten."

„Das ist ja Hardcore", sagt er abwesend und betrachtet den Coupon.

„Richtig. Können Sie dasselbe von Ihrem aktuellen Wattestäbchen sagen?"

„Du bist richtig gut", lacht er. „Du bringst mich dazu, Dinge zu wollen, von denen ich nicht einmal wusste, dass ich sie will."

„Naja, danke." Ich spüre, wie ich rot werde, und frage mich, was zum Teufel los ist. Bringt mich die Tatsache, dass ich gestern ein kleines Abenteuer hatte, heute etwas mehr zum Glitzern oder was? Vielleicht. Ich fühle mich lebendiger, die Welt scheint etwas heller zu sein. Doch so sehr ich es auch schätze, dass dieser Typ mit mir flirtet – meine Gedanken kreisen immer noch um Mr. Rich. Ich denke, er versteht den Wink, schließlich habe ich zuvor mehr Interesse an einer Packung Kaugummi gezeigt. Mit einem letzten Lächeln macht er sich davon und geht weiter nach hinten in den Laden.

Ich denke darüber nach, Pause zu machen, um erneut Bastians Büronummer anzurufen, als ein alter Typ mit unwahrscheinlich viel Nasen- und Ohrenhaar auf mich zuläuft.

„Wattestäbchen-Proben?", fragt er.

„Das sind Wunder-Wattestäbchen."

„Wo liegt der Unterschied?" Er nimmt sich eine Packung und untersucht die Stäbchen genau.

„Das sind keine normalen Baumwollwattestäbchen. Das sind Wunder-Wattestäbchen in der Luxusedition. Sie sollen wie Wolken in den Ohren sein."

„Haben Sie es ausprobiert?"

„Nein, habe ich nicht. Ich bin bei der Arbeit, also..."

„Naja, ich denke, ich werde eines ausprobieren." Er öffnet die Packung genau vor meinem Stand und steckt eines der Wunder-Wattestäbchen in sein Ohr.

Voller Entsetzen sehe ich zu, wie seine Augen sich in seinem Kopf nach hinten rollen, während er das Plastikstäbchen mit Baumwollbällchen an jedem Ende in seinem Ohr herumwirbelt. Er stöhnt zufrieden, während er erst ein, dann das andere Ohr vor meinem Stand säubert. Ich kann nicht anders, als mich zu fragen, ob dieser Ausdruck auf seinem Gesicht – volle und bloße Ekstase – derselbe ist wie der, den ich aufsetze, wenn ich mich am Ende eines lebensverändernden Orgasmus befinde.

Dieser Gedanke reicht aus, um ein Mädchen dazu zu bringen, dem Sex vollkommen abzuschwören.

Kunden laufen vorbei und starren ihn an, erschrocken von seiner widerlichen Darbietung. Er zieht das krustige, dunkelgelbe Ende des Wattestäbchens aus seinem Ohr und dreht es herum, um mit der anderen Seite weiterzumachen. Ich bin gezwungen, ihm zuzusehen, während er das Spektakel wiederholt.

„Oh, das ist gut", sagt er, als er sein zweites Ohr bearbeitet.

„Ähm, können Sie...", sage ich, um anzudeuten, dass er das im Badezimmer machen könnte, doch er ignoriert mich. „Sir, würde es Ihnen etwas ausmachen..."

Der ältere Herr hebt einen massiven Finger in die Luft, um mir zu bedeuten, eine Minute zu warten, während er das zweite Wattestäbchen zerstört. Ich schließe die Augen. Ich kann das nicht mehr weiter mit ansehen.

„Wollen Sie es versuchen?"

Ich öffne die Augen und er hebt mir ein Päckchen hin.

„Nein, danke", sage ich.

„Die machen keine Witze. Es *ist* so, als würde man eine Wolke benutzen. Gibt es die hier im Drogeriebereich?", fragt er und legt sein verdammtes, benutztes Wattestäbchen auf meinen Tisch.

Ich starre es an und bedecke meinen Mund, als ich spüre, wie mein Magen sich umdreht.

Der Typ nimmt nichts wahr und beginnt, seinen Einkaufwagen in die Reihe zu meiner Linken zu schieben.

„Ja, Sir", schaffe ich, herauszuwürgen. „Und hier ist ein Coupon. Fünfundzwanzig Prozent auf ihren nächsten Wattestäbchen-Einkauf." Ich nehme einen Coupon und gebe ihn ihm, während er an mir vorbeigeht.

„Großartig", sagt er mit überraschend dankbarer Stimme.

Sobald er in der Reihe verschwunden ist, starre ich auf das widerliche Stäbchen auf meinem Tisch und versuche zu entscheiden, was ich tun soll. Ich kann es nicht liegen lassen, oder? Schließlich nehme ich einige Papierhandtücher aus dem Badezimmer und den kleinen Mülleimer, den ich normalerweise benutze, wenn ich Essensproben ausgebe, werfe die Tücher auf das anstößige Stäbchen und wische alles zusammen in den Eimer. Wohlgemerkt schaudere und würge ich ein bisschen währenddessen, und als ich fertig bin, fühle ich mich schmutzig und erschöpft.

Ich habe definitiv etwas frische Luft verdient.

Ich lasse She-Hulk wissen, dass ich Pause mache. Dann nehme ich meine Handtasche und steuere nach draußen. Gegenüber von Cooper's befindet sich eine kleine Grünanlage mit einer Bank im Schatten. Ich setze mich, nehme meine Tasche, ziehe Bastians Geldbeutel heraus und starre darauf, fahre mit meinen Fingerspitzen über das feine Leder, als wäre es eine Art magische Lampe, die mich irgendwie aus meinem derzeitigen Leben herausbefördern kann.

Nach der Arbeit werde ich bei der Adresse, die auf dem Führerschein steht, vorbeifahren und dem Besitzer sein Portemonnaie zurückbringen. Mr. Sebastian Rich wird es gutgehen. Er wird außerdem dankbar sein. Ich stelle mir vor, dass er so dankbar sein wird, dass er mich zum Abendessen hereinbittet. Vielleicht wird er mir dann vorführen, wie gut diese Kondome ihm passen, oder besser, wie *er...*

Verdammt, Julia, hör auf! Ich atme tief durch, um einen klaren Kopf zu kriegen. Der Typ ist ein völlig Fremder und du wirst ihm einfach nur seinen Geldbeutel zurückbringen.

„Genau, nur den Geldbeutel zurückbringen", wiederhole ich laut. Ich entscheide zu üben, was ich sagen werde. Ich will vorbereitet sein, wenn er die Tür öffnet.

„Hallo, Mr. Rich? Mein Name ist Julia. Wir haben gestern in Cooper's Lebensmittelgeschäft und Drogerie miteinander gesprochen? Ja, es ist auch schön, Sie wiederzusehen. Ich bin froh, Sie wohlauf zu sehen. Ähm, der Grund für meinen Besuch ist, dass ich Ihren Geldbeutel an mich genommen habe, um der Notdiensttelefonistin Ihren Namen zu nennen, und in der Aufregung konnte ich ihn nicht zurückgeben. Ich hoffe, das ist in Ordnung. Ich habe ihn durchgesehen, um herauszufinden, wem er gehört, und habe Ihre Adresse gefunden. Oh, warum ich ihn nicht bei einem Kassierer oder Manager hinterlegt habe? Ähm, ich...ich habe bemerkt, dass Sie, ähm, eine Menge Geld im Portemonnaie haben, und ich wollte nicht, Sie wissen schon, ich wollte nicht, dass etwas entwendet wird."

Ich stoppe, um zu Atem zu kommen. Das wird ein Desaster werden. Ich kann nicht einmal versuchsweise mit ihm reden, ohne zu stammeln und zu stottern. Ich versuche es erneut.

„Mr. Rich? Hi, ich weiß, dass Sie mich vermutlich außerhalb des Ladens nicht wiedererkennen, aber ich habe ihr Portemonnaie gefunden und entschieden, Sie zuhause aufzusuchen, um es zurückzubringen. Ich hoffe, es macht Ihnen nichts aus. Ich habe es durchgesehen und, wow, Mr. Rich, ich muss sagen, dass ich sehr beeindruckt bin von der Größe Ihres...Ihres...*verdammt, Julia!*"

KAPITEL FÜNF

Julia

Als ich realisiere, dass ich es nicht einmal *üben* kann, Bastian Rich zu begrüßen, ohne einen Narr aus mir zu machen, verschiebe ich den Versuch, ihn anzurufen oder zu besuchen. Stattdessen beende ich den Rest meiner Schicht und mache dann eine kurze Pause mit Kevin. Ich erzähle ihm kurz über Bastian und meinen misslungenen Versuch, ihm seinen Geldbeutel zurückzubringen, und als Kevin endlich aufhört zu lachen, versuche ich, ihn dazu zu überreden, mit mir ins Kino zu geben, wenn er Feierabend hat.

Leider, obwohl Kev entschieden hat, mir zu verzeihen, dass ich ihm die kalte Schulter gezeigt habe (seine Worte, nicht meine), hat er gleich nach der Arbeit ein heißes Date. Ich nehme seine Hände und springe mit ihm auf und ab, als er mir erzählt, dass er es endlich auf die Reihe gekriegt hat, den Typen im Fitnesscenter, auf den er so steht, um ein Date zu fragen. Wir versprechen einander, am nächsten Tag etwas trinken zu gehen.

„Du hast die perfekte Entschuldigung, Big Sexy zu sehen und etwas zu unternehmen, Julia!"

„Was unternehmen?", frage ich mich mit zittrigem Lachen.

„Irgendetwas, das darin endet, dass du diesen hübschen Arsch umfasst, anstatt ihn nur zu beäugen. Warte, vergiss den Arsch. Schau dir zuerst sein sagenhaftes Päckchen an. Nein warte, den Arsch. Mann, ich kann mich nicht entscheiden."

Ich lächle schwach und sage ihm nicht, dass ich Bastians ‚Päckchen' bereits online überprüft habe. Aus irgendeinem Grund behalte ich dieses Wissen für mich. Aus irgendeinem Grund scheint mich der Gedanke zu stören, dass mein bester Freund Bastians Schwanzbilder durchklickt.

Oh, oh. Keine Chance. Sieht so aus, als wäre ich nicht die *allerbeste* Freundin. Sorry, Kev!

Nach der Arbeit gehe ich alleine nach Hause und versuche fernzusehen, doch natürlich mogelt sich Bastian immer wieder in meine Gedanken. Ohne Witz, ich beginne, mich wirklich zu fragen, ob meine Versessenheit absolut ungesund ist. Schließlich, in einem verzweifelten Versuch, für wenigstens eine kurze Zeit nicht mehr an ihn oder sein Portemonnaie zu denken, tue ich etwas Schockierendes.

Ich nehme eine Schachtel aus dem Hinteren meines Schranks – eine Box, die ich seit Jahren nicht mehr geöffnet habe – und ziehe einen Stapel Papiere heraus. Unvollendete Stücke, an denen ich vor dem ‚Vorfall' gearbeitet habe. Sogleich werde ich in die Zeit zurückversetzt. Irgendwie schaffe ich es, mich nicht auf das Ausmaß meiner früheren Fehler zu konzentrieren,sondern stattdessen vollständig auf das glatte Papier, die Schönheit der Muster – Takte, Noten, Linien und Überleitungen –, die darauf geschrieben sind, und die Melodien, die sich sofort in meinem Kopf abspielen.

Ich habe es schon immer geliebt, Musik zu komponieren, fast so sehr wie sie zu performen, und eine Stunde später bin ich vollkommen in Akkordfolgen und Riffs versunken. Zwei Stunden später schreibe ich Texte nieder. Vier Stunden später bemerke ich, dass es zehn Uhr ist und ich am Verhungern bin, weil ich vergessen habe zu essen. Doch mehr als das... ich bin glücklich. Mein Herz klopft voller Aufregung und ich fühle mich aufgeladen. Erfrischt. Inspiriert.

Bis es aufhört.

Bis meine Texte plötzlich weniger fröhlich sind und mehr von Fehlern, Reue und dem Gefühl, in der Vergangenheit festzustecken, handeln. Wieder einmal verfolgen mich Erinnerungen und überfluten mich mit Schuld für das, was ich getan habe.

Und für das, was ich nicht getan habe.

Für einige Stunden hatte ich vergessen, was geschehen war. Doch ich konnte nicht vergessen.

Ich verdiene es nicht, zu vergessen.

Ich werfe alles in eine Schachtel und schiebe sie zurück in meinen Schrank.

Nachdem ich ins Bett gestiegen bin, überkommtmich der Schlaf. Ich starre zur Decke und will meine Gedanken davon abhalten, um diese letzte Nacht am College zu kreisen. Ich sehne mich so sehr danach, dass ich angestrengt danach strebe, an Bastian zu denken. Ich versuche bewusst, sexy Bilder von ihm heraufzubeschwören, doch seltsamerweise verwandeln sich diese Bilder in Bilder von ihm, auf dem Boden liegend mit seinem Kopf in meinem Schoß. Oder von ihm, wie er zum ersten Mal mit mir redet, mich anlächelt.

Ausgerechnet nach Kokos-Curry-Chicken-Wings fragt.

Mit all diesen Bildern schaffe ich es, dass mein Unbehagen weicht und ein merkwürdiger Frieden sich über mir ausbreitet, bis ich endlich in der Lage bin, einzuschlafen.

Als ich am nächsten Morgen aufwache, bin ich entschlossen, zu Bastians Haus zu fahren und ihm persönlich seinen Geldbeutel zu überreichen. Doch während ich mich fertig mache, verliere ich die Nerven. Erneut.

Ich kann nicht einfach nach zwei Tagen wie irgendein Widerling unangekündigt auftauchen. Außerdem: Was, wenn er mich wirklich auf einen Kaffee oder so hineinbittet? Alles, woran ich denken würde, wäre: *Ich bin bei ihm zuhause.* Wo er schläft. Duscht. Wichst und fickt und…

Also, nein. Um meine Gelassenheit zu bewahren und nicht wie ein totaler Idiot rüberzukommen (oder etwas Idiotisches zu tun, wie zum Beispiel seine Hand zu nehmen, sein Schlafzimmer aufzusuchen und nach der Belohnung für die Rückgabe seines Portemonnaies zu fragen), entscheide ich mich, den Geldbeutel in seinem Büro abzugeben. Er wird vermutlich zuhause sein, um sich zu erholen, also kann ich den Geldbeutel beim Empfang abgeben und mit meinem Leben weitermachen. Er muss nie von meinen Schnüffeleien und Fantasien der letzten zwei Tage erfahren.

Ich werde lediglich ein x-beliebiger guter Samariter sein, ihn vergessen sowie die Tatsache, dass die Gedanken an ihn mich in der letzten Nacht mit einem Gefühl von Frieden erfüllt haben, als ich es wirklich brauchte.

Ich werde auch alles über jegliche potentielle Belohnungen vergessen und den Fakt, dass er extragroße Kondome braucht.

Ja, ich werde alles über ihn und seinen XL-Schwanz vergessen.

Zuerst jedoch stecke ich zwei Fünfzig-Dollar-Noten in das Portemonnaie, um die Leihgabe von hundert Dollar für die Taxifahrt wieder auszugleichen. Ich kann es mir nicht wirklich leisten – ich brauchte das Geld für, naja, Essen –, aber es war meine eigene Schuld, mir selbst einen Kredit zu geben, ohne über die Konsequenzen nachzudenken. Ich wette, Bastian würde nur mit den Achseln zucken, wenn er hundert Dollar verliert, aber bei mir sieht das anders aus. Mir, der ständig pleiten Julia.

Nachdem ich in meinen Wagen gesprungen bin, fahre ich zu

Bastians Bürogebäude, umkreise den Block mehrere Minuten lang, um einen Parkplatz zu finden, und halte dann schließlich in der Passagierladezone. Ich nehme an, ich werde ohnehin nur einige Minuten brauchen. Im Gebäude betrachte ich das Namensverzeichnis. Er ist im zehnten Stock. Ich rolle fast mit den Augen. Natürlich ist er im obersten Stockwerk. Er hat vermutlich darauf bestanden, als er den Vertrag mit dem Eigentümer des Gebäudes unterschrieben hat. Entweder das oder ihm gehört das verdammte Gebäude selbst.

Das Unternehmen, das für den neunten Stock aufgelistet ist, erregt meine Aufmerksamkeit: Die Kiss Talentagentur. Ich rolle mit den Augen und stelle mir sofort vor, was geschehen wäre, wenn ich, bevor der Krankenwagen ankam, meinem Verlangen nachgegeben und Bastian geküsst hätte. Nur ein weicher, zärtlicher Kuss, um zu zeigen, dass er nicht alleine war und ich mich um ihn sorgte, obwohl ich eine vollkommene Fremde war. Doch natürlich verwandelten sich diese relativ süßen Gedanken in nicht jugendfreie, während ich mir vorstelle, mehr von ihm zu küssen. *Alles* an ihm.

Es ist lächerlich, dass allein das Wort ‚Kuss' in einem völlig dümmlichen Kontext mich wieder dazu bringt, über Bastian zu fantasieren. Ich muss dieses Portemonnaie sofort zurückbringen und hier raus kommen.

Als ich oben ankomme, öffnet sich der Aufzug in eine Suite, die definitiv nicht billig ist. Luxuriöse Teppiche bedeckenden Boden, während Möbelstücke, die vermutlich mehr wert sind als meine gesamte Wohnung, das Wartezimmer bestücken. Ein heißer Typ sitzt am Tresen, was mich überrascht – und mich dann beschämt, weil ich so sexistisch bin –, doch er telefoniert, also lächelt er und winkt mich zu einem Stuhl. Ich setze mich und studiere ihn. Sein blondes Haar ist perfekt über seiner Stirn zerzaust, er sieht aus, als wäre er am Meer zuhause, Wellen surfend und sich bräunend.

„Wie gesagt, Mr. Rich ist derzeit in einem Meeting, aber ich nehme sehr gerne eine Nachricht entgegen. Oder ich kann Sie zu seiner Voicemail weiterleiten. Es tut mir leid, aber ich kann ihn nicht unterbrechen. Nein, wirklich nicht." Der Typ rollt seine blauen Augen und ich muss mir auf die Lippe beißen, um nicht loszulachen. „Sie schicken ihm einfach eine E-Mail? Das klingt fantastisch. Okay, Ihnen einen schönen Tag." Er legt auf und sagt zu mir: „Warum rufen Leute überhaupt an, wenn sie dann doch am Ende nur eine E-Mail schicken?"

Ich zucke mit den Schultern. „Um so nervig wie möglich zu sein?"

Er lacht. „Wahrscheinlich. Bist du hier, um Mr. Rich zu sehen? Er ist in einem Meeting, falls du es noch nicht gehört hast."

„Nein, ich habe etwas, das ich abgeben möchte…"

Ich werde abgeschnitten, als das Telefon klingelt und ein weiterer heißer Kerl den Flur entlangläuft. Sofort wirft er sich in einen Stuhl in meiner Nähe und seufzt, als wäre sein Hund gerade gestorben. Eine Frau in klassischem Anzug folgt ihm.

„Mr. Masters! Mr. Rich möchte wissen, ob Sie den Termin verschieben möchten?", fragt sie. Ihr Haar ist zu einem engen Knoten gebunden und sie trägt eine Hipster-Brille, die sie professionell statt kitschig wirken lässt.

Mr. Masters winkt mit der Hand. „Sicher, Holly, was auch immer. Ich musste einfach nur da raus."

Mr. Masters kommt mir bekannt vor und so betrachte ich ihn etwas intensiver. Ich kann gerade noch so ein Keuchen unterdrücken. Mr. Masters ist *Ryland* Masters, ein aufsteigender Musiker und Rockstar. Ich habe neulich sein Album heruntergeladen und konnte nicht aufhören, es anzuhören. Er mischt einen scharfkantigen Sound mit schwermütigen Texten und spielt Gitarre wie ein Teufel. Was tut er gerade hier?

Er blickt zu mir und lächelt dann. Er streckt die Hand aus. „Ryland Masters. Und Sie sind?"

Meine Wangen brennen. Ich war noch nie ein großartiges

Fangirl gewesen, doch plötzlich bin ich kurz davor wie eine Justin Bieber-Gefolgsfrau in Tränen auszubrechen.

Ich nehme seine Hand und mein gesamter Körper vibriert.

„Julia Rominger. Ich weiß, wer Sie sind. Ich liebe Ihre Musik."

Er lebt sichtlich auf. „Ein Fan? Exzellent! Was ist ihr liebstes Stück?"

Im Augenwinkel sehe ich, wie eine Frau im Anzug zum Rezeptionisten geht. Als ich sie anblicke, lächelt sie, als würde sie mir sagen, weiterzumachen und mit Ryland zu reden, solange ich kann.

„Ähm… ,Anywhere, Everywhere'", antworte ich, ohne darüber nachdenken zu müssen. „Ich kann nicht aufhören, es anzuhören. Meine Katze hasst mich mittlerweile vermutlich, weil ich es in der Dauerschleife habe."

Ryland lacht. „Das ist großartig. Nicht der genervte Katzenteil. Ich habe gehört, Katzen können Arschlöcher sein, wenn sie genervt sind. Ich hatte eine als Kind und sie mochte es, auf meinen Rucksack zu pinkeln, wenn ich sie im Flur stehen ließ. Obwohl ich manchmal denke, dass meine Mom sie dazu angestiftet hat."

Ich lache und wir plaudern für einige Minuten über seine Musik, seine kommenden Projekte und seine Tour. Ich muss zugeben: Er ist charmant und stellt Fragen, scheint fasziniert zu sein, als ich ihm erzähle, dass ich meinen Lebensunterhalt damit verdiene, Kostproben zu verteilen.

„Weswegen sind Sie hier? Sind Sie ein Kunde von Mr. Rich?"

Er schnaubt. „Ja, aber das werde ich nochmal überdenken."

„Wirklich? Warum?"

„Er ist mein Finanzberater – wichtiger Scheiß und so weiter – und ich will in das Start-Up eines Freundes investieren. Sicher, es ist riskant, aber Rich versteht nicht, dass sich mein ganzes Leben darum dreht, Risiken einzugehen."

„Das heißt, er rät Ihnen, nicht zu investieren?"

„Ja, aber… darum geht es nicht so sehr. Er macht nur seine

Arbeit. Es geht mehr darum, dass er mich nicht versteht, und das macht mir Sorgen. Ich glaube nicht, dass er überhaupt weiß, welche Art von Musik ich mache, verstehst du."

Ich bin etwas überrascht, dass er mir all das erzählt, aber meine Neugier ist stärker. Es geht mich nichts an, aber hey, es ist kein Fehler, hin und wieder ein paar Informationen zu sammeln.

„Haben Sie ihm das gesagt? Wie wichtig Ihnen die Investition ist? Oder argumentiert, warum es überhaupt eine gute Investition wäre?" Ryland kommt mir nicht schüchtern vor, aber ich verstehe, wie jemand von einem Typ wie Sebastian Rich und seinem schicken Set-up hier eingeschüchtert werden könnte. Allerdings, was weiß ich über Investments und Geld? Das einzige, worin ich je investiert habe, ist mein Hintern, der auf der Couch sitzt und Netflix schaut.

„Auf dem Papier *ist* es keine gute Investition. Aber mein Bauchgefühl sagt mir etwas anderes." Ryland blickt auf sein Handy und steht auf. „Hey, ich muss los, aber wie ist deine Nummer? Vielleicht treffen wir uns mal."

Ich blinzele, erstaunt, dass ein legitimer Rockstar mit mir in Kontakt bleiben möchte. Ich stammle meine Nummer, und nachdem er sie eingespeichert hat, grinst Ryland und geht.

Er ist absolut umwerfend, denke ich. Doch obwohl ich von ihm als Star beeindruckt bin, bin ich an ihm als Mann nicht besonders interessiert. Er berührt mich nicht, wie Bastian es getan hat. Alleine der Gedanke an Bastian lässt mich zittern und erinnert mich daran, warum ich gekommen bin und warum ich hier raus muss, bevor er auftaucht und ich einen Narren aus mir mache.

Ich stehe auf und gehe auf den Tresen zu. Der heiße Typ ist mal wieder am Telefon. Die Frau im Anzug – Holly, wie Ryland sie genannt hat – dreht sich zu mir und sieht dann an mir vorbei. Sie stöhnt. „Toll", murmelt sie.

„Wie bitte?"

Sie schüttelt den Kopf und lächelt. „Nichts. Hat man Ihnen schon geholfen?"

„Ja, ich meine, nein." Ich grabe in meiner Tasche nach dem Geldbeutel und natürlich kann ich ihn nicht sofort finden. Wie kann etwas so Großes in den Tiefen meiner Tasche verschwinden? Ich muss dringend eine kleinere Handtasche kaufen. Oder vielleicht weniger Schrott darin aufbewahren. „Ich habe etwas…"

Ich blicke auf, als ich Schritte höre. Und dann bleibt mir die Luft weg.

Es ist Bastian Rich. Er trägt einen Anzug samt Krawatte, die beide maßgeschneidert zu sein scheinen. Sein dunkles Haar und die goldenen Augen sind unbestreitbar umwerfend und er sieht so lecker aus, dass ich an ihm knabbern möchte wie an einer Schachtel Pralinen.

Er scheint mich zuerst jedoch nicht zu sehen. Stattdessen fragt er Holly mit irritierter Stimme: „Hast du meinen nächsten Termin mit Ryland bestätigt?"

Sie schiebt ihre Brille die feine Nase hinauf. „Ähm … naja, er sagte, dass er den Termin verschieben wollte, aber…"

„Aber was? Ist es so schwer, einen Termin mit einem Kunden zu vereinbaren?", keift Bastian und fährt erregt mit der Hand durch sein Haar und zerzaust es.

Holly sagt nichts, aber ich kann sehen, dass sie leicht angesäuert ist. Ich bin mit ihr angefressen. Es ist nicht ihre Schuld, dass Ryland gegangen ist, bevor sie noch einmal mit ihm reden konnte!

Dann sieht Bastian mich an. Sein Blick weitet sich und plötzlich sieht er aus wie eine Gewitterwolke, die kurz davor ist, Hagelkörner auf meinen Kopf zu regnen. „Was machst du hier?"

Verdammt, wer hat heute Morgen in sein Müsli gespuckt? Plötzlich zerspringen meine Gedanken über ihn, den guten Mann, wie Glas. Dumm, Julia. Du bist so dumm.

Endlich finde ich seinen Geldbeutel und halte ihn mit zitternder Hand in seine Richtung. „Das ist Ihrer. Offensichtlich.

Naja, ich ähm, musste nach einem Ausweis suchen und in der Verwirrung konnte ich ihn nicht zurückgeben. Aber jetzt bin ich hier. Um den Geldbeutel zurückzugeben. Denn er gehört Ihnen."

Ich beiße mir auf die Zunge. Warum bin ich so peinlich und seltsam?

Bastian starrt mich an. Ich starre ihn an. Ich frage mich, ob wir an einem Starrwettbewerb teilnehmen, von dem ich nichts weiß.

Dann nimmt er sein Portemonnaie und steckt es in seine Jackentasche. „Du hättest anrufen können. Gestern wäre gut gewesen."

Ich sage beinahe, dass *er* gestern ebenfalls hätte anrufen können – um mir zu danken, weil ich den Notruf gerufen und ihm möglicherweise den Arsch gerettet habe. Doch stattdessen sage ich: „Ja, naja, ich…nahm an, es wäre sicherer, ihn persönlich zurückzugeben. Also, hier bin ich."

„Hier bist du."

Seine Worte triefen vor Sarkasmus und ich muss mich zurückhalten, um ihm nicht den Mittelfinger zu zeigen. Ich habe nichts getan, das rechtfertigt, mich wie einen Idioten zu behandeln. Ich hätte ihm seinen Geldbeutel nicht einmal zurückgeben müssen! Jedes Arschloch hätte sich das Bargeld genommen, die Kreditkarten ausgeschöpft und den Rest weggeworfen. Ich habe den Geldbeutel nicht nur zurückgebracht, sondern auch die hundert Dollar zurückgezahlt, die ich mir nicht einmal leisten konnte.

Mit den Händen in meinen Hüften höre ich, wie Worte aus meinem Mund kommen, bevor ich realisiere, dass ich sie sage. „Sieh mal, ich weiß, dass wir uns kaum kennen, aber du solltest wirklich einmal über die ganze Anzug und Krawatten Geschichte nachdenken, wenn es dich dazu anregt, dich wie ein Arschloch zu benehmen. Ehrlich gesagt, mochte ich dich lieber, als du ohnmächtig auf dem Ladenboden lagst. Dein Nachname ist Rich, nicht Herr aller Dinge. Außerdem bin ich nicht diejenige, die einen wichtigen Klienten verliert, weil ich ein voreingenommener Schwachkopf bin."

Stille. Röte steigt mir ins Gesicht, als ich realisiere, was ich gesagt habe, und ich kann fast hören, wie Holly und der Rezeptionist mich anstarren. Ich blicke aus den Augenwinkeln zu ihnen und sie sehen so überrascht aus, dass ich verzweifelt wünschte, an Ort und Stelle im Boden versinken zu können.

Doch Bastian scheint nicht wütend zu sein. Er scheint...fasziniert...zu sein. „Was hat Ryland dir erzählt?"

Ich glaube nicht, dass Ryland wollte, dass ich Bastian erzählte, was er mir erzählt hat, doch Bastian sieht nicht so aus, als akzeptiere ein Nein als Antwort. „Nur, dass du nicht versteht, dass er ein Typ ist, der Risiken eingeht und dass du das in Anbetracht dieses möglichen Investments berücksichtigen solltest."

„Ist das so?"

„Ja. Ich denke auch..." Ich bremse mich, vor allem weil ich bereits zu viel gesagt habe.

„Hör jetzt bloß nicht auf", sagt Bastian sanft. „Was denkst du?"

„Naja, dass du dir vielleicht seine Musik anhören solltest. Ihn kennenlernen solltest. Ich weiß, es klingt irgendwie albern, aber seine Musik ist wirklich komplex. Interessant. Und ich denke, es könnte dabei helfen, zu sehen, wie wichtig es Ryland ist, nicht auf Nummer sicher zu gehen."

Ich habe das Gefühl, Unsinn zu plappern und meinen Punkt nicht rüberzubringen, aber Bastian sieht mich nur an, als versuche er, aus mir schlau zu werden.

Ich hieve meine Tasche hoch und drehe mich um. „Schönen Tag noch, nehme ich an."

Er stoppt mich nicht. Ich bin froh. Ich muss hier raus. Doch als ich den Fahrstuhl betrete, sehe ich, wie er mich anstarrt, als sich die Tür schließt. Es ist der Blick eines Raubtiers: wachsam, aufmerksam. Ich zittere, als sich die Türen schließen und er verschwindet aus meinem Blickfeld.

Ich kann mich gerade noch stoppen, meinen Kopf aus Frust gegen die Fahrstuhlwand zu schlagen.

Naja, ich wollte, dass Bastian mich bemerkt. Und Junge, das hat er. Jetzt weiß er, dass ich eine großmäulige Verrückte bin, die denkt, alles über Finanzberatung zu wissen.

Gerade als ich den Fahrstuhl verlasse, bekomme ich eine Nachricht von Kevin.

Warst du bei Big Sexy?

Ich schreibe kurz zurück: *Ja und er war ein Arschloch. Ich habe ihm trotzdem sein Portemonnaie zurückgegeben. Ich hoffe, er erstickt daran.*

Ooohh, Mädchen. Details!

Wenigstens habe ich Kevin in meinem Leben, um zu lästern. Lächelnd schreibe ich ihm alles und wie gewöhnlich antwortet er mit einem Text, der zu 75% aus Emojis besteht. Am Ende schickt er mir lediglich Totenkopf-Emojis. Immer wieder. Ich lache laut los.

Als ich endlich an der frischen Luft bin, geht es mir besser.

Dann fluche ist, als ich das rote Papier an meiner Windschutzscheibe. Ein Strafzettel.

Absolut und verdammt perfekt.

KAPITEL SECHS

Bastian

Als ich zusehe, wie Julia mein Büro verlässt, denke ich zwei
Dinge zur gleichen Zeit: Einmal muss ich ihr ihren Mumm zugu-
tehalten. Und zweitens habe ich das so versaut, dass ich überrascht bin, dass das Gebäude noch steht.

Ich blicke zu meiner persönlichen Assistentin Holly. Sie und
Noah, unser Rezeptionist, gaffen noch immer. Mein prüfender
Blick bringt Noah dazu, sich zu räuspern und den Blick abzuwenden. Holly sagt: „Ich werde Mr. Masters später anrufen, um
den Termin zu bestätigen, Sir."

Normalerweise nennt sie mich Bastian, nicht Sir, und der
Grund dafür füllt mich mit Schuld. „Danke." Ich bin kurz davor,
mich bei ihr zu entschuldigen, weil ich so barsch war, als sie an
mir vorbeischaut und die Stirn runzelt. Ich drehe mich um und
sehe, wie mein Bruder Lucian näherkommt. Er zeigt in Richtung
meines Büros und ich nicke. Als ich mich umdrehe, sehe ich, wie
Holly in die andere Richtung läuft.

Ich muss mich einfach später bei ihr entschuldigen. Es ist das Mindeste, was ich tun kann, nachdem ich solch ein Arsch gewesen bin.

Außerdem bin ich nicht diejenige, die einen wichtigen Klienten verliert, weil ich ein voreingenommener Schwachkopf bin. Hat Julia das wirklich zu mir gesagt? Niemand redet jemals so mit mir. Aber jetzt hat eine Frau, die Chicken Wings Kostproben im örtlichen Lebensmittelgeschäft aushändigt, mir praktisch gesagt, mich selbst zu ficken.

Ich lache leise und bemerke dann, dass Noah mich wieder anstarrt.

„Ich bin mit Lucian in meinem Büro, Noah."

„Ja, Sir."

Ich schließe die Tür, nachdem ich mein Büro betreten habe. Lucian hat bereits die Füße auf meinem Schreibtisch, die ich stillschweigend vom teuren Mahagoni herunterschiebe.

Ich lasse mich ihm gegenüber in meinen Stuhl fallen und seufze.

Holly ist nicht die einzige, bei der ich mich entschuldigen muss. Sobald ich kann, muss ich Julia aufspüren. Doch wenn ich das tue – werde ich in der Lage sein, mich zu entschuldigen ohne sie um ein Date zu bitten, was ich jetzt bereits seit Wochen tun möchte?

Oh, ich will so viel mehr tun, als mich mit ihr zu verabreden.Ich will sie an mir spüren. Ich will hören, wie sie keucht, meinen Namen voller Genuss schreit. Ich will wieder und wieder in ihren feuchten Tiefen versinken, bis ich ihren Körper auswendig kenne, genau wie meinen eigenen. Ich will Stunden, Tage und Monate lang, jeden Moment den wir nicht damit verbringen, Liebe zu machen, die Nuancen ihrer süßen und starken Personalität erforschen.

Nur, dass ich nichts davon tun kann. Nicht mehr.

Naja, ich *kann*. Aber ich sollte nicht.

Ich habe mich in letzter Zeit müde, ausgelaugt gefühlt und die Angst war bereits da, doch der Zusammenbruch bei Cooper's und die darauffolgenden Tests haben bestätigt, dass mein Lupus zurück ist. Nicht, dass die Krankheit jemals weg war, doch ich war seit über einem Jahr in Remission. Naiverweise dachte ich, es hinter mir gelassen zu haben, und um das Ganze noch schlimmer zu machen, werde ich an einem öffentlichen Ort ohnmächtig, vor Julias Augen. Deshalb war ich so verdammt beschämt, als ich sie eben gesehen habe, und habe mich, bereits durch meinen Konflikt mit Ryland aufgebracht, wie das Arschloch benommen, das sie mich geschimpft hat.

Was ein Chaos. Ich seufze erneut.

„Also, wirst du mir sagen, worum es da gerade ging, oder wirst du einfach nur sitzen und seufzen?" Ich muss Lucian zugestehen, er ist nicht um Worte verlegen. Er starrt mich an und wartet auf meine Antwort.

Ich lache ein bisschen bitter. „Willst du es wirklich wissen?"

„Dumme Frage, da ich schon gefragt habe. Gib mir die Einzelheiten. Die Info. Wie auch die jungen Leute das heute nennen."

„Lucian, du bist erst achtundzwanzig und damit zwei Jahre jünger als ich."

Er winkt ab. „Ich fühle mich alt in meiner Seele. Und du lenkst ab. Wer war das Mädchen und was wollte sie?"

Ich kann den Geldbeutel in meiner Jackentasche fühlen, schwer und fast anschuldigend. Julia hat sich die Mühe gemacht, ihn zurückzubringen, wo sie einfach das Bargeld behalten und den Rest wegwerfen hätte können. Ich kann mir vorstellen, sie kann das extra Geld gebrauchen. Mein Herz wird ein bisschen warm.

„Sie kam tatsächlich her, um meinen Geldbeutel zurückzubringen. Ich habe dir erzählt, dass er verschwunden ist, als die Sache bei Cooper's passiert ist? Naja, anscheinend hatte sie ihn die ganze Zeit."

Lucian hebt eine Augenbraue an. „Hat sie lange genug gekostet, um ihn zurückzubringen, aber ich nehme an, sie bekommt dennoch Punkte für Selbstlosigkeit."

Ich antworte nicht. Ich kann nur daran denken, wie Julia aussah, als sie mich in meine Schranken gewiesen hat: Umwerfend! Sie sollte öfter wütend werden. Ihr Gesicht gerötet, die Augen blitzend und ihr prachtvoller Vorbau wogend? Gott, sie war wunderbar und ich kann spüren, wie mein Körper sich beim Gedanken an sie erregt. Was wirklich nichts Neues ist. Seitdem ich sie das erste Mal bei Cooper's gesehen hatte, habe ich meine Fantasien über sie zu einer olympischen Disziplin gemacht.

Sie ist hübsch und schlau und witzig und jetzt weiß ich, dass sie Mut hat. Meine letzten paar Freundinnen haben sich immer beschwert, mich nicht dazu bringen zu können, ihren Wünschen nachzugeben, weil ich so stur bin. Julia hätte eindeutig kein Problem damit, mich zum Teufel zu schicken.

„Jetzt lächelst du", sagt Lucian. „Träumst du? Verdammt, du träumst."

Beschämt wühle ich mich durch wahllose Unterlagen auf meinem Schreibtisch. „Was denkst du? Was sind unsere Optionen bezüglich Ryland?"

Jetzt ist Lucian an der Reihe zu seufzen. „Wenn ich das wüsste. Wir haben ihm alle Zahlen gegeben, alle Informationen, warum diese Investition ganz schnell bergab gehen könnte, aber er wollte nichts davon hören. Ich glaube, mit jeder Seite, die wir ihm gezeigt haben, hat er mehr zugemacht. Es verheißt nichts Gutes für uns, wenn wir Ryland nicht glücklich machen können – vor allem was Empfehlungen von Kiss Talent angeht."

Ich klopfe mit einem Stift auf den Tisch. RichCo geht es gut, aber dennoch ist es definitiv erstrebenswert, mit der Kiss Talentagentur zu kooperieren und ihrer Kundenherde Finanzberatungen anzubieten. Masters ist erst der Anfang einer langen Reihe von Stars, die von Declan, Owen und Hunter Kiss repräsentiert werden. Männer, die Lucian und ich respektieren und mit denen wir gerne bei gelegentlichen sozialen Events zusammenkommen, was sowieso selten vorkommt, da sie zwischen New York und Los Angeles pendeln.Es tut niemandem weh, dass die Kiss Agentur VIP Zugang zu den besten Sport Events, Rock Shows und Filmpremieren hat, die der Entertainment Sektor zu bieten hat. Declan, Owen und Hunter sind jenseits ihres exzessiven Lebensstil, den schnellen Autos und den Unzucht treibenden Fassaden verlässliche, loyale und scharfsinnige Geschäftsmänner.

Kenne ich. Heutzutage bin ich wesentlich glücklicher damit, das Leben auf der Kriechspur zu verbringen, obwohl mein neuester Zusammenstoß mit Julia mich definitiv mit einem angenehmen Adrenalinrausch durchflutet hat, den ich gerne wieder erleben möchte... und zwar bald. Erstaunlicherweise ist es jedoch Julias Geschäftstipp, der in meinen Gedanken gerade ganz vorne steht.

Julia meinte, ich müsse darüber nachdenken, wie Ryland die Dinge betrachtet, und dass Risiken für ihn zu einer Art Lebensziel gehören (was er wohl zu erwähnen versäumte, als er uns anstellte). Ich würde mich selbst nicht unbedingt als äußerst vorsichtige Person bezeichnen, aber ich renne auch nicht kopfüber in Dinge, wenn ich sehr gut weiß, dass sie schlecht ausgehen können. Rylands Freund entwickelt also eine Handy App? Absolut jeder macht heutzutage eine App und diese hier scheint sich von all den anderen im App Store nicht zu unterscheiden.

Lucian und ich haben Ryland das erklärt, doch er will dennoch weitermachen. Offensichtlich ist es sein Geld und er kann tun, was er möchte, und dennoch sieht er unseren Rat als ein Zeichen für Berater/Kunden-Inkompatibilität. Ich klopfe den Stift härter gegen den Tisch.

„Weißt du", beginne ich denkend. „Ich frage mich, ob wir wirklich alles in Betracht gezogen haben. Vielleicht gibt es eine Komponente, die zeigt, dass es sich nicht um einen ausschließlichen Nachteil handelt. Vielleicht hat dieses Unternehmen ein tatsächliches Potential. Ryland denkt das offensichtlich."

Lucian blickt mich an und lacht dann auf. „Wovon redest du? Hast du mir nicht gerade erklärt, wie absolut ziellos diese App ist und wie wir Ryland unter allen Umständen davon abhalten müssen, Geld aus dem Fenster zu werfen?"

Ich knirsche mit den Zähnen. „Ja, aber manchmal muss man die Taktik ändern. Manchmal gibt es einen Blickwinkel, den man noch nicht geprüft hat. Ich denke, es gibt etwas, was wir noch nicht in Betracht gezogen haben. Hast du jemals seine Musik gehört?"

„Nein, habe ich nicht. Aber wie du aufgezeigt hast, bin ich achtundzwanzig. Ich denke Rylands Musik ist eher etwas für College Kids. Und ich habe kaum Zeit, nach den neuesten Musiktrends zu suchen." Er lehnt sich zurück, legt die Füße wieder auf den Tisch und streichelt sein Kinn. „Hat das irgendetwas mit dem Mädchen zu tun? Wie war ihr Name?"

Ich pausiere, mein Klopfen verstummt. „Ihr Name ist Julia. Was ist mit ihr?"

„Ich habe nicht gehört, was sie gesagt hat, aber was *hat* sie zu dir gesagt? Ich habe noch nie gesehen, dass du dich bei einem Deal so schnell um 180 Grad gedreht hast, wenn überhaupt. Sie muss dich beeindruckt haben."

Ich zögere. Soll ich Lucian erzählen, wie Julia mich zusammengestaucht hat? Ich entscheide, ihm nicht alles zu erzählen, aber ich kenne ihn – wenn ich geradeheraus lüge, wird er wie ein Hai nach Blut suchen. „Sie und Ryland sind anscheinend miteinander ins Gespräch gekommen und sie hat sich gezwungen gesehen, ihren Rat anzubieten." Ich kann das Schnauben nicht unterdrücken: Ja, ich bewundere ihren Mumm, aber gleichzeitig hat sie auch kaum Legitimation. Zumindest nicht, soweit ich weiß. Ich weiß, es klingt lächerlich, wenn ich es laut ausspreche. „Sie meinte, Ryland gehe in seinem Leben Risiken ein und ich solle das miteinbeziehen."

„Hm", sagt Lucian. „Hm."

„Ist das alles, was du zu sagen hast?"

„Ich denke."

Ich klopfe wieder mit meinem Stift.

Nach einigen Augenblicken steht Lucian auf. Er benimmt sich wie eine Katze, streckt sich in einem Flecken Sonne, die durch das Bürofenster hineinscheint. „Ich bin mir nicht sicher, ob wir auf eine wahllose Frau hören sollen", sagt er endlich, „aber ich nehme an, es schadet nicht, in Erwägung zu ziehen, was sie gesagt hat, da Ryland nicht glücklich damit ist, was wir ihm gegeben haben."

Dann dreht er sich um und plötzlich liegt sein gesamter Fokus auf mir. „Meine wirkliche Frage ist: Wirst du sie um ein Date fragen oder nicht?"

Ich umklammere den Stift in meiner Faust. Das ist die echte Frage, nicht wahr? Bevor ich bei Cooper's wie eine viktorianische Frau mit zu engem Korsett zusammengeklappt bin, hatte ich vor, Julia nach einem Date zu fragen, sobald sie mit mehr Chicken Wings zurückkommen würde. Aber jetzt? Wie kann ich, wenn ich bereits weiß, dass ich mehr als nur ein Techtelmechtel mit ihr möchte. In Wahrheit bin ich nicht der Typ für Liebeleien. Nicht mehr. Ich bin dem bösen Jungen entwachsen, der ich einmal war, und ich mag den Mann, zu dem ich geworden bin. Ich möchte eine Freundin. Ich möchte etwas Wichtiges erzielen, mit dem Wissen, dass es möglicherweise das wichtigste Ding in mein Leben werden könnte. Zu diesem Punkt bin ich mit einer Frau noch nie gekommen, aber mit Julia… Ich habe Ärztinnen, Modells und CEO's gedatet, aber an diesem Lebensmittelgeschäft-Kostproben-Mädchen fasziniert mich etwas. Nicht zu erwähnen, dass ich bereits halb hart bin, wenn ich nur an sie denke, vor allem an ihre Augen, ihre Brüste, ihr Lächeln.

Vor allem ihre Brüste.

Aber Julia ist jung und hat es nicht verdient, sich auf einen

Kerl einzulassen, möglicherweise Gefühle für jemanden zu entwickeln, der gegen eine bedeutende Krankheit kämpft.

Ich räuspere mich ein bisschen. „Im Moment nicht. Ich werde sie nicht ausfragen."

„Warum nicht zum Teufel?"

„Weil es nicht gerade eine optimale Zeit ist, falls du es nicht bemerkt hast."

Er runzelt die Stirn. „Bastian…"

„Ich muss zurück an die Arbeit und das gilt auch für dich", beende ich das Gespräch und beginne, mit einigen Dokumenten auf meinem Tisch zu hantieren.

Ich fühle den Blick meines Bruders für einige Sekunden auf mir, bevor er widerwillig aufsteht. „Wenn sie vor einer kleinen Krankheit Angst hat, ist sie deine Zeit sowieso nicht wert. Aber woher willst du das wissen, wenn du sie gar nicht fragst?" Er redet leise und ich sehe nicht auf, um zu antworten. Dann ist er weg.

Ich fahre mit meinen Fingern durch mein Haar und lehne mich in meinem Stuhl zurück. Da fühle ich den Geldbeutel in meiner Jacke. Ich greife hinein, ziehe ihn heraus und öffne ihn. Ich glaube nicht, dass Julia etwas genommen hat, trotzdem blättere ich durch die Scheine. Ich bemerke, dass sich ein zusätzlicher Schein darin befindet; es sind jetzt zwei fünfzig Dollar Noten.

Sonst ist alles da, inklusive der Kondome, die ich immer bereit habe. Als ich sie sehe, stelle ich mir vor, zwischen Julias Oberschenkeln zu sein. Dass ich alles dafür geben würde, in ihr zu versinken. Diese Brüste selbst zu sehen, sie zu schmecken, ihr Stöhnen zu hören. Ich frage mich, ob sie schreit oder stöhnt. Vielleicht macht sie aber auch gar keine Geräusche beim Sex? Ich muss mich in meinem Stuhl verlagern, weil ich (mal wieder) hart dabei werde, mir das Szenario vorzustellen.

Ich beende die Arbeit, die getan werden muss, und suche dann Holly, um mich zu entschuldigen. Sie ist netter, als ich es verdiene, und vergibt mir ohne Probleme. Dann bitte ich sie, Konzerttermine von Ryland Masters nachzusehen und zwei Tickets für das nächste Konzert zu buchen. „Kontaktiere Kiss Talent und frage nach VIP Zugang", sage ich ihr. Sie hebt die Augenbrauen, ist aber zu professionell, um einen Kommentar abzugeben.

Ich nehme an, ich werde Julia wohl doch nach einem Date fragen.

KAPITEL SIEBEN

Julia

Nach einem herausragendem Start in den Tag darf ich Müsliriegel aushändigen, die weder Gluten, Milchprodukte, Zucker noch Eier enthalten – und vermutlich auch keine Freude. Ich sage niemandem, woraus sie hergestellt wurden, beziehungsweise woraus nicht, während ich die kleinen Becher verteile. Hauptsächlich um die Reaktionen zu sehen, wenn die Kunden realisieren, dass sie Pappe essen.

Eine Frau im mittleren Alter mit flammend rotem Haar kaut so lange am beleidigenden Müsliriegel herum, dass sie wie eine Kuh aussieht, die wiederkäut. „Was ist da drin?", fragt sie angewidert. „Schleifpapier?"

„Quinoa und Leinsamen", antworte ich automatisch. Als die Frau noch angewiderter dreinschaut, füge ich hinzu: „Es ist sehr gesund."

„Aha. Ich bleibe bei meiner üblichen Marke, danke." Die Frau geht davon, noch immer kauend, und ich muss dem Verlangen widerstehen, Kevin eine Nachricht darüber zu schicken.

Nach meinem Zusammentreffen mit dem Arschloch Bastian heute Morgen habe ich versucht, ihn mir aus dem Kopf zu schlagen. Natürlich ist mein Verstand extrem ungezogen und hat gerne feuchte Träume über den Mann, der so unhöflich mir gegenüber war, dass ich noch nicht in der Lage war, ihn vollständig zu vergessen. Aber ich versuche es. Wirklich. Ich bin enttäuscht, dass ich mich so in einen Kerl verguckt habe, der sich als solches Arschloch entpuppt. Ich hätte es wissen müssen: Kein Kerl mit einem Arsch wie diesem kann anständig sein.

Mit meinem Kinn in der Hand blicke ich verzweifelt in die Weite von Cooper's. Ich nehme an, dass das Abenteuer, auf das ich gehofft hatte, wohl nicht stattfinden wird? Wie deprimierend. Ich werde Kostproben austeilen, bis ich unter der Erde liege, und bei meinem Glück werden die Leute, die bei meiner Beerdigung auftauchen, auf mehr kostenlose Proben hoffen.

Als ich tief seufze, kommt She-Hulk um die Ecke. Sie hat mich auf dem Kieker, seitdem ich abgehauen bin, um Bastian im Taxi zu verfolgen. Heute befindet sich ihr weißblondes Haar im engsten Knoten, den ich je gesehen habe. Ich frage mich, ob die Blutversorgung in ihrem Gesicht darunter leidet. Ihr Lippenstift ergänzt ihre Färbung absolut nicht und lässt sie eher kränklich wirken. Doch all das verblasst, als sie mich dabei ertappt, in die Leere zu blicken.

„Rominger!", bellt sie.

Ich stehe aufrecht wie ein Soldat im Boot Camp. „Ja?"

„Hör auf, so auszusehen, als könntest du dich weniger interessieren, und mach dich einmal an die Arbeit."

„Der Satz heißt tatsächlich ‚als könntest du dich NICHT weniger interessieren'. Denn zu sagen, dass man sich noch weniger für etwas interessieren könnte, impliziert dass man sich möglicherweise wenigstens ein bisschen interessiert."

She-Hulk starrt mich an. Dann blitzt sie: „Hast du gerade meine Grammatik verbessert?"

Gut gemacht, Dummkopf. „Neeeeein, ich habe nur…Fun Fact? Haha?"

„Wie wär's damit, wenn du dich an die Arbeit machst, statt zu versuchen, clever zu klingen, hm? Du brauchst meine Grammatik nicht zu korrigieren, um Müsliriegel auszuteilen."

Ich werde rot. Ich merke, wie Kunden anfangen zu starren, und ich will im Boden versinken. Ich hätte es nicht sagen sollen, aber musste She-Hulk deshalb so gemein sein?

„Sieh mal, ich weiß, dass du mich aus irgendeinem Grund nicht leiden kannst", quassle ich los. *O Gott, Wörter-Brechanfall im Anflug!* „Aber das heißt nicht, dass du mit mir reden kannst, als wäre ich dumm. Okay? Das ist unhöflich. Einfach unhöflich."

Als She-Hulk schweigt, kann ich mir fast vorstellen, wie sie immer größer und größer wird, genau wie der Hulk, bis sie aus ihrer Kleidung platzt und hellgrün knurrt und schreit. Doch sie verwandelt sich nicht. Stattdessen rollt sie mit den Augen, keift ein barsches „Fein" und geht davon.

Ich weiß nicht, ob das ein Sieg war, aber ich nehme es an.

Als ich gerade damit anfangen will, meinen Stand aufzuräumen, sehe ich etwas in meinen Augenwinkeln. Als ich realisiere, wer es ist, keuche ich. Ich lasse die Box mit, naja, weiteren Boxen fallen und sie verteilen sich auf dem Boden. Einige rollen davon und ich will meinen Kopf gegen irgendetwas schlagen.

Kein anderer als Big Sexy Asshole (Kevins neuer Name für ihn) steht erneut an meinem Stand, ohne Anzug. Er ist weniger als zwei Meter von mir entfernt, doch er sagt kein Wort. Er schaut mich nur mit diesen goldenen Augen an, in denen ein Mädchen ertrinken könnte. Meine Zunge hat sich verheddert. Ich versuche zu sprechen, aber es kommt nur ein Stottern raus. Also höre ich auf, es zu versuchen.

„Kein Anzug", sagt er.

Ich blinzele. „Ähm, was?"

„Ich trage keinen Anzug, der mich in ein Arschloch verwandelt. Du kannst dich also entspannen."

Ich zucke innerlich zusammen, als ich mich daran erinnere, wie ich geschlussfolgert habe, dass sein Anzug Super-Arschloch-Kräfte hat.

„Was ist die heutige Kostprobe?", fragt er.

Ich blinzele. Kostproben? Was sind Kostproben? Oh, Kostproben. Ja, das ist mein Job. „Mü-mü-mü-mü-sliriegel", bekomme ich endlich heraus. Ich reiche ihm einen. „Sie sind gesund."

„Aha." Er besieht sich das Stück Müsliriegel und steckt es sich in den Mund. Und da darf ich dabei zuschauen, wie er – genau wie alle anderen – das Gesicht verzieht.

„Lecker, hm?"

Er kaut. Er kaut weiter. Und dann schluckt er, aber es scheint Kraft zu kosten. „Sicher", sagt er hustend.

Der Ausdruck auf seinem Gesicht ist lächerlich genug, dass ich ein Lachen unterdrücken muss.

Er räuspert sich. „Ich wollte mich entschuldigen. Für vorhin, meine ich."

Ich kann kaum glauben, was ich da höre. Bastian Rich entschuldigt sich bei mir? Der unwichtigen Julia, Kostproben-Austeilerin und ewige Versagerin?

„Ich habe keine Entschuldigung dafür, wie ich mich verhalten habe. Ich bin wohl nicht ich selbst. Aber ich hätte es nicht an dir auslassen sollen."

„Okay, naja...danke."

„Heißt das, du vergibst mir?"

„Naja..." Ich beiße mir auf die Lippe und er scheint von der Aussicht gelähmt zu sein, also stoppe ich schnell.

„Was ist?"

„Bist du nicht du selbst, weil du...krank bist?" Das hätte ich in Betracht ziehen sollen, bevor ich ihm heute Morgen ins Gesicht gesprungen bin. Schließlich war der Kerl vor meinen Augen bewusstlos geworden.

Er starrt mich an, seine Wangen werden fleckig. „Ich sterbe nicht oder so", sagt er, was meine Frage nicht wirklich beantwortet, doch es füllt mich mit einem Gefühl der Erleichterung. Trotz seines Verhaltens vorhin bin ich froh, dass er okay ist.

„Ich habe nur…hast du dich bei Holly entschuldigt?"

„Hol--?" Verstehen übernimmt seinen Ausdruck. „Ah ja. Ich habe mich bei Holly entschuldigt. Und ich habe währenddessen sogar meinen Anzug getragen."

Gott, ich kenne ihn gerade mal ein paar Minuten, aber wir haben tatsächlich schon einen Insider-Witz. Das Wissen füllt mich mit Vergnügen. „Gut gemacht. Und ja."

„Ja?"

„Jetzt, wo ich weiß, dass du dich bei Holly entschuldigt hast, vergebe ich dir."

„Kennst du Holly?"

„Nein. Es ist nur, sie hat versucht, Rylands Termin zu vereinbaren, doch wir haben geplaudert und…" Ich winke ab. „Ich habe mich irgendwie so gefühlt, als hätte ich etwas mit deiner Wut über sie zu tun."

Er nickt, dann zieht er sein Portemonnaie heraus – das berüchtigte Portemonnaie, genauso dick wie zuvor – und ich habe die furchtbare Ahnung, dass er mir eine finanzielle Belohnung geben möchte, weil ich es ihm zurückgebracht habe. Als wäre ich eine wahllose Fremde, die ihm einen unpersönlichen Gefallen getan hat. Als würde er mich auf die gleiche Weise belohnen wie jeden anderen, sogar den alten Typ, der mich angeekelt hat, als er die Wunder-Wattestäbchen ausprobiert hat, sollte dieser ihm seinen Geldbeutel bringen.

„Weißt du, warum ich zwei fünfzig Dollar Scheine in meinem Geldbeutel habe? Ich hätte schwören können, ich hatte nur zwanzig und hundert Dollar Noten."

Oh, das. Ich versuche, es wegzulachen. Aber er runzelt die Stirn. Also beichte ich. „Ich habe versucht, dem Krankenwagen zu folgen, nachdem du kollabiert warst, und ich habe den Taxifahrer mit hundert Dollar bestochen." Als er mich weiter ansieht, füge ich hastig hinzu: „Ich hatte immer vor, es zurückzuzahlen!

Und wie du siehst, habe ich das auch. Es tut mir trotzdem leid, dass ich dein Geld benutzt habe. Das war nicht sehr nett von mir."

Er denkt kurz nach, sein Gesichtsausdruck ist ernst, als ob er sich nicht sicher ist, wie er es aufnehmen soll, dass ich nicht nur versucht habe, ihm zu folgen, sondern dafür auch noch sein Geld benutzt habe. „Naja", sagt er schließlich. „Ich befürchte, die zwei Fünfziger reichen einfach nicht." Er schüttelt den Kopf, nimmt die zwei Scheine und gibt sie mir.

Ich bin so verblüfft, dass ich sie nehme. „Tut mir leid, aber ich verstehe nicht." Ist das seine Art, mir eine Belohnung zu geben?

„Ich sage, ich will die hundert Dollar nicht zurück, aber vielleicht kannst du mir stattdessen etwas anderes geben."

Gott, die Bilder, die bei diesem Satz durch meinen Kopf wirbeln.

„Ich habe deinen Rat angenommen und Tickets für Rylands Konzert Samstagabend besorgt. Ich möchte, dass du mitkommst."

Bittet mich Big Sexy Asshole Bastian um ein Date?

Ein Date? Ein wirkliches, heilige-Scheiße-o-mein-Gott Date?

Das kann nicht wirklich passieren. Verstohlen kneife ich mich. Scheiße – es ist echt. Er steht hier und fragt mich aus.

Dann presse ich meine Augen zusammen. Warum fragt er mich aus? Ist das eine Art Trick? Ein Witz? Ich sehe mich nach versteckten Kameras um. Aber da sind nur ich und Bastian, die dastehen und sich gegenseitig anstarren.

Ich bin mir nicht sicher, ob ich ja sagen soll, doch dann sprudeln die Worte aus meinem Mund, bevor ich weiß, was mir geschieht. „Sei ehrlich. Machst du das nur, weil du noch mehr Ratschläge im Finanzberater-Geschäft haben möchtest?"

Er lächelt langsam. „Du bist mir auf der Schliche. Aber es wird nicht nur um Arbeit gehen. Zum Teufel, wenn du ein braves Mädchen bist, lade ich dich davor sogar noch zum Abendessen ein."

„Und was, wenn ich ein böses Mädchen bin?" Ich zucke

zusammen, sobald die Worte meinen Lippen entfliehen, und bete, dass er auf mysteriöse Weise nicht in der Lage war zu hören, wie diese Worte auf meiner Zunge gerollt sind, mit einer Stimme wie der eines Callgirls. Ich warte nicht auf seine Antwort, sondern korrigiere meinen Kurs. „Vergiss es. Ich werde brav sein."

„Komm, wie auch immer du dich fühlst", sagt er. „Gut, böse oder dazwischen. Ich wette, ich werde es genießen, alle Seiten an dir kennenzulernen."

Seine Augen lodern auf und ich spüre, wie sich auch in meinem Körper die Hitze breitmacht. Ich will über den Kostprobenstand springen, als wäre dieser ein Seitpferd, und ihn besteigen, doch leider bin ich weder athletisch noch mutig. Tatsächlich beginne ich mich zu fragen, ob dies eine Art Rache-List ist – manipuliere das mollige Mädchen, die einmal ihm gegenüber die Klappe aufgerissen hat, oder so. Und ich hasse, was das über meine Selbstachtung beziehungsweise deren Fehlen aussagt. „Bist du dir sicher? Es gibt, offensichtlich, einiges von mir."

Er blickt finster drein. „Du bist verdammt umwerfend. Sonst wäre ich nicht hier. Jetzt sag schon, dass du mit mir zu dem Konzert gehen wirst."

Ich zögere. Aber er hat gerade gesagt, dass er mich umwerfend findet, und ich bin plötzlich davon überzeugt, dass das, verdammt nochmal, kein Witz ist. Er fühlt sich von mir genauso angezogen wie ich mich von ihm. Ich zittere vor Aufregung und klammere mich hilfesuchend an die Ecke des Standes. Doch als ich spreche, ist meine Stimme ruhig. „Ich arbeite am Samstag bis 18 Uhr, also schaffe ich es davor wahrscheinlich nicht zum Abendessen. Aber wenn das in Ordnung ist…gehe ich mit dir zum Konzert."

„Das ist in Ordnung. Wir gehen ein anderes Mal essen." Er zieht sein Handy heraus und beginnt, darauf los zu tippen. „Wie ist deine Nummer? Ich hole dich auf dem Weg ab."

Ich taumle noch immer aufgrund seiner beiläufigen Anmerkung, dass wir nach dem Konzert nochmal etwas gemeinsam unternehmen werden, doch irgendwie schaffe ich es, ihm meine Nummer zu geben.

Bevor er geht, greift er nach vorne und berührt sanft meinen Arm. „Ich freue mich auf Samstag, Julia. Pass auf dich auf."

„Du auch", sage ich weich.

Dann ist er weg. Für eine geschlagene Minute starre ich ihm wohl ausschließlich hinterher. Und dann fange ich voller Freude an zu lachen.

Wer bin ich? Und wo ist die langweilige Julia Rominger?

KAPITEL ACHT

Julia

Nach der Arbeit suche ich Kevin, damit wir wie geplant etwas trinken gehen können. Als ich nach seinem Date mit dem Typ aus dem Fitnessclub frage, rollt er mit den Augen und winkt herablassend ab. „Zeitverschwendung. Sagen wir einfach, Henry ist heiß wie eh und je, ist aber anderweitig etwas unzureichend – und nein, ich rede nicht über die Größe seines Schwanzes, sondern seinen Charakter."

„Das tut mir leid", sage ich und mir ist vollkommen bewusst, dass ich grinse und nahezu tanze, als ich das sage.

Er kneift die Augen zusammen. „Julia, spuck es aus."

Ich erzähle ihm, was passiert ist, und er kreischt so laut, dass ich seinen Mund bedecke.

„O mein Gott, er hat dich um ein Date gefragt?!" Kevin sieht aus, als stünde er kurz vor einem Schlaganfall. „Big Sexy Asshole hat dich um ein Date gefragt? Bist du dir sicher? Du hattest keine Halluzinationen, weil du zu viele Müsliriegel gegessen hast?"

„Nein, er hat wirklich gefragt. Aber vielen Dank für dein

Treuebekenntnis. Außerdem ist er kein Arschloch: Er hat sich entschuldigt. Ist sofort damit herausgerückt und meinte, es tue ihm Leid." Ich grinse so breit, dass ich vermutlich idiotisch aussehe.

„Aha", sagt Kevin und betrachtet mich. „Du siehst aus, als hätte er dir gerade den besten Orgasmus deines Lebens geschenkt, dabei hat er dich noch nicht einmal berührt. Oder?"

Ich kneife ihn, er quiekt. „Sei nicht unanständig", sage ich.

„Also, wohin führt er dich aus? Wir wissen bereits, dass er Geld hat, also muss er sich schon was einfallen lassen. Er wird dich nicht zu Burgerking einladen, oder?"

„Warum sollte er--? Vergiss es. Nein, wir gehen zu Ryland Masters Konzert am Samstag."

Kevin keucht. „Nein! Du machst Witze! Ehrlich? O mein Gott. Wir müssen einkaufen gehen. Sofort." Er packt mich am Handgelenk und wir rennen nahezu aus Cooper's heraus und rempeln auf dem Weg She-Hulk an.

„Passt auf, wo ihr lauft, ihr zwei!", schreit sie uns an.

Als wir den Parkplatz erreichen, platzen wir lachend los.

„Hast du ihr Gesicht gesehen?", keuche ich.

„Sie wird uns während unserer nächsten Schicht dafür umbringen. Aber wen interessiert's! Jetzt hübschen wir dich auf!"

In der Einkaufsmall muss ich ein Kleid nach dem anderen anprobieren und ich gebe schon fast auf und gehe nach Hause, als wir ein sexy rotes Ding finden, das meine Kurven betont, aber nicht sagt: „Ich bin total leicht zu haben." Kevin klatscht, als ich es ihm vorführe.

„Oh Mädchen, er wird seinen verdammten Verstand verlieren, wenn er dich darin sieht. Wenn ich nicht schwul wäre, würde ich dich selbst knallen."

„Danke, Liebling. Du sagst immer die nettesten Dinge zu mir."

Dann hilft er mir dabei, Make-Up, neuen Nagellack und ein neues Paar Schuhe auszusuchen. Ich weiß, dass ich die hundert Dollar, die Bastian mir gegeben hat, für praktischere Dinge ausgeben sollte, aber ich verdränge den Gedanken. Mein Abenteuer geht weiter und – verdammt nochmal – ich werde ihm entschieden entgegentreten. Wir nehmen alles mit zu mir nach Hause, wo wir auf Netflix Reality-TV schauen und Popcorn essen.

Kevin verabschiedet sich gegen ein Uhr nachts. Er wird Samstagnachmittag vorbeikommen, um mir dabei zu helfen, mich für mein großes Date fertig zu machen. „Er wird nicht wissen, wie ihm geschieht", verspricht er, als er in den Wagen steigt.

Samstagabend. Ich warte auf Bastian, dem ich meine Adresse geschickt habe, und kann nicht aufhören, mein Kleid herunterzuziehen. Ist es zu kurz? Vielleicht hätte ich stattdessen das blaue Kleid nehmen sollen. Kevin ist schon weg, lässt mich alleine auf mein Date warten und jetzt habe ich jeden Zweifel, der ich Buche steht.

Sehe ich aus, als würde ich es zu sehr versuchen? Ich blinzele in meinen Taschenspiegel und überdenke meinen Lippenstift. Was, wenn Bastian keine Frauen mit rotem Lippenstift mag? Was, wenn er die Farbe Rot allgemein hasst? Ist mein Haar zu viel? Vielleicht hätte ich es einfach offen tragen sollen?

Ich bin ein Häufchen Elend, als ich sehe, wie der schickste Wagen, den ich jemals auf dieser Seite der Stadt gesehen habe, in meinen Wohnkomplex einbiegt. Bastian parkt und steigt dann mit Sonnenbrille im Gesicht aus. Er sieht so weltmännisch und cool aus, dass ich fast entscheide, doch nicht mit ihm auszugehen. *Ich bin krank*, denke ich krampfhaft. *Ich habe Läuse. Nein, Durchfall. Nein, eine Halsentzündung.* Ich huste etwas, aber es bringt nichts. Er klopft an meine Tür und ich kann mich entweder unter meinem Bett verstecken, bis er geht, oder die Suppe auslöffeln.

Ich entscheide mich dafür, die Suppe auszulöffeln.

Als ich die Tür mit meinem Herz im Hals öffne, sehe ich, wie er die Sonnenbrille nach oben schiebt und mich kurz mustert. Sein Blick kann nur als schwelend bezeichnet werden und ich kribbele am ganzen Körper, als er mir in die Augen sieht.

„Du siehst großartig aus", sagt er. „Bereit?"

Ich greife mir meine Handtasche und vergesse fast, meine eigene Tür abzuschließen. Ich folge Bastian nach draußen zu seinem Wagen und er öffnet mir die Tür, bevor er auf der Fahrerseite einsteigt. Sobald ich im Wagen sitze, kann ich nicht aufhören, mich umzusehen. Die Sitze sind aus feinstem Leder und er hat jeden Schnickschnack, den ein Wagen nur haben kann, und noch mehr. Mein armes, altes Auto hat manuelle Fenster und Schlösser und die Klimaanlage funktioniert nicht einmal.

Es riecht nach neuem Auto und nach Bastian. Ich versinke in meinem Sitz, mein Herz flattert leise

„Bist du okay?", fragt er mich, nachdem wir schon eine Weile gefahren sind.

Ich bemerke, dass ich noch kein Wort gesagt habe. Ich schlucke. „Gut. Mir geht es gut. Nur etwas müde. Ich war letzte Nacht zu lange auf." Ich schlage mit leicht auf die Stirn. „Wie dumm von mir."

Bastian sieht mich aus den Augenwinkeln an, versucht aber nicht, mir eine Erklärung zu entlocken.

Als wir beim Konzert ankommen, kümmert sich ein Parkservice um den Wagen. Bastian nimmt meinen Arm und eskortiert mich zu einem privaten Zimmer, das die gesamte Bühne überblickt. Es handelt sich um eine Konzerthalle und ich war erst einmal hier und das ganz oben. Doch jetzt sitze ich bei Bastian und kann schicke Getränke und Speisen bestellen und mich benehmen, als wäre ich eine Art reiches Mädchen. Es ist berauschend und ziemlich überfordernd.

Was sieht er überhaupt in mir? Ich kann nicht aufhören, darüber nachzudenken. *Ich bin kein gebildetes Mädchen aus guter Familie. Er*

hat mehr Geld in seinem Geldbeutel als ich auf dem Gehaltszettel eines Monats.

Bastian bestellt uns etwas zu essen und zu trinken. Er stellt sicher, dass ich anstelle eines Bieres einen fruchtigen Cocktail bekomme. Ich lächle, als der Kellner den knallpinken Drink vor mich stellt.

„Woher wusstest du, dass ich den mädchenhaftesten Cocktail überhaupt wollte?"

„Nur eine Vermutung. Willst du ein Geheimnis hören?"

Ich nicke, als ich an meinem Drink nippe. Er ist absolut fruchtig mit jeder Menge Alkohol. Genau so wie ich es mag.

„Bis vor einem Jahr mochte ich kein Bier. Ich habe immer Weißwein getrunken."

Ich keuche gespielt, was ihn zum Lachen bringt. „Was für eine Art Mann bist du? Echte Männer trinken Bier, bekämpfen Bären und können ihren Bart über Nacht wachsen lassen."

Er lehnt sich zu mir herüber, um mir ins Ohr zu flüstern: „Ich versichere dir, ich bin Manns genug für dich." Seine Worte bescheren mir eine Gänsehaut und mein Körper füllt sich mit Wärme.

Meine anfängliche Nervosität verblasst allmählich, während er mich mit verschiedenen Appetizern füttert, die vermutlich jede Menge Geld kosten. Ganz im Gegensatz zu den Proben, die ich tagtäglich in meinem Job verteile, gibt es hier keine fettigen Chicken Wings. Als ich etwas, das wie eine Kartoffel aussieht, in meinen Mund schiebe, kann ich nicht anders als zu stöhnen. So lecker ist es.

„Schmeckt dir das?" Bastian reicht mir ein weiteres Häppchen.

„O Gott, ich werde allein durch diesen Abend zehn Kilo zunehmen, aber was soll's!"

Ich streife seinen Blick und realisiere, dass wir noch eine Stunde haben, bevor die Show startet. Ich wische meine Hände mit einer Serviette ab und greife nach Bastians Hand. „Lass uns ein bisschen umschauen", sage ich.

Er hebt eine Augenbraue, erhebt sich aber ohne Widerstand. Nachdem wir den Raum verlassen haben, sind wir schnell von der Menschenmasse umhüllt, die auf Rylands Show wartet. Die Menschen um uns herum brüllen und schreien und lachen und die angespannte Energie überträgt sich auf mich. Ich drücke Bastians Hand, als ich zu ihm hochlächle.

„Weißt du, was wir brauchen?" Ich versuche, das Geschreie zu übertönen.

„Was denn?"

„Wir brauchen ein paar Andenken! Komm mit!"

Wir schlagen uns durch die Menge, obwohl Bastian die Führung übernommen hat, da er größer ist und die Leute ihn leichter durchlassen als mich. Ich nehme nebenläufig wahr, dass einige Frauen – und einige der anwesenden Männer – ihn ansehen. Sowohl mit Ehrfurcht als auch mit Begehren. Seine Präsenz ist immer überragend, egal wohin er geht.

Wieder fragt sich eine Stimme in meinem Kopf, was ein Mann wie er von mir will, aber ich versuche, die Stimme zu unterdrücken. Ich werde es nicht zulassen, dass meine Unsicherheit diesen Abend ruiniert. Aus irgendeinem Grund hat er sich dazu entschieden, diesen Abend mit mir zu verbringen. Nur das zählt.

Endlich erreichen wir den Merchandise-Stand. Sie verkaufen alles Mögliche von T-Shirts über Schmück bis hin zu Wackelkopffiguren. Ich muss lachen, als ich Rylands Wackelkopf nehme und er in meinen Händen hin und her schlenkert.

„Der sieht ihm wirklich ähnlich", sagt Bastian verschroben und zeigt auf den überdimensional großen Kopf.

Ich lache erneut. „Ich werde ihm erzählen, dass du das gesagt hast."

„Wenn du das machst, lege ich dich über mein Knie und verhaue dich."

Die Hitze in seinem Blick lässt mich wünschen, dass er genau das tut. Ich schlucke, stelle den Wackelkopf zurück an seinen Platz und beginne, meinen Blick über die T-Shirts schweifen zu lassen. Ich weiß nicht, nach was genau ich suche. Was ich weiß ist, dass ich etwas Dummes tun werde, wenn ich Bastian weiterhin anstarre. Etwas Dummes wie die Kleider von seinem Körper zu reißen und über ihn herzufallen.

Ich will gerade aufgeben, nach einem T-Shirt zu suchen, als mein Blick an einem bunten Shirt hängenbleibt. Als ich es in der Hand halte, muss ich schon wieder lachen. „Das hier musst du kaufen", sage ich und halte es Bastian direkt vor die Nase. Auf der Vorderseite ist ein Foto von Ryland abgebildet, oberkörperfrei, verführerisch und sexy aussehend.

Bastian grinst. Ich bin sicher, dass Masters das gefallen würde." Zu meiner Freude zieht er es über seine Kleidung – dass es viel zu klein für ihn ist, macht die ganze Sache noch lustiger. Ich kichere wie eine Idiotin, als Bastian sich einmal dreht und eine Modelpose einnimmt. Ich greife nach seinem Arm und schnappe nach Luft. „Stop, stop! Du bringst mich noch um." Ich schaue zu ihm auf, ernüchtere, als ich seinen erhitzten Ausdruck sehe.

Der Spannung zwischen uns sorgt für ein Prickeln auf meiner Haut. Als er sich gegen mich lehnt, erwarte ich bereits einen Kuss.

Doch dann schubst mich jemand von hinten und der Moment zerfällt. Er zieht das Shirt wieder aus und ich kaufe es ihm. Und das eigentlich nur, weil ich damit versuche, mein Unwohlsein zu übertünchen. Ich reiche ihm das Shirt mit einem leichten Lächeln.

„Etwas, das dich an mich erinnert", sage ich, ohne zu wissen, wieso ich sowas überhaupt von mir gebe.

Er runzelt die Stirn. „Julia ..."

Jemand drückt mich geradewegs an Bastians Brust. „Oje,

entschuldigt!", höre ich eine Stimme hinter mir. „Ich habe euch nicht gesehen!"

Es ist mir egal, dass mich jemand geschubst hat. Meine Handflächen liegen an Bastians muskulöser Brust und seine Arme sind um mich geschlungen. Ich atme angestrengt. Er duftet großartig, er ist so heiß, einfach nur zum Anbeißen. In dieser Position könnte ich seine Bartstoppeln auf seinen Wangen zählen, aber ich kann meinen Blick nicht von seiner runden Unterlippe abwenden.

„Bist du okay?" Seine Stimme ist leise. Er hat mich noch immer nicht freigegeben.

Ich nicke ruckartig. „Es war ein Unfall. Keine große Sache."

Als die Masse uns erneut umzingelt, lässt Bastian mich los, doch ich will sofort zurück in seine Umarmung.

„Komm, wir gehen besser zurück." Er umfasst meinen Arm und führt mich zurück zu unserem privaten Raum, gerade als die Eröffnungsband die Bühne betritt. Den Leadsänger nehme ich gar nicht richtig wahr. „Wer eröffnet die Show?", frage ich.

„Eine Band namens Adrenaline." Er schaut mich an. „Sehr kreativ, oder?"

„Absolut. Ich habe noch nie von ihnen gehört, aber sie müssen wirklich gut sein, wenn sie Rylands Show eröffnen."

Bastian antwortet nicht und ich kann nicht anders, als zu versuchen, seinen Ausdruck zu deuten. Er scheint plötzlich angespannt zu sein. Stört es ihn, dass ich Ryland, seinen Klienten, lobe?

Adrenaline beginnt, einen energiegeladenen Rock-Song zu spielen, zu dem ich meinen Fuß im Takt mitwippen lasse. Der Leadsänger spielt die Gitarre gekonnt und das Publikum geht mit.

„Willst du einen neuen Drink?" Bastian geleitet mich zu unserer Sitzecke und bestellt mir einen weiteren Cocktail.

Als Adrenaline einen ruhigeren Song anstimmt, bildet sich auf meinen Armen eine Gänsehaut. Es ist eindeutig ein Liebeslied und der Leadsänger betont die Verse so, als würde er das Lied gerade für die große Liebe seines Lebens singen.

I'll never stop searching for you/You're the one that makes me whole and new, singt er. *I dream of your skin/the smell of you on my sheets/you make me go insane.*

Mein Herz pocht wild, als ich zu Bastian blicke. Und es schlägt immer schneller, als ich realisiere, dass er mich das ganze Lied über angesehen hat.Die Temperatur des Raumes steigt und ich erröte unter seinem andauernden Starren.

Sobald Adrenaline den Chorus erneut beginnt, nähert sich Bastian mir, bis seine Knie meine berühren. Ich keuche. Er umschließt mein Gesicht, berührt meine Wange mit seinem Daumen und legt schließlich seine Lippen auf meinen Mund.

Der Kuss ist elektrisierend. Die Musik schwingt um uns, sein Geschmack und seine weichen Lippen senden mich in eine Spirale der Begierde, als sie sich samt auf meinen bewegen. Ich verliere die Kontrolle und bekomme gar nicht mit, wie ich mich auf ihn zubewege, sodass ich fast auf seinem Schoß sitze. Bastian intensiviert den Kuss. Ich frage mich, ob ein Mädchen jemals von so einem Kuss ohnmächtig geworden ist. Ich lache fast, weil ich nahe dran bin, das Bewusstsein zu verlieren. Weil ich mich in einem Mann verliere, den ich niemals haben kann. Als der Song endet, löst er sich von mir und schafft Distanz zwischen uns. Ich stöhne fast vor Frustration. Ich möchte ihn wieder an mich ziehen, den Kuss fortsetzen. Ihn küssen und berühren, bis wir unsere eigenen Namen vergessen.

Ich höre Applaus und ich schaue zu, wie Adrenaline die Bühne verlässt, um für Ryland Platz zu machen. Obwohl ich Bastian lieber weiter küssen möchte, freue ich mich, Ryland gleich performen zu sehen. Wenn er auf der Bühne genauso interessant ist wie im realen Leben, dann wird es eine großartige Show werden.

Ich muss zugeben, dass sich mein Fokus etwas verschiebt, als Ryland zu singen beginnt: Er ist ein so dynamischer Performer und ich bin voller Ehrfurcht, als er mit eindeutigem Können Gitarre spielt. Seine Stimme lässt mich zittern.

Doch nichts lässt sich mit Bastian vergleichen. Er legt einen Arm um mich und murmelt in mein Ohr: „Hast du Spaß?"

Ich nicke. „Danke für die Einladung."

„Jederzeit."

Bastian macht keine Annäherungsversuche mehr, auch wenn er es könnte, wenn man bedenkt, dass wir nahezu alleine sind. Er lässt einfach seinen Arm um mich liegen und murmelt immer wieder etwas. Es ist überraschend charmant.

Frustrierend.

Er riecht so verdammt gut, wie ein Immergrün. Seine Wärme fließt in mich und ich kann nicht aufhören, mir vorzustellen, wie er mich umarmt. Mich küsst. Mich mit seinem harten Körper bedeckt, in mir versinkt…

Ich schließe die Augen. Ich bin schon feucht, wenn ich nur an ihn denke. Ich wollte noch nie einen Mann so sehr wie ihn. Aber ich kann auch nicht so leicht nachgeben. Was würde er von mir denken, wenn ich beim ersten Date mit ihm schlafen würde?

Das Konzert geht weiter und am Ende ist mir schwindelig. Von Bastians Anwesenheit und den Drinks, die ich hatte. Ich bin nicht betrunken, eher angeschwipst und glücklich. Zu meiner Überraschung hat er noch mehr für uns geplant. „Wir haben VIP Pässe. Sollen wir sehen, was hinter der Bühne los ist?"

Ich quieke fast. „Wirklich?"

Er lächelt und seine Augenpartie legt sich in Falten. „Wirklich."

Hinter der Bühne herrscht geschäftiges Treiben, es wird abgebaut und die Musiker und Sänger laufen herum. Ich sehe Ryland nirgendwo, aber Bastian spricht mit einem Crewmitglied und bald werden wir den Flur entlanggeführt.

„Du bist gekommen!"

Ich wirbele herum und da ist Ryland. Er schwitzt und umarmt mich kurz, bevor er Bastian die Hand schüttelt. „Declan meinte, du würdest kommen, Bastian, aber ich wusste nicht, dass du Julia mitbringen würdest."

Er trägt noch immer seine Konzertkleidung, enge schwarze Jeans und ein ähnlich enges T-Shirt, das die Linien seines muskelbepackten Oberkörpers betont. Sein Eyeliner ist etwas verschmiert, sieht aber noch immer gut an ihm aus.

„Wie hat euch das Konzert gefallen?", fragt er.

„Es war großartig", antworte ich. „Ich liebe es."

„Es war sehr beeindruckend, Masters", sagt Bastian.

„Danke, ihr zwei. Wollt ihr mit in mein Zimmer? Es ist ziemlich verrückt hier draußen. Ich brauche nach alldem etwas Ruhe." Er zwinkert mir zu.

Bastian nimmt mich am Ellbogen und führt mich. Sein Griff ist fest, fast besitzend.

Ryland nimmt uns mit in seine Ankleide, wo auch einige seiner Bandmitglieder herumhängen. Er stellt uns vor, und als wir uns hinsetzen, nimmt Bastian meine Hand. Ich bin überrascht, doch dann verteilt sich eine Wärme in meinem Körper.

Doch Ryland ignoriert Bastians Zuschaustellung seiner Besitzgier und setzt sich rechts von mir in einen Stuhl. „Also Julia, Lieblingslied? Noch immer dasselbe?"

Ich kann kaum denken, solange Bastian meine Knöchel streichelt. Ich denke vermutlich zu lange über die Frage nach, denn Ryland sieht mich seltsam an.

„Ähm, mir hat die Anordnung von ‚Entranced' sehr gut gefallen. Ich hatte die Akustik-Version noch nicht gehört und ich denke, mir gefällt das Lied so besser", sage ich schließlich.

„Wirklich?", fragt Ryland. „Ich liebe das Stück, doch meine Bandkollegen hier sind keine großen Fans davon. Ich bin froh, dass ich nicht alleine bin." Er lächelt mich an und beugt sich dann zu mir, um zu sagen: „Ich wusste, dass du ein Mädchen bist, das ich näher kennenlernen möchte."

Es ist eine eindeutige Geste und jeder im Raum bemerkt es.

Inklusive Bastian, dessen Knöchelstreicheln sich in ein etwas festeres Halten meiner Hand verwandelt.

„Wann ist dein nächstes Konzert, Masters?", fragt Bastian.

„Houston kommt als nächstes", sagt Ryland, „und wir gehen morgen Nachmittag." Er berührt meinen Arm, um meine Aufmerksamkeit zu erlangen. „Hey, warum hängst du nicht morgen früh mit uns ab? Naja, eher später Morgen oder Mittag. Wir gehen immer nach Downtown und brunchen. Willst du mit?"

Ich will gerade sagen, dass ich nicht kann, als Bastian für mich antwortet. „Sie ist beschäftigt. *Wir* sind beschäftigt."

Ryland runzelt die Stirn. Ich drehe mich zu Bastian und zittere, als ich ihm in die Augen schaue.

In meinen wildesten Träumen hätte ich mir nicht ausgemalt, dass Bastian Rich mich ausführen würde, geschweige denn, dass er auf einen anderen Typen eifersüchtig sein würde. Doch als ich Ryland ansehe, scheint er nicht verärgert zu sein, also nehme ich an, dass sein Flirten ihn nur davon abhält, sich zu langweilen. Ich kann mir nicht vorstellen, dass zwei heiße Typen sich gleichzeitig so für mich interessieren.

Wir bleiben noch etwas länger, doch dann flüstert mir Bastian ins Ohr: „Lass uns gehen."

Ich nicke.

Wir verabschieden uns und dann sitzen wir wieder in Bastians Auto. Er bringt mich nach Hause und mein Verstand dreht sich. Bitte ich ihn herein? Heißt das, dass ich mit ihm schlafen möchte? Die Sache ist, ich will mit ihm schlafen. Unbedingt. Das Knöchelstreicheln hat mich so heiß gemacht, was peinlich ist zuzugeben, aber es ist wahr.

Bastian schielt immer wieder zu mir, sagt aber nichts. Manchmal habe ich das Gefühl, er kann meine Gedanken hören. Weiß er, dass ich ihn so dringend will, dass es fast wehtut? Stelle ich mir nur vor, dass er mich genauso dringend will? Die immer länger werdende Stille macht mich nervös, also frage ich: „Was hältst du von Rylands Musik?"

„Es war nett."

„*Nett?* Das ist alles? Komm schon, dir muss etwas gefallen haben."

„Ich bin kein großer Musik-Fan", sagt er achselzuckend.

„Was? Wie kann man keine Musik lieben? Es ist so…" Ich finde keine Worte. „Musik sagt Dinge, die wir nicht in Worte fassen können."

Meine Vehemenz scheint ihn zu überraschen. „Spielst du?", fragt er.

„Irgendwie. Ich habe mal gesungen und Gitarre gespielt, aber in letzter Zeit eher weniger."

„Warum?"

Etwas, worauf ich nicht eingehen möchte. „Ich habe sogar Musik studiert, aber nachdem ich abgebrochen hatte, habe ich einfach…aufgehört." Ich blicke aus dem Fenster und hoffe, dass er das Thema fallen lässt.

Während der verbleibenden Zeit bleibt er still und bald biegt er in meine Nachbarschaft ein. Ich öffne die Tür, bevor er auf meiner Seite angelangt ist, und eile nahezu zu meiner Wohnung. Doch er ist direkt hinter mir, und als ich den Schlüssel herausziehe, steht er neben mir.

„Ich hatte einen tollen Abend. Danke nochmal für die Einladung", sage ich.

„Ich bin froh, dass es dir gefallen hat."

Ich nestle mit den Schlüsseln, sie keifen in der stillen Nacht. „Naja, ich geh besser. Es ist spät."

Ich drehe mich um, doch Bastian berührt meinen Arm. Und dann sagt er meinen Namen in dieser Stimme, die mich zu allem überreden könnte. „Julia."

Als ich ihn ansehe, blickt er mich mit einer Intensität an, die meinen Körper zum Brennen bringt. Ich will, dass er mich küsst, berührt, zum Teufel, mich an der Wand nimmt und zum Schreien bringt. Ich beginne zu beben oder vielleicht zittere ich aus Kälte. Ich weiß es nicht.

Es streichelt meine Wange mit der zartesten Berührung. „Deine Haut ist so weich", staunt er.

Ich schließe meine Augen. Mein Herz klopft.

Dann küsst er mich.

Es ist anders als alles, was ich je erlebt habe. Ich bin absolut keine blauäugige Jungfrau, aber sein Kuss lässt mich so fühlen. Er ist sanft, suchend und bringt mich dazu, mich an ihn zu lehnen. Ich klammere mich an sein Shirt, denn ich habe das Gefühl, zusammenzubrechen, wenn ich mich nicht festhalten kann. Seine Lippen bewegen sich über meine, verführen mich. Er streichelt meinen Hals und sagt leise: „Öffne dich für mich."

Und das tue ich. Ich tue alles, was er will. Und als seine Zunge meinen Mund betritt, leuchtet mein Körper auf. Meine Nippel werden hart und ich weiß, dass ich feucht werde. Seine Zunge tanzt in meinem Mund, spielt mit meiner Zunge, streichelt die Innenseiten meiner Wangen. Der Kuss wird fordernd und intensiv. Er fragt nicht mehr: Er nimmt.

Ich will mehr als je zuvor, dass er mich nimmt.

Als er meinen Hals entlangküsst, fragt er: „Können wir das nach drinnen verlagern?"

Ich stehe in Flammen. Ich kann nicht denken. Aber irgendwie drehe ich mich und schließe die Tür auf, dann ist er auf mir und ich bin genauso verzweifelt. Knöpfe springen auf und ich bin mir sicher, dass er mein Kleid zerreißt, aber niemand kümmert sich. Während wir uns ausziehen, küssen wir uns, und dann, als er meine Brüste durch meinen trägerlosen BH streichelt, stöhne ich so laut, dass er leise lacht.

Samson, wie Katzen so sind, nutzt diesen Moment, um sich zu zeigen und klagend zu miauen. Bastian zuckt zusammen, und als er Samsons gelbe Augen sieht, versteift er sich. „Was zur Hölle ist das?"

Ich lache. Ich schalte das Licht an und hebe Samson hoch, der vor lauter Verwirrung blinzelt. „Samson, das ist Bastian. Was er sagen wollte ist, dass er sich freut, dich zu treffen. Stimmt's?"

„Es freut mich sehr, dich zu treffen", sagt Bastian brav und streichelt den Kater, bevor ich ihn auf den Boden setze. Dann sieht er mich an. „Also, wo waren wir?"

Ich lache nicht mehr.

Wir stolpern in mein Schlafzimmer und brechen auf meinem Bett zusammen. Ich danke Gott und allen göttlichen Wesen, an die ich denken kann, dass ich gestern meine Wohnung aufgeräumt habe, denn normalerweise liegt mein Bett voller Kleidung und Bücher. Doch auf der anderen Seite schaut Bastian eh nur mich an. Ich bin mir nicht sicher, ob es ihm etwas ausmachen würde, wenn meine Wohnung ein Wrack wäre.

Er küsst meinen Mund und dann meinen ganzen Körper. Er vergräbt sein Gesicht zwischen meinen Brüsten, knetet sie mit seinen Händen, streichelt meine Nippel durch den BH.

Dann findet er vorne den Verschluss und öffnet die Haken mit geschickten Händen. Während er mit meinen Brüsten spielt, labt er sich an ihnen und saugt so fest an ihnen, dass ich Sterne sehe. Meine Hüften buckeln unter ihm, als er an meinen harten Nippeln knabbert. Ich streichle sein Haar und kann mich nicht davon abhalten, ihn anzusehen. Noch nie habe ich etwas so Erotisches gesehen und ich wölbe mich an ihm, will ihn noch mehr spüren.

Ich habe mir geschworen, mit Bastian nicht bereits beim ersten Date zu schlafen. Doch jetzt da er mich berührt, mich küsst, mit seinen Händen über meinen Körper fährt? Ich bin froh, das Versprechen gebrochen zu haben. Denn in diesem Moment könnte mich nichts und niemand von ihm losreißen.

Er umfasst meine Brüste mit seinen Händen und nuschelt gegen meinen Hals. „Seit unserer ersten Begegnung wollte ich diese Schönheiten sehen."

Ich lache. „Dann stehst du also auf Brüste, nehme ich an?"

„Wenn es um deine geht, garantiert."

Er nimmt meinen bereits geschwollenen rechten Nippel wieder in den Mund und saugt. Ich stöhne zur Decke und es stört mich rein gar nicht, wenn meine Nachbarn mich hören. Lass es sie hören. Ich bekomme schließlich den besten Sex meines Lebens.

Seine Finger tanzen meinen Körper hinunter, bewegen sich Stück für Stück unter den Gummi meiner Unterwäsche. Er streichelt mich, fährt sanft über die äußeren Schamlippen. Knurrend teilt er mich und sagt: „Du bist so feucht. Für mich, Julia? Willst du mich so dringend?"

Ich buckle gegen seine Hand. Er spielt mit mir, kitzelt das Verlangen aus mir heraus, bis es wehtut. Er streichelt meine Schamlippen, verteilt die Feuchtigkeit und taucht lediglich seinen Zeigefinger in mich hinein. Es fühlt sich an, als würde ich explodieren. Ich versuche, Halt zu finden, doch er hält mich fest, während er mich streichelt.

„So weich und feucht. Ich wette, wenn ich das tue ...", er umkreist meine Klitoris mit seinem Daumen und ich keuche, „... dann kommst du für mich. Nicht wahr? Lass es uns versuchen, okay?" Er drückt härter auf meine Klitoris und reibt sie, dann stößt er seinen Zeigefinger in mich hinein.

Es dauert nur eine Sekunde. Ich schieße davon wie eine Rakete, meine Hüften buckeln noch immer und er reibt meine Klitoris, bis ich schlaff wie eine Stoffpuppe bin.

Er streift sich schnell die Jeans ab und ich kann die Umrisse seines Schwanzes in seinen Shorts sehen. Seinen XL-Schwanz. Ich zittere ein wenig.

„Ich werde dich jetzt ficken, Julia", sagt er zu mir, greift nach seinem Geldbeutel und zieht einen dieser berüchtigten Kondome heraus. „Ich werde dich ficken, bis du schreist."

Ich streife mir die Unterwäsche ab und spreize die Beine. „Worauf wartest du dann noch?", frage ich.

KAPITEL NEUN

Bastian

Mein Verstand macht einen Aussetzer, als ich Julia sehe, die ihre Beine für mich breit macht, ein Fest für den Nehmenden. Ihre Möse ist feucht und rosa von ihrem Orgasmus und mein Schwanz zwickt, als ich sie ansehe. Ihr Körper ist gerötet. Stolz erfüllt meine Brust, wissend, dass ich sie so schnell zum Abschluss gebracht habe.

Ich ziehe mir die Boxershorts aus und nachdem ich mich mit einem der Kondome ummantle, die ich stets in meinem Geldbeutel aufbewahre, spreize ich Julias Beine noch weiter und mache es mir dazwischen bequem. Wir stöhnen beide, als mein Schwanz ihre feuchte Mitte streift, und ich lehne mich vor, um sie zu küssen.

Es ist ein wilder Kuss, mit Zähnen und Zungen. Meine Hände greifen nach ihren Knien und ich setze mich auf, um Balance zu finden. Sie atmet schwer, ihre Brüste heben und senken sich. Wenn ich sie nicht so dringend ficken wollte, würde ich die ganze Nacht mit ihren Brüsten spielen.

Ich nehme meinen Schwanz in die Hand und führe ihn in sie hinein, sehe zu, wie ich mich mit ihrer Wärme umhülle. Ihre Hüften beugen sich nach oben, doch ich halte sie fest. Ich bewege mich so langsam wie möglich, hauptsächlich weil ich ihr nicht wehtun will. Ich sehe sie an, um sicherzugehen, dass es ihr nicht unangenehm ist, weil ich am längeren Hebel sitze. Doch ich sehe nur Verlangen in ihren Augen, als ich sie ausfülle.

Dann bin ich vollständig in ihr und stöhne. Es ist das beste Gefühl seit langem.

„Bist du okay?", frage ich. Bitte sag ja, denke ich. Ich weiß nicht, ob ich zu diesem Zeitpunkt noch aufhören kann.

Sie nickt und als sie ihre Arme über dem Kopf ausstreckt, stellt sie ihre wundervollen Brüste zur Schau.

Ich raste aus.

Ich halte sie hinter ihren Schenkeln fest und beginne, mich zu bewegen, stoße mit langen Zügen in sie hinein. Sie buckelt zur Antwort und stöhnt. Schweiß perlt auf meiner Stirn. Die Lust ist so intensiv, dass ich bereits spüren kann, wie meine Eier fest werden. Doch ich bringe mich dazu, weiterzumachen. Ich kann noch nicht loslassen.

Doch sie ist so eng und feucht und heiß. Es treibt mich an den Rand des Wahnsinns. Ich stoße härter, ficke sie zu dem Punkt, dass ihre Hände an das Kopfbrett schlagen. Die Matratze quietscht und ich bin sicher, dass uns jeder im Gebäude hören kann. Doch das stört mich nicht. Es stört mich nicht, wenn sie uns hören, denn ich bin in Julia und es ist besser, als ich es mir ausgemalt habe.

Sie bewegt ihre Arme nach unten und setzt sich etwas auf, stützt ihren Rücken gegen die Kissen. Ihr Gesicht ist gerötet und ihre Augen funkeln. Ich glaube nicht, dass ich jemals etwas Heißeres gesehen habe. Ich stelle sicher, dass ich in sie hineinstoße, bis ich den idealen Winkel gefunden habe... und als ich ihn finde, lehnt sie ihren Kopf zurück und stöhnt in die Nacht hinein.

„Gott, Bastian, hör nicht auf, hör nicht auf", feuert sie an. Sie berührt ihre Brüste und der Anblick geht direkt in meinen Schwanz. Ich werde noch härter, wenn das überhaupt möglich ist, doch sie hört nicht auf. Sie spielt mit ihren Nippeln, bis ich mich vollständig verliere: in ihrem Anblick, in ihrem Körper.

„Komm für mich." Ich streife meinen Daumen an ihrer bebenden Klitoris und kann spüren, wie sie sich um mich zusammenzieht. Ich reibe härter, murmele flüsternd ihren Namen.

Dann beugt sie ihren Körper und stößt eine Mischung aus Schreien, Stöhnen und meinem Namen aus. Dann zittert ihr gesamter Körper. Sie zuckt und schaudert, ihre Möse ergießt sich warm und ich lehne mich vor, um sie zu küssen. Ich stoße meine Zunge in ihren Mund und schmecke ihre Ekstase.

Dann komme auch ich und ich schwöre, ich verliere das Bewusstsein. Die Lust ist schwindelerregend. So etwas habe ich noch nie erlebt. Meine Eier verkrampfen sich und ich fülle sie, bis ich erschöpft bin und kaum mehr sitzen kann. Ich küsse sie ein letztes Mal, noch immer in ihr.

Angestrengt und glücklich rolle ich von ihr herunter und entsorge das Kondom, bevor ich zurück ins Bett gehe. Sie atmet schwer, gerötet und matt. Ich ziehe sie an mich und lege mich hinter sie.

Als ich am nächsten Morgen aufwache, verwirren mich zwei Dinge: Erstens, warum kratzt meine Bettdecke? Und zweitens, warum sitzt eine Katze auf meiner Hüfte? Dann realisiere ich, dass ich nicht zuhause bin, sondern bei Julia.

Sie schläft noch und ich kann sehen, wie sich ihre Schultern heben und senken, als sie atmet. Ihre Haare sind zerzaust, haben sich im Schlaf um sie gewickelt. Sie hat Augenringe von ihrer Wimperntusche und ihr Lippenstift ist verschmiert.

Noch nie habe ich etwas gesehen, das so sexy ist.

Ich küsse ihren Nacken und inhaliere ihren Duft. Erinnerungen der letzten Nacht überkommen mich und ich muss mich davon abhalten, sie aufzuwecken und wieder zu nehmen. Gott, der Sex letzte Nacht! Ich hatte schon einige Liebhaberinnen, doch niemand lässt sich mit Julia vergleichen. Ihre Reaktionen auf meine Berührungen haben mich unglaublich angetörnt. Außerdem hat sie einen Körper, für den ich sterben würde.

Der Kater gähnt und springt von mir herunter, zieht es vor, sich neben seiner Herrin einzurollen. Ich kann es ihm nicht übel nehmen: Wenn ich ein Kater wäre, würde ich mich auch neben Julia einkuscheln.

Ich sehe ihr eine Weile beim Schlafen zu, bis ihre Augenlider flackern. Dann wacht sie auf, und als sie mich sieht, weiten sich ihre Augen.

„Oh", sagt sie. Dann wird sie rot. „Ohhhhhh."

Ich küsse sie. „Guten Morgen."

Sie vergräbt sich, plötzlich schüchtern, tiefer in ihrer Bettdecke. „Guten Morgen."

„Hast du Hunger? Oder soll ich uns einen Kaffee holen?"

Sie blinzelt mich an, noch immer schläfrig und etwas beschämt. „Ich habe eine Kaffeemaschine", murmelt sie. „Ich kann uns Kaffee kochen."

Ich streichle ihr Gesicht. „Ich mach das", sage ich und stehe auf.

Während ich den Kaffee zubereite, denke ich über die Geschehnisse der letzten Nacht nach: das Konzert, Ryland Masters, Julias Küsse. Liebe machen mit Julia. Meine Leiste wird sofort enger und ich muss mich zügeln, den Kaffee nicht stehen zu lassen und zurückzugehen.

Ruhig Junge, sage ich mir selbst. *Gib dem Mädchen etwas Zeit, sich zu erholen.*

Als ich das Kaffeepulver in den Filter schütte, überkommen mich plötzlich Schuldgefühle. Schuld, weil ich mir geschworen hatte, mich nicht auf Julia einzulassen, nachdem ich erfahren hatte, dass meine Lupus-Krankheit zurückgekehrt war. Doch was war geschehen? Ich habe so viel Selbstkontrolle wie ein dreizehnjähriger Junge, der sein erstes Nacktheftchen gefunden hat.

Ich starre auf die Kaffeemaschine, während sie zischt und beginnt, die dunkle Flüssigkeit zu produzieren. Ein Teil von mir argumentiert, dass ich zwar einen Fehler gemacht, aber die Dinge noch immer geradebiegen kann. Ich kann Julia sagen, dass ich die Zeit mit ihr genossen habe, es aber nicht wieder passieren wird.

Doch ich weiß bereits, dass ich nicht in der Lage sein werde, mich von ihr fernzuhalten.

Ich nehme zwei Becher heißen Kaffee mit nach oben und gebe einen Julia, die mittlerweile angezogen ist und auf dem Bett sitzt. Ihr Haar ist etwas weniger verunstaltet und es sieht so aus, als hätte sie ihr Gesicht gewaschen, denn ihr Makeup ist verschwunden. Sie sieht blitzsauber und strahlend aus, und wenn ich keinen Becher Kaffee in der Hand hätte, würde ich mich nach vorne lehnen und sie küssen.

„Hat die Kaffeemaschine funktioniert? Manchmal steht sie nur da und tut nichts und das ist wirklich nervig. Ich wollte sie schon lange austauschen, aber…" Sie sieht beschämt weg.

Ich entscheide mich, nicht darauf hinzuweisen, dass die Tatsache, dass ich ihr gerade einen Kaffee bringe, darauf zurückzuführen ist, dass die Kaffeemaschine funktioniert. Stattdessen nippe ich an meinem Kaffee und gebe ihr Zeit, sich zu sammeln.

„Ich bin normalerweise nicht so."

Ich sehe sie an. Sie knabbert auf ihrer Unterlippe.

„Wie denn?", frage ich sanft.

„Ich schlafe nie mit einem Kerl beim ersten Date. Niemals. Ich will nicht, dass du denkst, ich wäre diese Art von Mädchen."

Ich muss ein Lächeln zurückhalten. Sie ist so bezaubernd, dass ich sie küssen muss. Sie schmeckt nach Zahnpasta und Kaffee. „Julia", murmele ich an ihrem Mund. „Es interessiert mich nicht, ob du irgendeine Art von Mädchen bist oder nicht. Ich hatte einen tollen Abend. Ich hoffe, dir ging es genauso."

Ihre Anspannung scheint sich aufzulösen und dann lächelt sie das Lächeln, das ich vermisst habe. Dann lacht sie. „Das tut es. Ich bin schockiert, dass du das überhaupt fragen musst."

„Warum?"

Sie macht eine vage Handbewegung in meine Richtung. „Weil du du bist! Und ich bin...ich." Sie zuckt mit den Schultern und fügt hinzu: „Typen wie du haben in der Regel nichts für Mädchen wie mich übrig."

Jetzt bin ich wirklich verwirrt. „Kerle stehen nicht auf attraktive Frauen in ihrem Alter?"

„Oh, komm schon! Ich bin kein umwerfendes, attraktives Model. An guten Tagen kann ich gerade mal ‚süß' erreichen." Sie starrt mich an, als würde sie sagen: ‚Wage nicht, das zu bestreiten.'

Doch genau das tue ich. „Du bist extrem attraktiv und sexy, und ja, wunderschön. Doch du bist außerdem witzig und klug. Deshalb habe ich dich um ein Date gefragt, Julia. Und deshalb habe ich dich so hart gefickt und bin schneller gekommen als geplant. Du bringst mich dazu, die Kontrolle zu verlieren. Etwas, was ich nie zuvor erlebt habe."

Ich sehe amüsiert zu, wie die Röte ihr ins Gesicht steigt. Es beginnt in ihrer Brust und schließlich ist ihr gesamtes Gesicht rot. Ich habe noch nie so etwas gesehen. Noch etwas, das ich einfach bezaubernd finden muss.

Ich beuge mich vor, um sie erneut zu küssen. Sie küsst zurück, doch als ich sie aufs Bett drücken will, platzt sie heraus: „Ich muss duschen." Sie drückt mich weg und ich lasse von ihr ab.

Sie eilt aus dem Zimmer, ins Bad hinein und schließt die Tür.

KAPITEL ZEHN

Julia

Ich bin ein Idiot. Ein riesiger, kompletter, hundertprozentiger Idiot.

Welche Art von Mädchen unterbricht einen Kerl dabei, sie zu küssen, um alleine duschen zu gehen?

Ein Mädchen, deren Träume wahr zu werden scheinen und das furchtbare Angst davor hat, diese irgendwie zu zerstören.

Im Badezimmer fluche ich leise und schlage mit dem Kopf gegen die Tür.

Ich kann es immer noch nicht glauben, dass Bastian mich weiterhin sehen will. Doch manchmal bringen mich die großen Dinge um den Verstand und ich brauche etwas Raum zum Atmen. Ich trete von der Tür zurück und gehe zum Badezimmerspiegel.

Ich weiß ehrlich nicht, was er in mir sieht. Wie ich ihm erklärt habe, bin ich nicht unheimlich umwerfend. Ich werde keine Schönheitswettbewerbe gewinnen. Ich bin nicht dünn, habe keine Wangenknochen, die Glas schneiden könnten, und meine

Augen haben einen langweiligen Braunton. Mein Haar sieht okay aus, nehme ich an. Während ich mein Spiegelbild mustere, bemerke ich, wie sich auf meiner Wange ein Pickel bildet. Genau das Glück, das ich brauche.

Ich fange an, mich auszuziehen, doch als ich aufstehe, sehe ich rote Flecken auf meiner Schulter und meinem Hals. Dann werde ich feuerrot. Bastian hat mir Knutschflecken verpasst! Ich verrenke mich und schaue nach hinten, sogar auf meinem Rücken sind Flecken. Noch nie im Leben hat mir ein Kerl beim Sex so viele Knutschflecke gemacht. Ich bin sowohl beschämt als auch ziemlich zufrieden mit mir.

Ich drehe das Wasser auf und teste die Temperatur. Ich will gerade reingehen, als ich ein Klopfen an der Tür höre. „Julia? Alles in Ordnung?"

Es ist Bastian. Ich taumle und verfange mich mit meinem Fuß in der Badematte. Fluchend kann ich mich gerade noch auffangen. Doch bevor ich die Tür öffne, blicke ich mich im Spiegel an.

Ich atme tief durch. Und noch einmal. „Du schaffst das", sage ich mir. „Du schaffst das. Mach jetzt keinen Rückzieher."

Ich öffne die Tür und starre Bastian an. Sein Gesicht ist voller Sorge und ich fühle mich schuldig.

„Bist du in Ordnung?", fragt er erneut.

Fast sage ich, dass es mir gut geht und ich bald fertig sein werde. Doch dann denke ich an mein Spiegelbild, das mich auffordert, keinen Rückzieher zu machen. *Du schaffst das. Du schaffst das!*

Ich öffne die Tür ein Stückchen weiter.

Und dann sage ich mit der sexiesten Stimme, die ich hinkriege: „Willst du dich zu mir gesellen?"

Er starrt mich an. Also entschließe ich mich, das Nächstbeste zu tun: Ich knote mein Handtuch auf, das meine Brüste bedeckt, und lasse es zu Boden fallen. Ich stehe nun vollkommen nackt vor Bastian.

Es ist eine Sache, im Dunkeln nackt vor einem Kerl zu stehen.

Doch es ist eine andere Sache, das am helllichten Tag zu tun. Ich stehe da und zwinge mich, nicht wie ein verängstigter Hase weg zu huschen. Und dann sehe ich seinen Gesichtsausdruck.

Ich drücke es mal so aus: Ich bereue definitiv nichts.

Mit schneller Bewegung schließt er die Tür und zieht mich an sich. Er küsst mich, schnell und wild, und ich stöhne an seinen Lippen. Seine Hände streichen an meinem Körper entlang, umfassen meinen Po, drücken mich an seinen harten Schwanz. Er trägt Jeans und T-Shirt vom vorherigen Abend, doch er streift diese schnell ab, um wie ich nackt zu sein.

Er drückt mich nach hinten in die Dusche. Er küsst mich unter dem warmen Wasser, umfasst nun meine Brüste und streichelt meine Nippel, die von der vergangenen Nacht noch immer gereizt sind.

„Du machst mich verrückt", nuschelt er und leckt mein Schlüsselbein.

„Gleichfalls."

Er lacht. Dann stöhnt er, als ich meine Finger durch sein Haar auf seine Schultern gleiten lasse und die Muskeln unter seiner warmen Haut spüre.

Er spielt mit mir, berührt mich überall. Seine Finger streifen meinen Bauch, meine Arme, schnalzen an meinen Nippeln. Er küsst meinen Oberkörper. Kreist seine Zunge in meinem Bauchnabel. Dann kniet er vor mit und leckt meine feuchte Haut.

Er spreizt meine Beine und platziert mein rechtes Bein auf der Kante neben mir. Ich lehne meinen Kopf zurück. Ich kann seinen warmen Atem an meinem Geschlecht fühlen. Als er entdeckt, wie feucht ich bin, stöhnt er. Die Vibration schießt meinen Körper hinauf und ich muss mir auf die Wange beißen, um nicht aufzuschreien.

Doch als seine Zunge meine Schamlippen berührt, kümmere ich mich nicht mehr darum, leise zu sein. Er ist gründlich – das ist sicher. Er leckt sich durch die Schamlippen und wirbelt dort herum. Er schmeckt meinen Saft und leckt an mir, als könnte er nicht genug bekommen.

Zwei Kerle haben mich in meinem Leben schon geleckt und ich sage nur, dass beide Male nicht erinnerungswürdig waren.

Doch das hier? Das ist unbeschreiblich.

Bastian nimmt sich Zeit und macht mich wahnsinnig. Ich will ihn so sehr. Er erwartet nicht, dass ein bisschen Lecken und Picken mich zum Orgasmus bringen. Nein, er steigert den Genuss Stück für Stück und achtet auf jede meiner Reaktionen. Er sieht zu mir auf, seine Augen sind dunkel, dann teilen seine Finger mich weiter. Er blickt mich an und sagt rauchig: „Du bist genauso schön hier unten."

Ich will lachen. Aber ich kann nur keuchen, als er seine Zunge in mich hinein stößt. Es ist exquisit. Es ist zu viel. Er fickt mich mit seiner Zunge, dann mit seinen Fingern. Ein Finger berührt meinen G-Punkt und dann massiert er den Punkt unaufhörlich.

Mein Orgasmus bildet sich. Es ist ein Licht am Ende des Tunnels und ich bin verzweifelt, es zu fangen. Mein Körper verspannt sich und Bastian muss mich festhalten, weil ich meinen Körper nicht mehr kontrollieren kann. Dann kommt ein zweiter Finger dazu und beginnt, mich schneller zu ficken. Sein Mund verschließt sich an meiner bebenden Klitoris.

Alles verschmilzt und dann bin ich weg. Ich komme und beiße mir in die Faust, um nicht ins Badezimmer zu schreien. Meine Beine sind wie Pudding und ich kann nicht aufhören zu zittern.

Als ich mich beruhige, muss ich mich an Bastian Schultern festhalten. Er ist aufgestanden und küsst mich. Ich kann mich selbst auf seiner Zunge schmecken. Es ist erotisch und schmutzig und anders als alles, was ich je erlebt habe.

Ich bin kurz davor, ihn in meine Hand zu nehmen und in mich zu führen, als ich realisiere: keine Kondome. Und keinesfalls möchte ich jetzt die warme Dusche verlassen. Also gehe ich stattdessen auf die Knie, sein Schwanz wedelt in der Nähe meines Mundes.

„Du musst nicht…"

Ich schüttele den Kopf. „Ich will. Außerdem, willst du Kondome holen?"

Er lacht kurz. „Sei mein Gast", knurrt er.

Sein Schwanz ist umwerfend – es lässt sich nicht anders beschreiben. Dick und lang und hart. Ich kann einen Tropfen Vorsamen an der Spitze sehen. Ich lecke daran und er schaudert.

Ich nehme ihn in die Hand, meine Finger sind gerade lang genug, um sich um ihn zu legen. Dann beginne ich sanft, meine geschlossene Faust auf und ab zu bewegen. Ich weiß, dass der Druck nicht ausreicht, aber ich will ihn so necken, wie er mich geneckt hat. Ich fahre mit meiner Zunge um die Spitze. Er verheddert seine Finger in meinem Haar.

Die meisten Kerle würden die Kontrolle übernehmen und beginnen, meinen Mund zu ficken, doch nicht Bastian. Er lässt mich spielen. Er gibt mir nicht das Gefühl, etwas falsch zu machen. Stattdessen flucht und stöhnt er lediglich und ruft meinen Namen, als ich ihn in meinen Mund nehme und meine Wangen hohl mache, während ich an ihm sauge. Er schmeckt nach Salz und Mann und ich liebe es. Ich umfasse ihn härter.

Ich kann die Spannung in seinem Körper spüren. Er ist kurz davor. Ich nehme ihn weiter in den Mund und er berührt fast meinen Rachen. Sanft stößt er im Rhythmus meines Saugens, doch er gibt mir noch immer die volle Kontrolle.

Um die Balance zu halten, lege ich meinen Arm um ihn. Dann streichle ich mit der anderen Hand sanft seine Eier, die sich eng an ihn gelegt haben.

„Jesus", knirscht er. „Julia, ich bin kurz davor zu kommen. Willst du…?"

Ich sauge stärker.

Ich fühle, wie er kommt. Sein Körper zittert und er flucht, und er kommt und kommt, füllt meinen Mund aus. Es ist ehrlich einer der erotischsten Momente meines gesamten Lebens. Ich habe Blowjobs nie wirklich genossen, doch das hat meine Meinung geändert.

Einem Mann wie Bastian dabei zuzusehen, sich vollständig zu verlieren? Das Beste.

Ich lecke ihn ein letztes Mal, bevor ich schlucke. Er atmet schwer und wischt sich Wassertropfen aus dem Gesicht. „Verdammt, das hat mir alle Sinne geraubt", sagt er.

Ich grinse. „So gut, hm?"

„So verdammt gut, dass ich das nächste Mal kaum erwarten kann.

Das Wasser wird kalt, also dreht Bastian es aus und beginnt, mich abzutrocknen. Es ist eine überraschend zärtliche Geste und mein Herz zieht sich zusammen. Mann, wenn ich nicht vorsichtig bin, könnte ich mich noch in diesen Mann verlieben.

Auch er trocknet sich ab. Dann zieht er mich hoch und schwingt mich mühelos auf seine Arme. Noch nie zuvor hat mich ein Mann getragen, sodass ich in Versuchung gerate, einen Witz zu machen und ihm zu sagen, dass er besser auf seinen Rücken Acht geben solle, doch ich bremse mich selbst. Scheiß drauf, denke ich. Ich bin eine Göttin. Zumindest gibt mir Bastian dieses Gefühl und ich gebe mich diesem ganz und gar hin.

Er hört nicht auf, mich zu küssen, mich zu berühren. Und ich bin genauso. Ich will nicht, dass er geht. Ich will den ganzen Tag mit ihm im Bett bleiben und alles über seinen Körper erfahren. Ich will wissen, welche Positionen ihn dazu bringen, den Verstand zu verlieren, und wie viele Orgasmen er mir in einem Durchgang verschaffen kann. Und vielleicht will ich über sein Leben reden. Seine Hoffnungen, Träume, seine Zukunft.

Ich lache über mich selbst. Ich nehme an, einen Kerl zu haben, der vor dir auf die Knie geht und dir einen solchen Orgasmus beschert, macht dich irgendwie sentimental.

Doch dann komme ich zurück auf die Erde und die anfängliche Unruhe kommt zurück. Verdammt, kann ich nicht einfach genießen, ohne zappelig zu werden?

Ich drehe mich auf den Rücken und seufze laut.

Bastian dreht sich zu mir, seinen Arm neben mir abgestützt. „Warum seufzt du?"

Ich starre zur Decke. Soll ich ehrlich sein? Ich blicke ihn an, dann wieder die Decke. „Du hast erwähnt, dass du das wiederholen willst. Ich frage mich nur, was das bedeutet."

„Es bedeutet, dass ich deine Gesellschaft genieße und mehr Zeit mit dir verbringen will. Im Bett und außerhalb."

„Also willst du mit mir zusammen sein?"

„Ja."

„Zwanglos?"

Unsicherheit flackert über sein Gesicht und ich vermute, dass es daran liegt, dass er Dinge definitiv zwanglos halten will, damit aber weder meine Gefühle verletzen noch mich beleidigen will. „Denn das ist, was ist auch will", platze ich raus. „Ich meine, es ist ja nicht so, dass das etwas Ernsthaftes sein wird, nicht wahr?"

„Julia..."

„Ich will nur, dass wir ehrlich sind. Und exklusiv, solange wir miteinander schlafen. Wenn du mich in einer Stunde nicht mehr sehen willst, dann ist das okay. Total okay, Bastian. Sag es mir nur. Kannst du mir das geben? Zwanglos aber exklusiv, solange es andauert?"

„Das kann ich, Julia", sagt er.

„Gut", murmele ich und lege mich neben ihn, seufzend als er mich bereitwillig in seine Arme zieht und küsst.

———

Einige Stunden später sagt Bastian, dass er Pläne mit seinem Vater und Bruder habe, sich aber bald melden werde. Als er weg ist, falle ich zurück ins Bett. Doch dann klingelt mein Handy und ich greife danach, denke, es ist Bastian. Doch es ist nur Kevin, der fragt, was letzte Nacht passiert ist. Ich erinnere mich vage daran, ihm versprochen zu haben, mich zu melden, wenn ich nach Hause komme. Doch offensichtlich habe ich das nicht…

Ich will ihm nicht alles erzählen, schreibe aber: *Bastian ist über Nacht geblieben.* Ich füge ein Engel-Emoji hinzu und drücke auf senden.

Die Antwort kommt sofort. *Erzähl mir alles! Du hast mit Big Sexy geschlafen? O mein Gott, Julia, ich glaube es nicht!*

Ich lache laut. Ich erzähle ihm keine Details – das bleibt zwischen mir und Bastian –, aber ich lasse durchblicken, dass es gut war. Sehr gut. Und dass er mich weiterhin sehen will.

Ich wusste, das rote Kleid war perfekt für dich!

Ich ziehe mich an und wühle in meinem Kühlschrank. Vermutlich sollte ich einkaufen gehen. Samson kommt zu mir und streift um meine Beine. „Wo warst du die ganze Nacht?", frage ich den Kater. Ich erinnere mich vage daran, dass er mal ins Zimmer gekommen ist, sich bei den dortigen Aktivitäten für einen ruhigeren Schlafplatz entschieden hat.

„Was hältst du von Bastian? Gut, schlecht?"

Samson schnurrt.

Ich nehme das als sehr gutes Zeichen.

KAPITEL ELF

Bastian

Als ich nach Hause komme, ziehe ich die Kleidung aus, die nach ihr riecht, und versuche, mich nicht in ihre Bitte hineinzusteigern, die Dinge zwanglos zu halten.

Ist das nicht, was ich wollen sollte? Will nicht jeder Typ ein Mädchen, das ihn nicht anbettelt, ihn zu heiraten? Und bei meiner gesundheitlichen Situation sollte ich froh sein, dass Julia mir die Sache einfach macht. Ich kann jetzt Zeit mit ihr verbringen, ohne mir Sorgen zu machen, dass sie zu viel in unsere Beziehung investiert oder sich verpflichtet fühlt, bei mir zu bleiben, wenn meine Gesundheit zum Problem wird.

Doch Julia kommt mir nicht wie der Typ Mädchen vor, der zwanglose Beziehungen bevorzugt. Sie war so zugänglich beim Sex, so auf mich fixiert und so verzweifelt nach meiner Berührung, dass ich kaum glauben kann, dass sie so gleichgültig ist, wie sie es mir weismachen will.

Ich gehe nach unten, schalte den Fernseher an und bereite mich auf den Besuch meines Vaters und Bruders vor. Mein Haus ist neu gebaut mit viel natürlichem Licht, das durch die hohen Fenster scheint. Die Einrichtung ist dürftig und ich habe schon lange vor, einen Inneneinrichter einzustellen, um das Haus etwas weniger wie eine Junggesellenbude aussehen zu lassen. Doch wer hat dafür schon Zeit? Ich bestimmt nicht. Ich muss ein Unternehmen leiten und habe, ach ja, eine Krankheit, die immer wieder zurückkommt, egal ob ich will oder nicht.

Lucian kommt etwa eine Stunde früher als erwartet. „Ich hatte angenommen, wir können etwas übers Geschäft sprechen, bevor Dad kommt", sagt er. „Ryland ist sich immer noch nicht sicher, ob er bei uns bleiben will", meint er. „Wir müssen einen Plan machen, Bastian."

Mein Kopf schmerzt beim bloßen Gedanken daran. Ich denke daran, wie Ryland mit Julia beim Konzert geflirtet hat – und an meine ziemlich steinzeitmenschliche Reaktion darauf. Kann ich etwas dafür, dass sie sowohl das Gute als auch das Schlechte aus mir herauskitzelt?

Während ich den Fernseher ausschalte, sage ich zu Lucian: „Lass uns das ausarbeiten."

Wir verbringen die nächste Stunde damit, Strategien auszutauschen und ein Brainstorming zu machen. Wir hören auf, als Vater kommt, um mit uns das Spiel zu schauen. Wir haben eine gute Zeit, aber nachdem sie gegangen sind, merke ich, dass etwas nicht stimmt. Meine Gelenke beginnen zu schmerzen, und als ich meine Stirn fühle, ist sie heiß. Ich messe meine Temperatur, ungefähr 37,5 Grad.

Ich zwinge mich, etwas zu essen, und nehme mir Wasserflaschen mit nach oben in mein Schlafzimmer. Mein Kopf schmerzt, ich bin erschöpft. Plötzlich fühle ich mich etwa fünfundneunzig Jahre alt und es kostet Kraft, mich auszuziehen und ins Bett zu legen. Als ich da liege und zur Decke starre, frage ich mich, wie lange es andauern wird.

Ich schlafe rastlos. Meine Träume drehen sich jedoch nur um Julia: ihr Lächeln, ihr Lachen, die Art, wie sie unter meinen

Händen gestöhnt hat, wie sie schmeckt. In einem meiner Träume findet sie mich so und ist so angeekelt, dass sie wegläuft. Ich versuche, ihr hinterher zu rennen, aber ich bin zu schwach. Ich kann mich nicht bewegen.

Als ich am nächsten Morgen vor der Dämmerung aufwache, schwitze ich wie verrückt. Ich checke meine Temperatur, bin nun bei fast 39 Grad. Ich stolpere ins Badezimmer und nehme etwas Ibuprofen. Doch als ich zurück in Schlafzimmer gehe, kann ich diesen verdammten Schwindel in meinem Kopf spüren, und bevor ich etwas tun kann, verliere ich das Bewusstsein.

Als ich wieder zu mir komme, muss ich ins Bett krabbeln. Mein Herz klopft und es ist anstrengend zu atmen, weil meine Gelenke schmerzen. Alles schmerzt, und als der Schlaf mich überkommt, hoffe ich, erst aufzuwachen, wenn alles vorbei ist.

Lucian kommt am nächsten Tag mit Essen und Ginger Ale vorbei. Er war schon oft in meiner Nähe, wenn ich einen Rückfall hatte, und weiß, dass ich nicht reden möchte. Er hat mir meine Lieblingssuppe mitgebacht und ich bedanke mich mit lallender Stimme.

„Gute Besserung, okay?", sagt er. „Ich brauche dich für den Ryland Masters Deal. Melde dich, wenn du etwas brauchst, okay?"

Ich nicke erschöpft, höre nicht einmal, wie Lucian geht.

So sieht der Rest meiner Woche aus: Schlaf, Schmerz, Fieber, kurze Zeitspannen, in denen ich arbeiten kann, Anstrengung, endlos wiederholen. Jeden Tag denke ich daran, Julia anzurufen; jeden Tag stoppe ich mich.

Ich kann ihr nicht sagen, wie krank ich bin. Der Gedanke an ihren mitleidsvollen Blick? Ich fühle mich noch kränker, wenn ich nur daran denke.

Es ist dumm – ich weiß, es ist dumm –, aber Männer sollen

keinen schwachen Eindruck machen, vor allem nicht vor den Frauen, die sie mögen. Ich kann den Gedanken nicht ertragen, dass Julia mich wie eine verletzliche Blume behandelt, oder noch schlimmer: sich entscheidet, mich zu pflegen, bis ich gesund bin. Ich hatte Freundinnen, die dachten, sie müssten Florence Nightingale spielen, als sie realisierten, was der Lupus mit mir macht.

Die Liebhaberin eines Mannes als seine Krankenschwester beendet die Stimmung schneller als ein Mann, der vergessen hat, sein Viagra zu schlucken.

Natürlich heißt es nicht, dass ich sie nicht kontaktieren kann, nur weil ich ihr nicht sagen möchte, dass ich krank bin. Ich kann ihr wenigstens schreiben. Doch die Sache ist die: Ich bin mittlerweile überzeugter als je zuvor, dass es keine gute Idee ist, sie wiederzusehen. Vor allem weil ich mir selbst etwas vorgemacht habe, als ich einer zwanglosen Beziehung mit ihr zugestimmt habe. Ich habe sie erst getroffen – und ich will sie. Ich will, dass sie mein ist. Ich will sie in meinem Bett. In meinem Arm. Ich will ihre Träume hören und ihr dabei helfen, sie zu erreichen. Ich will sie an meiner Seite, in guten wie in schlechten Zeiten. Doch sie danach zu fragen ist falsch, einfach falsch.

Also rufe ich Julia nicht an.

Doch ich kann mich nicht davon abhalten, von ihr zu träumen.

KAPITEL ZWÖLF

Julia

Zwei Tage nachdem Bastian meine Wohnung verlassen hatte, habe ich immer noch nichts von ihm gehört. Ich versuche mir einzureden, dass er viel zu tun hat. Entweder das, oder er meldet sich nicht bei mir, weil ich gesagt habe, dass ich die Dinge zwanglos halten möchte. Ich hätte nicht damit gerechnet, dass absolut keine Kommunikation nach zweifachem Geschlechtsverkehr als ‚zwanglos' durchgehen würde. Da ich diejenige bin, die Richtlinien aufgestellt hat, entscheide ich mich, ihn zu kontaktieren.

Ich schreibe ihm, bekomme aber keine Antwort. Als ich zu meiner Schicht bei Cooper's erscheine, hatte ich mich in ein misslauniges Arschloch verwandelt. Kevin hebt nur die Augenbrauen, als er meinen Gesichtsausdruck sieht. Als ich mich erkläre, sagt er freiheraus, dass heterosexuelle Kerle einfach furchtbare Nachrichtenschreiber seien und ich mir keine Sorgen machen solle.

Doch nach drei weiteren Tagen, es ist mittlerweile Freitag, hat Bastian weder geschrieben noch angerufen.

Später am Nachmittag klingelt mein Handy und ich hasse mich selbst, weil ich so aufgeregt bin und denke, dass es einfach Bastian sein muss.

Schade, dass du nicht zum Brunch kommen konntest. Wie war dein Tag?

Verdammte Scheiße. Die Nachricht ist von Ryland Masters.

War schon mal besser, schreibe ich zurück.

Vielleicht kann ich dich aufmuntern.

Zum ersten Mal seit Tagen lächle ich.

Wir schreiben hin und her. Rylands Antworten sind grenzwertig flirtend, aber noch nicht unangenehm. Er scheint vor allem freundlich zu sein. Wir reden wieder über seine Musik und ich erwähne nebenbei, dass ich Musik studiert habe.

Niemals! Welches Instrument? Oder Gesang?

Gitarre und Gesang. Aber ich habe seit langem nichts gemacht.

Die drei Punkte blinken auf meinem Bildschirm, während Ryland seine Antwort formuliert. Die Punkte blinken eine Weile, also zucke ich mit den Schultern und lege mein Handy beiseite. Vielleicht wurde er abgelenkt. Während ich mir eine Cola einschenke, meldet sich mein Handy endlich mit einer Nachricht.

Wir sollten uns mal treffen und zusammenspielen. Ich würde dich gerne hören. Ich wette, du hast eine fantastische Stimme. Die Nachricht beinhaltet zwei Herzchen-äugige Smileys und ich pruste.

Genau. Ryland Masters ist ein musikalisches, risikofreudiges Genie. Doch obwohl ich über einen sehr gesunden Anteil an Neurosen und Selbstwertproblemen verfüge, gibt es etwas, bei dem mein Selbstvertrauen mich nicht verlässt: meine Musik. Ich kann mich vielleicht nicht mit Ryland messen, aber ich bin nicht schlecht und wenn er mir mit einer Jamsession dabei helfen will, mich von meiner Bastian-Misere abzulenken, bin ich dabei.

Ich bin etwas eingerostet, aber ja, warum nicht?

KAPITEL DREIZEHN

Bastian

Eine Woche nachdem ich Julia zu Ryland Masters Konzert ausge-
führt habe, bin ich wieder bei der Arbeit, starre auf mein Handy
und sage mir selbst zum fünfzigsten Mal, dass sie ohne mich
besser dran ist.

Es funktioniert nicht. Ich kann nicht aufhören, an sie zu
denken. Die Sache beginnt bereits, meine Arbeit zu beeinträchti-
gen. Also komme ich zu der vernünftigen Einsicht, dass ich
wenigstens mit ihr reden und mich erklären sollte. Sie muss mich
für den größten Idioten auf dem Planeten halten, und damit hat
sie sogar recht.

Ich nehme mein Handy und rufe sie an. Keine Antwort. Ich
wähle erneut. Keine Antwort. Ich rufe sie ein drittes Mal an, weil
ich ihr keine Sprachnachricht hinterlassen will. Dann nimmt sie
endlich mit einem irritierten „Hallo?" ab.

„Julia, es tut mir Leid, dass ich dich so oft anrufe, aber ich will
mit dir reden."

Sie schnaubt. „Tatsächlich."

„Ich weiß, ich habe es verbockt, aber die Dinge hier waren außer Rand und Band und ich wollte mich erklären."

„Kein Bedarf", sagt sie. „Scheinbar war meine Anfrage, es mich einfach wissen zu lassen, wenn du mich nicht länger sehen willst, zu mühsam. Das ist vollkommen in Ordnung."

„Es war nicht zu mühsam, Julia. Es ist nur, naja, ich war ziemlich beschäftigt und…"

„Du warst also zu beschäftigt, dich an mich zu erinnern? Das ist nicht sehr schmeichelhaft."

„Ich bin die Art von Mensch, der sich so auf eine Sache konzentriert, dass ich manchmal sogar vergesse zu essen oder zu duschen." Was stimmt, obwohl ich mich in der letzten Woche darauf konzentriert habe, gesund zu werden. „Lass es mich gutmachen."

Sie schnaubt. „Du ignorierst mich also für eine ganze Woche, faselst eine lahme Entschuldigung und erwartest, dass ich einfach nachgebe und mich mit dir treffe? Hab ein schönes Leben, Bastian. Nein, wenn ich darüber nachdenke, geh zur Hölle!" Sie legt auf.

Ich starre auf mein Handy. Sie hat aufgelegt? Sie hat aufgelegt!

Ich lache. Ich kann nicht anders. Es ist so lächerlich und mein Leben fühlt sich an, als würde es außer Kontrolle geraten. Alles was ich tun kann, ist also zu lachen. Ich lache auch, weil Julia Rominger ein Hitzkopf ist. Sie lässt sich von niemandem schikanieren und ich kann nicht anders, als das zu bewundern.

Und ich will sie mehr denn je.

KAPITEL VIERZEHN

Julia

Es ist Mittwoch und ich verteile Sushi-Kostproben mit einer Art biologischem Tofu. Joe ist zurück und sieht mich an, als hätte ich gerade versucht, ihn zu vergiften.

„Was ist das nochmal?"

Ich seufze innerlich. „Das ist Sushi. Veganes Sushi aus Tofu und Avocado." Ich platziere eine kleine Schale in Joes fleischiger Pfote. „Versuch mal! Die sind gut."

Sie sind es nicht – und ich mag Sushi! –, aber das kann ich nicht sagen. Joe starrt auf das runde Stück Nahrung und dann wieder zu mir. Dann stopft er es sich in seinen Mund und kaut für eine gefühlte Stunde.

Er kaut und kaut und kaut. Er runzelt seine Stirn. Ich will ihn gerade fragen, ob er ein Glas Wasser braucht, als er laut schluckt.

„Das war nicht gut", sagt er enttäuscht.

Die Geschichte meines Lebens, will ich antworten. Stattdessen sage ich einfach: „Naja, es ist Geschmacksache, weißt du."

„Wann gibt es wieder Chicken Wings?"

„Keine Ahnung. Ich kann die Proben nicht aussuchen." Joe schenkt mir einen traurigen Blick und ich füge hinzu: „Sorry! Ich sehe, was ich tun kann."

Er nickt und schiebt seinen Einkaufswagen weiter. Ich fühle mich, als hätte ich gerade seinen Hund getötet, dabei habe ich ihm lediglich ekelhaftes Sushi serviert. Ich blicke auf die traurige Ansammlung geschmackloser Proben und habe das Gefühl, die Metapher meines Lebens vor mir zu haben. Langweilig, geschmacklos, unbedeutend.

Oh sicher, ich hatte neulich gedacht, erstklassiges Sushi serviert zu bekommen. Doch dann hat sich das Sushi als echter Idiot entpuppt und ich stecke mal wieder mit dem furchtbaren Zeug fest.

Ich reibe meine Stirn. *Ich verliere den Verstand!*

Nach Bastians Anruf gestern – und meinem Auflegen – habe ich gedampft, mit den Füßen gestampft und geschrien, während Samson mich verwirrt ansah. Danach fühlte ich mich etwas besser. Er war nicht nur ein Idiot, weil er mich ignoriert hat, sondern weil er während seines Anrufs so getan hatte, als wäre es keine große Sache gewesen, und ein gemeinsames Abendessen würde mich die Sache vergessen lassen. Vergiss es.

Er muss sich weit mehr anstrengen, um meine Gunst wieder zu erlangen.

Die traurige Sache dabei? Ich bin mir nicht sicher, ob ich ihm die Mühe wert bin.

Das ist ein deprimierender Gedanke. Ich sinke auf meinem Tisch zusammen und schaue den Kunden bei Cooper's zu. Ein junger Kerl in Jogginghosen wühlt sich wie wild durch das Vitaminregal, während eine ältere Frau bestimmt scheint, genau die richtige Art Ballaststoff für ihre Ernährung zu finden. Die Monotonie zieht mich herunter. Ein schreckliches Gefühl.

Ich dachte, Bastian wäre anders. Nachdem er sich das erste Mal entschuldigt hatte, und dann das Konzert und der Sex...

Aber er ist genau wie alle Kerle. Er wollte Sex und ich habe es ihm gegeben, nicht wahr?

Ich sinke weiter herunter, bis ich fast auf Augenhöhe mit dem Sushi bin. „Nur ihr versteht mich", erkläre ich den Kostproben.

„Rominger!", schreit She-Hulk.

Ich stehe auf und werfe dabei einige Sushi-Stücke um. Ich krabble herum, um sie aufzuheben.

„Kannst du wenigstens versuchen, so auszusehen, als würde es dich interessieren?", fragt sie mit den Händen in den Hüften. „In letzter Zeit siehst du jedes Mal, wenn ich vorbeikomme, so aus, als wärst du unter den Zug gekommen."

Ich werfe die heruntergefallenen Sushi-Stücke in den Müll und stehe auf. „Sorry, Sheila. Ich bin etwas zerstreut."

Zu meiner Verwunderung kommt sie einen Schritt näher und fragt leise: „Hast du Ärger mit Männern? Willst du darüber sprechen?"

Nein, will ich nicht! Nicht mit dir! Ich starre sie mit offenem Mund an. „Ähhh", sage ich.

„Hat er dich sitzenlassen? Ist mir vor einigen Wochen passiert. Hab diesen tollen, großen Wrestler in einer Bar getroffen und wir hatten eine wundervolle Nacht." Sie verliert sich in Gedanken und ich versuche, mir She-Hulk nicht beim Sex vorzustellen. „Doch dann hat er nie zurückgerufen. Also habe ich ihm Hausverbot hier erteilt. Jetzt muss er fünfzehn Kilometer fahren, um Lebensmittel einzukaufen."

„Äh, toll", antworte ich.

„Naja, wenn du mal jemanden brauchst, ich bin hier." Sie tätschelt meinen Arm – etwas zu hart und ich zucke zusammen – und stampft dann den Gang entlang, wo sie andere ahnungslose Angestellte anbellt.

Mein Leben hat offiziell einen neuen Tiefpunkt erreicht. She-Hulk gibt mir Beziehungstipps, während ich schreckliche, geschmacklose Sushi-Proben an Leute aushändige, die sie nicht einmal wollen.

„Julia."

Ich höre eine Stimme. Es ist die Stimme. Mein Herz klopft, mein Körper wird munter und ich fühle mich wie ein Pawlow'scher Hund. Bin ich so leicht zu haben?

Dann sehe ich ihn: Bastian. Er kommt auf mich zu. Er ist so gutaussehend wie immer, aber als er vor mir stehen bleibt, sieht er auf den Boden, dann zu mir. Doch er sagt kein Wort. Seine Unbeholfenheit lässt ungewollt meine Unbeholfenheit dahin schmelzen. Wo ist der selbstsichere, sexy Bastian? Diese Seite an ihm ist unerwartet, aber liebenswerter, als ich zugeben möchte.

Dann blickt er auf die Kostproben. „Soll das Sushi sein?"

„Ja, veganes Sushi mit Tofu. Du solltest eines versuchen."

„Dann sind sie gut?"

„Nein, überhaupt nicht."

„Aha. Verteilt ihr jemals etwas, was die Leute essen möchten?"

„Hey, manche Menschen mögen Papp-Sushi und Müsliriegel." Ich zucke mit den Schultern als ich seinen Blick sehe. „Naja, vielleicht. Ich habe sie nur noch nicht gefunden."

„Hör zu, ich weiß, dass du mich weder sehen noch mit mir sprechen möchtest, aber gib mir noch eine Chance." Er steckt die Hände in die Hosentaschen und wippt auf dem Absatz hin und her. „Lass mich dich zum Essen ausführen."

Wie er so dasteht, unsicher, müde und trotzdem sexy und köstlich, spüre ich, wie ich selbst weicher werde.

„Bastian, ich halte das für eine schlechte Idee. Wir hatten Spaß, haben aber wirklich nichts gemeinsam."

„Das stimmt nicht."

„Ach wirklich. Sag mir, was wir gemeinsam haben."

„Neben dem dringenden Bedürfnis, finanzielle Ratschläge zu verteilen, meinst du?"

Ich versuche, nicht zu lächeln. Versuche, dem nervösen Gefühl in mir zu widerstehen. Und der Stimme in mir, die voller Freude schreit, dass er vor mir steht und eine zweite Chance will. Doch ich gebe nach, denn ich bin schwach und habe ihn vermisst.

„Okay. Aber kein Untertauchen mehr, verstanden? Wenn du mich nicht mehr sehen willst, sag es mir einfach." Ich lächele ein bisschen. „Ich bin ein großes Mädchen, ich verkrafte das."

Seine müden Augen leuchten auf, als ich akzeptiere. „Gut, gut. Ich hole dich um sieben ab. Es wird etwas schicker sein, also mach dich hübsch."

„Ich muss vermutlich dasselbe Kleid wie beim letzten Mal anziehen", sage ich süß-sauer. „Ich bin nicht wirklich ein Kleidchen-Mädchen."

„Kein Problem. Dann weiß ich wenigstens, wie ich es dir ausziehe." Seine Worte sind leise, rauchig und schicken dieses Kribbeln durch meinen Körper. Denn ich bin leicht zu haben.

Wenn man bedenkt, dass er mich gerade erst um Vergebung gebeten hat, dann ist seine Aussage ziemlich mutig. Ich nehme an, der selbstsichere Bastian ist zurück. Er hat offensichtlich die Chancen kalkuliert, ob er mich heute Abend nackt sehen wird, und scheint die Zahlen zu mögen.

Na schön. Es gibt Schlimmeres, als für einen sexy Mann wie Bastian Rich leicht zu haben zu sein.

„Sei gewarnt", antworte ich. „Ich werde vermutlich das teuerste Essen auf der Speisekarte bestellen. Als Revanche, weil du mich ignoriert hast."

„Bestell, was immer du willst. Ich sehe gerne Frauen, die mehr essen als Salat und Luft."

Ich lache. „Herausforderung angenommen."

Dann lehnt Bastian sich zu mir vor und küsst mich sanft auf die Lippen. Es ist vorbei bevor es begonnen hat und ich ertappe mich dabei, meine Finger auf den Mund zu drücken. Er murmelt: „Danke für die zweite Chance. Bis später." Dann geht er davon.

Ich starre ihm nach, mit Herzen in den Augen und so weiter, als She-Hulk wieder in meine Richtung kommt.

„Oh, das ist also der Typ", sagt sie und nickt zustimmend.

Ich zucke zusammen. Dann stammle ich: „Wer ist der Typ?"

„Der Typ, bei dem du die ganze Zeit gedanklich warst", sagt

sie, als wäre ich ein Idiot. „Er hat einen schönen Hintern. Wenn du ihn nicht nehmen würdest, stünde ich ganz vorne in der Reihe."

O Gott, jetzt steht She-Hulk auf Bastian. Krieg ich nicht mal eine Verschnaufpause?

„Ähm, ja, wir gehen heute Abend aus, also nehme ich an, sein Hintern ist beschäftigt." Ich klinge total bescheuert, aber aus irgendeinem Grund macht es mich eifersüchtig, wenn eine andere Frau Bastian ansieht. Es ist nicht so, dass She-Hulk irgendeine Konkurrenz wäre, aber trotzdem. Es macht mich zickig.

„Gut gemacht, Rominger. Denk dran, zu verhüten." Sie nickt weise und bellt dann: „Dorsey! Solltest du nicht Gang fünf putzen?"

Nach meiner Schicht radle ich so schnell nach Haus wie möglich, da ich nur wenig Zeit habe, mich hübsch zu machen, bevor Bastian mich abholt. Ich füttere Samson, der klagend miaut, und beginne dann, Klamotten aus dem Schrank auf mein Bett zu werfen. Warum habe ich kein einziges sexy Kleidungsstück – außer dem Kleid, das ich bereits getragen habe –, um essen zu gehen?

„Nein, nicht das Oberteil. Nein, der Rock ist hässlich. O Gott, warum habe ich immer noch diese Hose?" Während ich meine Kleidung durchwühle, realisiere ich, dass ich den Fashionsinn einer Schullehrerin im mittleren Alter habe, die einige Stücke besitzt, die ICH BIN LEICHT ZU HABEN schreien, um die Dinge etwas aufzumischen. Ich nehme an, ich könnte meinen knielangen schwarzen Rock mit einem rückenfreien, lilafarbenen Pailletten-Top tragen.

Ich entscheide mich endlich für ein schwarzes Kleid, das ich vor zwei Jahren auf einer Hochzeit getragen habe. Es ist nicht zwangsläufig sexy, aber auch nicht altbacken. Ich kombiniere es mit großen Ohrringen und versuche, mein Haar zu bändigen. Ich blicke in den Spiegel und frage mich, ob ich figurformende Unterwäsche tragen soll. Doch wenn wir uns näher kommen, wird Bastian sehen, dass ich riesige Oma-Unterhosen trage... Ich blicke zu Samson.

„Soll ich sie tragen und hoffen, dass er es nichtmerkt, oder soll ich den Speckröllchen trotzen?"

Samson wischt seinen Schwanz über den schäbigen Teppich.

„Naja, ich sollte vermutlich nicht so schnell wieder mit ihm schlafen. Also, Fett-weg-Unterwäsche, ich komme." Ich fluche, als ich den engen, elastischen Stoff hochziehe. Doch der Effekt kann sich sehen lassen. Dank sei dem, der diese Dinger erfunden hat!

Als Bastian kommt, versuche ich, cool zu wirken. Ich gebe ihm einen kurzen Kuss und lasse mich dann von ihm zu seinem Wagen führen, seine Hand liegt auf meinem unteren Rücken.

„Ich dachte, wir essen Tapas im La Mariposa", sagt er und öffnet die Wagentür für mich. „Klingt das gut?"

Ich liebe Tapas, zwinge mich aber dazu, nicht zu aufgeregt zu klingen. „Klingt gut."

Während ich in den Seitenspiegel schiele, rede ich auf mich ein. Sei nicht leicht zu haben. Lass ihn nicht komplett vom Haken. Und versuch, keine Sangria auf dein Kleid zu schütten.

Doch als Bastian mir sein sexy Lächeln schenkt, habe ich das Gefühl, dass Punkt eins und zwei hoffnungslos sind.

KAPITEL FÜNFZEHN

Bastian

Obwohl ich noch immer ausgelaugt von der letzten Woche bin, hilft Julias Anblick mir dabei, das alles zu vergessen. Wer hätte gedacht, dass sie die beste Medizin ist?

Sie ist still, während ich sie zum La Mariposa fahre, doch als sie meinen Blick auffängt, lächelt sie. Ich hoffe, dass ist ein Zeichen dafür, dass sie mir mein Benehmen der letzten Woche verzeiht.

Allein ihr Anblick in diesem kurzen, schwarzen Kleid erregt mich. Ich kann einen Hauch Parfum riechen und das macht alles noch schlimmer. Sie trägt nicht so viel Makeup wie am letzten Wochenende, doch sie ist noch immer wunderschön, egal wie viel oder wie wenig Lippenstift sie aufgetragen hat. Ich muss mich zwingen, auf die Straße zu sehen, denn ich bin kurz davor, die Sommersprossen zu zählen, die sich um ihre Nase versammeln.

Gott, ich verwandle mich in einen sentimentalen Dummkopf. Lucian würde mich auslachen, wenn er wüsste, dass ich daran denke, die Sommersprossen einer Frau zu zählen. Er würde auch sagen, dass ich verknallt sei. Ich verkrampfe mich am Lenkrad.

Ich kann nicht behaupten, dass er falsch läge.

Als wir beim Restaurant ankommen, führe ich Julia in ein separates Zimmer, das mit Bänken voller bunter Polster und Kissen gefüllt ist. Das Licht ist gedämpft und warm und es riecht nach Gewürzen und Früchten. Ich bestelle einen KrugSangria, den wir uns teilen. Das kühlt mich etwas herunter, hindert mich aber nicht daran, Julia durchgehend anzusehen.

Doch sie betrachtet die Speisekarte und knabbert mit ihren Vorderzähnen auf der Lippe. Es ist ein süßer kleiner Tick, der mich dazu bringt, an ihrer Unterlippe knabbern zu wollen. Was zu dem Gedanken führt, wie sie sich unter mir gewölbt hat, wie heiß und feucht und eng sie gewesen ist, wie gut sie geschmeckt hat...

Ich rutsche in meinem Sitz hin und her, meine Hosen werden unangenehm eng.

Wir bestellen zusammen verschiedene Tapas, die Sangria fließt und Julia taut mir gegenüber wieder auf. Sie lacht und neckt, ihre Augen leuchten.

„Also, wie war deine Woche?" Als sie mich ansieht, füge ich hinzu: „Bis auf mein Untertauchen natürlich."

Zum Glück ist sie nicht nachtragend. Sie lächelt, seufzt dann aber. „Es gibt nicht viel zu erzählen. Arbeit, Arbeit, Schlaf, Arbeit. Wie immer."

Ich nehme einen Schluck Sangria, die süß und kalt ist, perfekt für einen warmen Abend. „Arbeitest du noch woanders? Außer Cooper's?"

„Im Moment nicht, nein. Ich habe Teilzeit bei Greta's gearbeitet, dem Klamottengeschäft in Downtown. Aber sagen wir es so, ich war der Kundschaft gegenüber nicht so höflich, wie mein Manager es gerne wollte."

Ich weiß, dass Greta's ein versnobter Laden ist, und kann mir genau vorstellen, wie Julia sich von den reichen, lästernden alten

Ladies, die ihre Sonntags-Kirchen-Kleidchen kaufen, irritieren lässt.

„Was ist mit dir?", fragt sie und hebt eine blonde Augenbraue. „Wenn du so beschäftigt bei der Arbeit warst, muss etwas Besonderes passiert sein."

Ah. Sie nimmt also automatisch an, dass die Arbeit mich in Anspruch genommen hat. Und obwohl es mir auf der Zunge liegt, sie zu korrigieren, tue ich es nicht. Noch nicht, sage ich zu mir selbst. Sie hat mir erst verziehen. Sie verdient es, sich zu entspannen und eine gute Zeit zu haben, ohne dass ich ihr die Laune verderbe. Und ehrlich gesagt, nach meiner Woche verdiene auch ich, die Zeit mit ihr zu genießen. Also, die Arbeit. „Mein Bruder Lucian und ich haben eine Strategie bezüglich Ryland entwickelt. Wir scheinen Fortschritte zu machen, aber er ist noch immer nicht unser größter Fan."

Unsere Tapas kommen und ich sehe zu, wie Julia jedes probiert. Sie stöhnt etwas, als sie vom Ziegenkäse und Brot probiert, und schickt damit ein Kribbeln durch meinen Körper. Hat sie irgendeine Ahnung, wie sexy sie ist, wenn sie das tut? Vermutlich nicht, was noch verführerischer ist.

„Du hast erwähnt, dass du Musik studiert hast. Dass du singst und Gitarre spielst. Vermisst du dein Studium?"

Sie zuckt mit den Schultern. Sie sieht mich nicht an, sondern blickt absichtlich auf die Tapas vor ihr. Ich erinnere mich daran, dass sie ähnlich reagiert hat, als ich sie nach dem Konzert danach fragte. Vielleicht schämt sie sich, die Schule abgebrochen zu haben, was mich, zugegeben, überrascht. Sie scheint zu schlau und gerissen zu sein, um eine Ausbildung wie diese aufzugeben.

Ich frage mich: Ist etwas vorgefallen? Mein Magen dreht sich im Kreis, während ich an Möglichkeiten denke. Ich wirbele meine Sangria, bevor ich einen weiteren Schluck nehme. Ihr Glas ist leer, ich fülle nach.

„Darf ich fragen, warum du dein Studium abgebrochen hast?", frage ich.

Sie trinkt ihre Sangria, schluckt einige Male. Ihr Gesichtsausdruck ist ernst und ich habe das Gefühl, dass sie diesen Teil ihres Lebens nicht mit mir teilen wird. „Ich würde lieber nicht darüber sprechen", gibt sie zu.

Ich bin verletzt, ich gebe es zu. Aber ich schüttele es ab. „Dann erzähl mir wenigstens von deiner Musik. Auch wenn ich keine Ahnung haben werde, wovon du redest."

Ich lächle ermutigend. Sie ist zuerst schüchtern, doch während sie spricht, wird sie lebhafter. Sie redet über Kompositionen und Tonumfänge und Harmonien und Melodien, bis mein Kopf sich dreht. Doch die Aufregung in ihrer Stimme ist berauschend. Ich frage mich wieder, warum sie etwas aufgegeben hat, das sie so liebt. Selbst ich liebe meine Arbeit nicht so sehr wie Julia ihren Gesang und ihre Musik liebt. Plötzlich wünsche ich, sie spielen zu hören.

Unsere Unterhaltung kommt zurück auf Ryland Masters. Kann ich ihn nicht zumindest für einen Abend loswerden? Aber Julia scheint nicht zu wissen, dass er auf sie steht, und das ist okay für mich. Lassen wir ihn sich nach ihr verzehren, von der Ferne aus, denn sie ist jetzt mein.

„Allein seine Musik", sagt sie mit dem Sangria-Glas in ihrer Hand, „zeigt, dass er ein Risikomensch ist. Ich weiß, dass du denkst, dass seine Investition keine gute Idee ist, aber ich glaube nicht, dass du es aus seiner Perspektive aus betrachtest."

„Aber warum stellt man einen Finanzberater an, wenn man sich nicht beraten lässt?", kontere ich.

„Beratung ist eine Sache; sich zu weigern, beide Seiten zu betrachten, eine andere." Sie hebt den Finger, ist ein bisschen angeschwipst. Einfach süß. „Hast du dir das Geschäft, an dem er interessiert ist, überhaupt mal angesehen? Oder hast du gesehen, dass es nicht idiotensicher ist, und einfach nein gesagt?"

Als ich nicht antworte, hebt sie die Augenbrauen.

„Es ist nicht so einfach."

„Manchmal", sagt sie nüchtern, „sind die Dinge einfacher, als du denkst."

Während wir über Ryland und Strategien und Dinge, mit denen ich nie mit einer Freundin reden würde, sprechen, beeindruckt mich Julia immer mehr: Sie ist blitzgescheit. Sie analysiert Situationen mit einer Scharfsinnigkeit, die für einen jungen Menschen wie sie selten ist. Sie ist nicht so viel jünger als ich, aber sie hat nicht die Erfahrung in diesem Feld, die ich habe. Aber aus irgendeinem Grund versteht sie die Situation und ist in der Lage, sie auseinanderzunehmen, jede Seite, jeden Blickwinkel zu verstehen.

Als die Bedienung unsere Teller abräumt, lehne ich mich zurück und frage mich fast, warum ich sie nicht selbst anstellen soll.

Nach dem Essen gehen wir zu meinem Wagen. Julia spielt mit ihrer Handtasche. Doch als sie mich ansieht, wird sie rot, beißt sich auf die Lippe. Sie lehnt sich unruhig an die Wagentür.

Instinktiv lehne ich mich nach unten und küsse sie. Sie versteift sich zuerst, schmilzt dann aber sofort. Sie schmeckt nach Sangria und ich kann nicht genug bekommen. Ich vertiefe den Kuss. Während ich mit ihren Haaren spiele, drückt sie sich an mich. Wenn sie meine Erektion bisher noch nicht gespürt hat, naja, jetzt mit Sicherheit.

Ich kann nicht aufhören, sie zu wollen.

Als sie sich zurückzieht, um zu Luft zu kommen, sage ich: „Kommst du mit zu mir?"

Ihr Blick ist weit, etwas glasig. Sie atmet schwer, sodass ihre Brüste im Kleid nach oben gedrückt werden.

Dann nickt sie. „Okay."

Julia

. . .

Sein Nachname. Der scharfe Anzug und sein Büro. Sein schicker Wagen. All diese Dinge hätten ein Schlüssel sein sollen. Doch als Bastian mich zu sich einlud, hatte ich *das* nicht erwartet. Basierend auf dem Foto in seinem Geldbeutel – dem einen mit ihm und seiner Schwester vor diesem süßen, einstöckigen Haus – und seinem bodenständigen Verhalten, das er trotz seines umwerfenden Aussehens und seines Erfolgs an den Tag legt, hatte ich angenommen, dass Bastian ein schönes, aber nicht übertriebenes Zuhause hat.

Falsch gedacht.

Der Typ lebt in einer verdammten Villa. Tatsächlich ist es mehr eine Anlage als eine Villa.

Wir fahren durch ein Tor, eine Mauer umringt das Gelände, und die Einfahrt entlang. Um mich herum befinden sich die Belege extremen Reichtums und Perfektion. Wenn ich mir vorstelle, mit meinem alten Wagen und meiner Arbeitsuniform inklusive Chicken-Wing-Flecken zu Besuch zu kommen, will ich mich verkriechen.

Während der Hauptteil der Einfahrt sich vor dem Haus krümmt, führt eine Abzweigung zu einer massiven Dreier-Garage, die eine Wohnung über sich hat. Ein überdachter Weg führt von der Garage zum Hauptgebäude, ein Gitterwerk-Zaun umrahmt den Hinterhof.

Das Haus ist mit pfirsichfarbenem Stuck verziert, den man von mexikanischen oder südwestamerikanischen Häusern kennt. Das Dach jedes einzelnen Bereichs besteht aus geschwungenen roten Ziegeln. Die Fenster sind allesamt bogenförmig. Über dem Eingang vorne öffnen sich zwei Glastüren zu einem kleinen Balkon mit einem gebogen gearbeiteten Eisengeländer, das sich an beiden Seiten bis nach vorne zieht.

Ein Steinbrunnen steht im Gras in der Mitte der kreisrunden Einfahrt. Das Wasser schießt gerade aus der Spitze und fließt über mehrere Steinbecken nach unten, bevor es endlich in einem Auffangbecken hinter einer Steinmauer gesammelt wird. Ich möchte wetten, dass im Unteren des Brunnens tatsächlich Fische leben. Irgendetwas sagt mir, dass jemand mit solch einem Haus vermutlich Fische in seiner Fontäne möchte.

Das ist weit entfernt von dem klitzekleinen Keksdosenhaus, das auf dem Foto zu sehen war.

Das kleine Haus auf dem Foto wäre der perfekte Ort gewesen, um eine perfekt lächelnde Familie zu haben, doch diese Villa ist der perfekte Ort für alles.

Und plötzlich frage ich mich, was um Himmels Willen ich hier tue, in diesem wunderschönen Haus mit diesem unglaublichen Mann.

„Alles in Ordnung?", fragt Bastian plötzlich.

„Was? Ähm...ja. Es ist nur... Dein Haus ist unglaublich."

„Danke. Etwas groß für eine Person, aber ich mag es."

Es parkt vor der Garage, steigt aus, öffnet meine Tür und hilft mir aus dem Wagen. Mit seiner Hand an meiner Wirbelsäule geleitet er mich den Pfad entlang von der Garage zum Haus.

Seine Berührung macht mich nervös und kribbelig. Doch der Alarm in meinem Kopf ist bereits angesprungen und sagt mir, dass ich bereits Gefühle für Bastian entwickelt habe. Wenn ich erneut mit ihm schlafe, werden diese Gefühle nur noch stärker werden. Und ehrlich, auch wenn ich gesagt habe, dass ich die Angelegenheit zwanglos belassen möchte und dass es für mich kein Problem ist, wenn er bereit ist, mich zu verlassen, bin ich jetzt, wo ich sein Haus gesehen habe, davon überzeugt, dass er mich sehr schnell verlassen wird.

Und deshalb bleibe ich plötzlich stehen.

„Julia?"

Ich will rennen. Vor all dem wegrennen, was ich für diesen unglaublichen Mann fühle. Doch gleichzeitig weiß ich, dass dies ein großer Fehler sein wird. Sicher, er wird mich früher oder später verlassen, aber will ich wirklich die Gelegenheit, so viel Zeit wie möglich mit ihm zu verbringen, verlieren?

Ich atme tief durch und versuche meinen ganzen Mut

zusammen zu nehmen. Ich brauche nur eine Minute, denke ich. Bevor wir das Innere dieses wunderschönen Hauses betreten, muss ich mich sammeln. Bevor wir ein Schlafzimmer betreten, das bestimmt gleichermaßen wunderschön sein wird wie sein wunderschönes Leben, aus dem ich herausstechen werde wie ein bunter Hund.

Ich blicke über meine Schulter und zeige auf die Garage. „Hast du noch mehr Autos da drin?"

Gott, warum habe ich das gefragt? Sein schicker Audi ist unglaublich genug. Was, wenn er einen Porsche oder einen Rolls Royce hat?

Er hebt die Augenbrauen. „Ähm, ja. Einen Truck. Und ein paar Bikes. Motorräder."

„Was, du fährst Motorrad?" Ich kann es nicht glauben. Ein Gesundheitsfreak, stinkreich *und* ein Rebell?

„Ja, zum Teufel, ich fahre Motorrad. Ich habe eine Ducati. Aber ich hab auch eine alte Harley, die ich wieder zum Laufen bringen möchte."

Verdammt, denke ich. Meine Unbehaglichkeit ist vergangen. „Ich liebe Motorräder. Mein Dad hat alte Bikes gesammelt. Er war Mechaniker und Motorräder waren sowas wie seine Spezialität."

„War?"

„Er starb an einem Herzinfarkt, als ich sechzehn war. Jetzt sind es nur noch Mom und ich." Ohne es zu wollen, blicke ich zu seiner Garage und er grinst. Er steckt die Hände in die Hosentaschen und nickt seinen Kopf Richtung Garage. „Willst du sie sehen?"

„Sicher."

„Also kennst du dich ein bisschen aus?"

„Ich weiß genug, um eins zu fahren und mich so darum zu kümmern, dass es fährt", ich necke ihn lachend.

„Naja, vielleicht kannst *du* es ja zum Laufen bringen."

Als ich die hellblaue Ducati sehe, ich schwöre, habe ich fast an

117

Ort und Stelle einen Orgasmus. „Sie ist wunderschön." Ich betrachte all die schlanken Linien mit angemessener Anerkennung und keuche dann, als Bastian das Tuch von seinem anderen Bike abnimmt.

„Wow", sage ich, als ich das klassisch schwarze Motorrad sehe. „Das sieht aus wie eine 1956 Harley-Davidson FLH Hydra-Glide Super Sport."

Bastian grinst. „Du kennst also Marke und Jahr. Was kannst du mir noch über mein Motorrad sagen?" Seine Stimme ist sowohl neckend als auch herausfordernd.

Oh, stimmt. Ich bin nur ein Mädchen. Ich kann diese Dinge nicht wissen.

„Mal sehen. Du hast den Panhead Motor, der in den späten Vierzigern auf den Markt kam, und die hydraulische Gabelfederung, die erst einige Jahre vor diesem Baby hier entwickelt wurde. Ich sehe, du hast einen maßgeschneiderten Sitz hinzugefügt, der etwas länger ist, um einen Beifahrer zu ermöglichen."

Trotz der Tatsache, dass ich ein schwarzes Kleid trage, knie ich mich neben den Motor, um zu sehen, was bereits getan worden war, um ihn zum Laufen zu bringen.

„Du bist also damit aufgewachsen, hm?", fragt er und beugt sich über mich.

Als ich wieder stehe, sehe ich mich um, und ohne zu fragen, greife ich nach einigen Werkzeugen. Dann kauere ich mich wieder neben das Bike und mache ein paar Korrekturen, während ich spreche.

„Ja, mein Dad hat viel daran gearbeitet, als ich klein war. Es gibt Bilder von mir auf dem Motorrad sitzend oder während einer Ausfahrt, wenn sie repariert waren und funktionierten. Die Sache mit den alten Bikes ist, dass du sie bewegen musst. Man kann sie nicht zu lange stehen lassen. Wer *keine* regelmäßigen Maßnahmen ergreift, verurteilt sie zum Tode. Gleichzeitig ist es so viel leichter, mit ihnen zu arbeiten. Genauso wie mit älteren Autos."

„Aha, du kennst dich also auch mit Autos aus", sagt er und seine Stimme klingt seltsam. Als ich mich umdrehe, sehe ich seinen Blick, der sich nicht auf mein Tun an seinem Bike richtet, sondern auf mein Kleid, das meine Oberschenkel entblößt. Als er meinen Blick sieht, zwinkert er.

„Ich weiß ein paar Dinge." Ich bastle noch ein paar Minuten an seinem Motorrad herum, stehe dann auf und wische mir die Hände an einem Lumpen ab, den er mir reicht. „Versuch jetzt mal", sage ich.

Er sieht skeptisch aus, nimmt die Schlüssel aus seiner Tasche, steigt auf und lässt sie anspringen.

Das Motorrad erwacht sofort von den Toten und schnurrt wie brandneu.

„Was hast du gemacht? So schnell?" Er sieht mich begeistert an.

„Da war nichts kaputt", sage ich. „Und wenn du fragen musst, was mit ihr nicht stimmte, wirst du es nie erfahren. Stell lieber einen guten Mechaniker an." Ich kann nicht abstreiten, dass ich mich ein bisschen wie ein Badass fühle, nachdem ich sein Bike zum Laufen gebracht habe.

„Oder vielleicht kannst du öfter vorbeikommen und wir können zusammen daran arbeiten."

Stimmt mit mir etwas nicht? Mit ihm an seinem Motorrad zu arbeiten, klingt fast so gut wie alles andere, was wir bisher getan haben.

Fast.

Plötzlich, als ich ihn auf seinem rumpelnden Bike sehe und mir vorstelle, wie er mit mir an seinem Rücken davonrauscht, meine Arme um ihn geschlungen, seine starken Hüften zwischen meinen Oberschenkeln… Naja, ich bin mehr als bereit, dieses schicke Haus zu betreten.

Also lehne ich mich vor, schalte den Motor aus und küsse ihn.

VIRNA DEPAUL

Bastian

Es ist glasklar, dass Julia von der Tatsache, dass ich Motorrad fahre, angetörnt ist. Auch die Tatsache, dass sie mein Bike zum Laufen gebracht hat, törnt sie an. Und ich? Sie so ungehemmt neben meinem Bike kauern und an ihm herumbasteln zu sehen, bringt mich in Versuchung, ihr das schwarze Kleid vom Körper zu reißen und auszutesten, wie gut das Bike die raue Fahrt übersteht, die ich ihr geben möchte.

Doch so sehr ich das an einem anderen Tag ausprobieren möchte – im Moment will ich sie lediglich auf ihren Rücken legen, in meinem bequemen Bett, wo wir Stunden damit verbringen können, uns zu genießen. Also küsse ich sie zurück, spieße ihren Mund mit meiner Zunge auf, zerzause ihr Haar in meiner Hand, drücke ihre Brüste und ihren Arsch. Doch währenddessen bewege ich sie unbeholfen aus der Garage ins Haus hinein. Drinnen hebe ich sie in meine Arme und trage sie nach oben in mein Zimmer, dankbar, jeden Beweis für meine Krankheit aufgeräumt zu haben. Nichts zerstört die Stimmung mehr als ein Fieberthermometer und verstreute Ginger Ale Flaschen.

„Ich will dich, Bastian", sagt sie leise. Sie vibriert an mir.

Ich streichle ihre Seiten, umfasse ihre Brüste. Ich drücke zu und sie stöhnt. Ich lehne mich nach unten, küsse ihren Ausschnitt und lecke die Umrisse. Sie schmeckt nach Blumen und Salz, es ist berauschend.

Meine Hände schweifen weiter. Meine Finger klettern ihr Kleid hinauf, doch dann zuckt sie zusammen, als hätte ich sie gestochen.

„Ähm", sagt sie errötend, „tut mir Leid. Ich bin kitzelig."

Ich lache und strecke mich nach ihr aus. „Ich werde vorsichtig sein."

Jetzt wo wir im Haus sind, scheint sie jedoch abgelenkt zu

sein, wie vorhin, als wir zum Haus eingebogen waren. Ich hebe ihr Kinn hoch. „Was ist los, Julia?"

Sie beißt sich auf die Lippe. Sie ist unruhig. Sie macht ein genervtes Geräusch, bevor sie sagt: „Meine Unterwäsche. Ich will nicht, dass du sie siehst. Sie ist nicht…sexy."

Das ist alles? Ich lache, aber als ich ihren Ausdruck sehe, werde ich nüchtern. „Julia", sage ich, als ich ihren Nacken küsse, „du bist verdammt umwerfend, hast gerade mein Bike zum Laufen gebracht und dabei wahnsinnig heiß ausgesehen. Es interessiert mich nicht, ob du einen metallenen Keuschheitsgürtel trägst. Ich will dich. Ich werde dich immer wollen."

Ich küsse sie weiter, lecke und knabbere. Sie seufzt, ihre Hände krallen sich an mein Shirt.

„Können wir das Licht ausschalten?", fragt sie weich.

Bloß nicht, denke ich. Ich will alles sehen. Doch als ich ihr Gesicht sehe und ihre Unbehaglichkeit, kontrolliere ich meine niedrigen Instinkte. „Alles, was du willst", sage ich.

KAPITEL SECHZEHN

Julia

So viel zum Thema Badass.

Jetzt fühle ich mich dumm, mich wegen meiner Fett-weg-Unterwäsche zu schämen. Aber ich kann den Gedanken nicht ertragen, dass Bastian mich so sehen könnte. Also, Licht aus! Außerdem ist es doch irgendwie sexy, die andere Person nicht zu sehen, sondern nach Gefühl, Geräusch und Geschmack zu gehen.

Er schaltet das Deckenlicht aus und wir versinken in der Dunkelheit. Seine Vorhänge verdecken die Straßenlaternen draußen, also kann ich ihn im Dunklen nur schwer ausmachen. Ich helfe ihm, mein Kleid zu öffnen, und lache ein bisschen, als der Reißverschluss stecken bleibt. Dann helfe ich ihm, sein Hemd aufzuknöpfen. Es ist unbeholfen und wir tasten viel herum, aber er kann auch nicht aufhören, mich zu küssen. Als ich nur noch Unterwäsche trage, löse ich mich von meinem Fett-weg-Schlüpfer und werfe ihn auf den Kleiderhaufen, bevor er ihn bemerkt.

Nur mit BH bekleidet, helfe ich ihm aus den Hosen. Er nimmt

mich am Handgelenk. Wir fallen aufs Bett. Seine Laken sind seidig und vermutlich teuer. Ich inhaliere tief. Sie riechen nach ihm. Das törnt mich fast genauso an wie seine Küsse.

Ich setze mich auf ihn, sein Schwanz reibt an mir. Wir stöhnen beide. Sein Mund wandert nach unten, küsst zwischen meinen Brüsten. Er schiebt meine BH-Träger nach unten und zieht die Körbchen weg, ohne sich darum zu kümmern, den BH aufzuhaken. Es stört mich nicht. Sein Mund ist zu heiß, zu zerstörend und er leckt meine Nippel, bis ich mich an ihm bewege.

Auch seine Hände wandern, und als er realisiert, dass ich ab der Taille nackt bin, flucht er. Seine Finger graben sich zwischen meine Beine, fühlen meine Feuchtigkeit und streicheln meine Schamlippen. Ich schaudere. Ich bin so bereit und er hat mich kaum berührt. Ich schaukle an ihm und versuche, Reibung zu finden.

„Mach weiter so und wir sind hier fertig, bevor wir angefangen haben", murmelt er in mein Ohr.

Ich schaukle stärker. Seine Hände greifen meine Hüften und versuchen, mich zum Stillstand zu bringen.

„Ich brauche dich in mir." Ich habe diese Worte noch nie zuvor gesagt, aber die Dunkelheit macht mich mutig. Und es ist wahr: Ich will, dass er mich füllt, mich bis zum Rand ausdehnt.

Ich helfe ihm aus seinen Boxer Shorts und er wühlt in seiner Schublade herum, um ein Kondom zu finden. Er flucht, als er keines finden kann. Ich kann nicht anders und kichere los.

„Worüber lachst du?", knurrt er. Ich kann den Schein eines Päckchens im Licht, das an den Vorhangseiten hereinscheint, ausmachen.

„Ich lache über dich. Wirst du jetzt weitergrummeln oder mich ficken?"

Wer ist diese Person, denke ich, *und was hat sie mit der unbeholfenen Julia gemacht?*

„Oh, ich werde dich ficken. Bis du mit meinem Schwanz in dir kommst." Seine Worte streicheln meine Haut, ich zittere und bebe, Hitze durchfährt mich.

Er rollt das Kondom auf seinen Schwanz und ich rutsche etwas nach oben. Ich kann ihn an meinem Eingang spüren, heiß und hart. Ich nehme ihn in meine Hand und führe ihn langsam in mich hinein, wobei ich einen leichten Stich fühle. Er ist so groß, es ist fast unerträglich – aber auf die bestmögliche Art und Weise. Seine Hände sind auf meinen Hüften und lassen mich das Tempo bestimmen. Zentimeter für Zentimeter füllt er mich aus, bis er komplett in mir ist.

„Jesus", nuschelt er. Seine Finger graben sich in meine Hüften.

Er lehnt sich zurück in die Kissen und ich platziere meine Hände auf seinen Schultern, um die Balance zu halten. Dann schaukle ich vorsichtig vor und zurück. Vor und zurück. Sein Schwanz erfüllt mich. Es fühlt sich fast an, als würde er in mir länger wachsen und härter werden und das Gefühl schickt einen Kribbeln in meine Zehen.

Ich bewege mich langsam und weiß, dass das Bastian verrückt macht. Seine Hände packen mich immer fester, als versuche er, ruhig zu bleiben. Ich schließe meine Augen. Während ich meine Brüste umfasse, zwicke ich meine Nippel und schicke damit einen Stoß Wärme direkt in mein Geschlecht.

„Berührst du dich selbst?", knurrt er.

Ich nicke und bewege mich fest. Ich brauche mehr – mehr von allem. Mehr von ihm in mir, mehr Reibung, mehr Bewegung.

Er bedeckt meine Hände mit seinen und spielt mit meinen Brüsten. Er rollt jeden Nippel zwischen seinen Fingern, bevor er sie kneift. Der Schmerz lässt mich aufstöhnen. Jetzt reite ich ihn und kralle mich in seine Schultern.

„Ich bin so nah, Bastian, so nah."

Dann versagt seine Selbstkontrolle. Er hält mich und beginnt, mich zu ficken. So schonungslos, dass es sich anfühlt, als würde ich mich selbst vollkommen verlieren. Alles, was ich weiß, ist Bastian: seine Hände, sein Mund, sein Schwanz. Er stößt in mich hinein und das Geräusch von Fleisch an Fleisch betont nur, wie erotisch der Moment ist.

Schweiß tropft meinen Körper entlang. Ich greife nach unten und streichle meine Klitoris. Lust schreit in jedem Nerv, als ich mich selbst berühre. Ich kann seinen Schwanz an meinen Fingern spüren.

Es ist zu viel. Ich halte es keine Sekunde mehr aus.

„Komm für mich, Julia", sagt er.

Das tue ich. Mein Orgasmus explodiert in mir und ich wölbe mich nach hinten. Ich schreie. Ich zittere und bebe und er fickt mich noch immer, melkt jede Kontraktion. Sein Schwanz ist immer noch in mir, verlängert die Lust, bis ich betrunken bin. Dann spüre ich, wie er flucht und selbst kommt, und ich weiß nicht, wie lange ich komme. Es fühlt sich an wie die Ewigkeit.

Während er in mir verweilt, zieht Bastian mich für einen wilden Kuss nach unten. Es ist chaotisch, voller Zähne und Zungen, aber ich küsse ihn genauso hart. Seine Hände umfassen meinen Po, noch immer stößt er langsam in mich hinein, als könnte er sich nicht stoppen. Kleine Schauer der Lust wandern mein Rückgrat hinunter und verlängern einen bereits explosiven Orgasmus.

Schließlich falle ich auf ihm zusammen. Ich bin erschöpft, wund und so befriedigt, dass ich kaum mehr klar denken kann. Bastian hebt mich vorsichtig von sich und geht, um das Kondom zu entsorgen. Dann küsst er mich wieder, seine Finger tanzen in meinem pochenden Geschlecht.

„Ich frage mich", sagt er gedankenverloren, „wie oft ich dich heute Nacht noch zum Kommen bringen kann?" Seine Finger gleiten durch meine Feuchtigkeit und streifen nur leicht an meiner übersensitiven Klitoris. „Drei Mal? Vier? Mehr als das?"

Ich will ihm sagen, dass ich zu müde bin, doch als er einen Finger in mir versenkt, realisiere ich, dass mein Körper ihm gehört. Ich kann nicht nein sagen, ich will nicht nein sagen. Also küsse ich ihn und er fickt mich mit seinen Fingern, bis ich ein zweites Mal komme, dann ein drittes Mal, und dann verschwimmt alles in einem Traum der puren Ekstase.

Ich weiß nicht, wie viel Zeit vergangen ist. Ich kann ein kleines bisschen Licht durch die Vorhänge sehen, also vermute ich, dass die Dämmerung nahe ist. Aber eine Woche, ein Monat, eine Ewigkeit hätte vergehen können und ich hätte es nicht bemerkt.

Ich liege neben Bastian, mein Kopf auf seinen Schultern eingerollt. Meine Finger tanzen leichtfüßig auf seiner Brust, während er meinen Arm streichelt. Wir schweigen, hören nur dem Atem des anderen zu. Nachdem ich öfter gekommen war, als ich für möglich gehalten hatte, waren wir beide eingeschlummert. Jetzt sind wir wach, aber es ist ein weicher Wachzustand: Als müssten wir nichts anderes tun, als nebeneinander zu liegen.

Ich muss zugeben, es ist ein angenehmes Gefühl.

Bastian rollt eine Haarsträhne um seinen Zeigefinger. „Kann ich dich etwas fragen?" Seine Stimme rumpelt und ich kann die Vibration in meiner Hand spüren, die noch immer auf seiner Brust liegt.

„Schieß los." Ich bin nicht wirklich wach genug, um tiefe Unterhaltungen zu führen, aber er kann es versuchen, wenn er es will.

„Du bist so verdammt talentiert. Wenn man mal davon absieht, dass du eindeutig Motorrad-Fähigkeiten hast, kann ich an deinem Schwärmen über die Musik eindeutig erkennen, dass es deine Leidenschaft ist. Warum hast du das College abgebrochen und einen Job in einem Supermarkt angenommen, wo du Pröbchen verteilst? Ich werde nicht schlau daraus."

Ich versteife mich. Unter allen Fragen, die ich erwartet habe, war diese nicht auf der Liste. Ich realisiere, dass das an der Oberfläche keinen Sinn macht. Ich hatte alles, nicht wahr? Ein Stipendium einer Universität, um meinen Abschluss in Komposition zu machen und mich dabei vor allem auf Gitarre und Gesang zu konzentrieren. Einen Teilzeitjob als Kellnerin, um alle weiteren Fixkosten zu finanzieren, die das Stipendium nicht abdeckte. Ich hatte gut zu tun, aber ich liebte das College – den Unterricht, meine Kommilitonen, sogar die Schlafräume –, bis ich es mit *ihm* zu tun bekam.

Professor Elliot Macintosh.

Professor und Inhaber des Lehrstuhls für Komposition. Gewinner eines Musik-Awards, dessen Werke als brillant und hinreißend und stark betitelt wurden. Der Professor, der meine eigenen Werke, nachdem ich es abgelehnt hatte, mit ihm zu schlafen, als langweilig, nicht originell genug und zu seicht bezeichnete. Es traf mich sehr, ich nahm mir seine Worte zu sehr zu Herzen, bis ich an Selbstzweifeln erstickte. Zunächst unternahm ich nichts gegen sein Mobbing, zumindest nicht, bis mich die ersten Gerüchte erreichten, dass ich versucht hätte, Sex gegen einen bestandenen Kurs einzutauschen ...

Ich wurde gemieden und wie eine Aussätzige behandelt. Von meinen Kommilitonen. Meinen anderen Professoren. Sie alle schauten mich merkwürdig an. Verspotteten mich und das nicht mal hinter meinem Rücken. Ich klappte unter dem Druck einfach zusammen. Vor lauter Ärger beendete ich das College, redete mir selbst ein, dass ich irgendwann zurückkehren würde und nur eine Pause bräuchte. Dass ich meinen Kopf nur mal freibekommen müsste. Doch dann wurde meine Mom krank und es gab erst mal wichtigere Dinge, über die es nachzudenken galt.

Mal ehrlich, was wollte ich überhaupt mit einem Abschluss in Musik anfangen? Hatte ich wirklich das Zeug dazu, ein Star zu werden?

Jetzt, fünf Jahre später, arbeite ich noch immer im Lebensmittelgeschäft und verteile Pröbchen, vermutlich bis ans Ende meines Lebens.

Doch meine Gedanken kreisen im Moment vielmehr darum, Bastian nichts davon zu erzählen. Was würde er von mir denken? Würde er mich für einen Feigling halten?

Ich drehe mich von ihm weg und murmele in die Dunkelheit: „Ich wollte einfach nicht mehr zur Schule gehen, okay? Es gibt nichts zu erzählen."

Bastian wird still und ich will glauben, dass er aufgegeben hat. Dann dreht er sich zu mir und sagt gedankenverloren: „Und trotzdem arbeitest du seit Jahren für Cooper's, bist treuer als jeder andere Angestellte, entscheidest dich aber, einfach so das College zu verlassen. Ich verstehe das nicht."

Ich verstehe es auch nicht. Wie konnte mein Leben so enden? Ich hätte meinen Abschluss machen und professionelle Musikerin werden, vielleicht Alben aufnehmen und damit auf Tour gehen sollen.

„Ich war jung und dumm", sage ich kurz. „Also wirst du mich jetzt noch länger grillen?"

Er lacht etwas und streichelt kurz meinen Arm. „Sorry, sorry. Ich bin nur neugierig. Du bist die faszinierendste Frau, die ich je getroffen habe.

Da drehe ich mich zu ihm um. Ich kann seinen Gesichtsausdruck im Dunkeln geradeso ausmachen. *Ich* bin die interessanteste Frau, die du je getroffen hast? Du musst eine Menge sehr langweiliger Frauen kennengelernt haben."

„Vielleicht. Aber du hast etwas an dir..." Er verschränkt unsere Finger und ich zittere ein bisschen. „Du bist anders", sagt er, fast als verwirre ihn die Erkenntnis.

Ich drücke seine Hand. „Das hätte ich dir auch sagen könnten. Aber jetzt, wo du dich für eine ‚unangenehme Fragen-Stunde' entschieden hast, habe ich auch eine für dich."

Er wartet, eindeutig unwissend, auf was ich hinaus will.

„Was ist das mit deinen Schwanzbildern online?"

Plötzlich hustet er und ich tätschle ihm den Rücken. Dann seufzt er, lang und laut.

„Du hast sie gefunden, nicht wahr?", fragt er resigniert.

„Ja und ich war in einem Coffee Shop, also kannst du dir vorstellen, wie jeder dort dachte, ich sei ein Schwein. Du erscheinst mir nicht der Nacktfoto-Typ zu sein." Ich weiß, ich mache Druck, aber in diesem Fall – Auge um Auge, Zahn um Zahn.

„Bin ich auch nicht. Aber es gab mal eine Zeit, in der ich kein so netter Kerl war." Ich kann sehen, wie er zusammenzuckt. „Meine Anwälte versenden immer noch Unterlassungsaufforderungen an Webseiten, die die Fotos hosten, aber ich nehme an, sie tauchen immer wieder mal auf."

Ich denke an die Bilder, wie sexy und intensiv Bastian aussah. Nicht zu erwähnen, wie hübsch sein Schwanz aussah.

Ich greife nach unten und massiere ihn sanft durch das Laken. „Ich bin nur froh, dass die Fotos nicht gelogen haben", sage ich flüsternd.

Er lässt mich ihn für fünf Sekunden befummeln, bevor er knurrt und mich auf den Rücken wirft. Dann küsst er mich, bis ich keuche und aufgebe.

KAPITEL SIEBZEHN

Julia

Die folgende Woche beginnt wie gewöhnlich: Ich verteile Pröbchen und frage mich, wann ich Bastian wiedersehe. Nachdem er
mich zuhause abgesetzt hatte, tat ich das gesamte restliche
Wochenende nichts, außer an ihn zu denken. Ich würde mich
auslachen, wenn ich nicht so verdammt erschrocken darüber
wäre, wie sehr ich mich in ihn verguckt habe.

Ich will nicht denken, dass ich mich in ihn verliebe, aber ich
weiß, dass die Dinge tiefer gehen, als ich es mir je vorgestellt
hatte.

In meiner Mittagspause schaue ich eine *Seinfeld*-Wiederho-
lung auf dem alten TV im Pausenraum, während ich langsam
mein Schinken-Käse-Brot kaue. Ich habe nur eine halbe Stunde
Pause, also bringe ich mir gewöhnlich etwas zu essen mit und
vertreibe mir die Zeit im Pausenraum. Es ist ein schäbiger kleiner
Raum im hinteren Teil des Ladens mit abgenutzten Plastikstühlen
und ein paar fleckigen Tischen mit wackligen Beinen. Das Fern-

sehgerät ist definitiv älter als ich und empfängt nur einen Kanal. Aber ich bin für mich und verteile keine Kokosnuss-Chicken-Wings. (Joe hat via Kundenservice eine Anfrage gestellt, dass wir sie wieder verteilen), also empfinde ich das als kleinen Sieg.

Unausweichlich wandern meine Gedanken zu Bastian. Seine Küsse, seine Berührungen, wie er mit mir lacht. Seine Worte von jener Nacht, wieder zurück zur Uni zu gehen, verfolgen mich. Ich habe schon so oft darüber nachgedacht, aber der Gedanke zurückzukehren und meinen Abschluss zu machen, gibt mir das Gefühl zu sterben. Es ist fast zu einer Art Phobie geworden, als würde jeder dort wissen, was ich angeblich getan habe und mich ächten.

Nicht zu erwähnen: Was wenn ich ein zweites Mal versage? Ich könnte es nicht ertragen.

Also bedeutet das, Schinken-Käse-Brötchen im Pausenraum von Cooper's zu essen und zu hoffen, dass Joe in dieser Zeit nicht alle Chicken Wings aufisst.

Du hast nur Angst. Du gehst auf Nummer sicher, flüstert mein Verstand, als ich mich wieder an die Arbeit mache.

Das leugne ich nicht. Ich hasse meinen Job und ich verachte meine Wohnung, aber sie sind sicher. Normal. Ich weiß, wie sie funktionieren: Ich weiß, wie She-Hulk reagieren wird, wenn ich zu spät aus der Pause zurückkomme, und ich weiß, dass die Dusche in meiner Wohnung nach genau sechseinhalb Minuten kein heißes Wasser mehr gibt.

Ich weiß diese Dinge und sie sind bequem. Der Gedanke daran, sie zu ändern, zurück zur Schule zu gehen, mein langweiliges, kleines Leben zu beenden?

Überhaupt nicht bequem.

Am Ende meiner Schicht – in der Joe glücklicherweise nicht alle meine Pröbchen futterte, weil ich sichergestellt habe, ein paar hinter meinem Stand zu verstecken – bin ich auf dem Weg zu meinem Fahrrad, um nach Hause zu fahren, als ich eine Nachricht bekomme. Ich nehme an, es ist Bastian, aber zu meiner Überraschung ist es Ryland.

Willst du Samstag ausgehen? fragt er. *Wir gehen in Gary's Pub für ein paar Happy Hour Nachos und Bier.*

Die Jamsession mit ihm hatte Spaß gemacht und er hatte mir Komplimente über mein Talent gemacht. Aber ich muss zugeben, dass ich Ryland danach vollkommen vergessen hatte. Das ist nicht wirklich charmant ihm gegenüber, aber Bastian hatte meine Gedanken vollständig erfüllt – und andere Teile meines Körpers, denke ich, mit einem Zittern. Ein Teil von mir will Ryland sagen, dass ich beschäftigt bin. Doch Bastian hatte bisher nicht nach meinen Plänen für das Wochenende gefragt und der Gedanke an einsame Stunden in meiner Wohnung ist nicht unbedingt ansprechend. Außerdem klingt es danach, als würde Ryland in einer Gruppe unterwegs sein, also ist es kein Date.

Klar, wieviel Uhr? antworte ich schließlich.

Halb sieben. Ich hoffe, du magst viele Jalapenos auf deinen Nachos!

Tue ich nicht, aber das sage ich Ryland nicht. Vielleicht können wir ja sogar wieder zusammen spielen. Und auch, wenn ich Bastian gerne sehen würde, ist es wahrscheinlich besser, wenn wir zumindest etwas Zeit getrennt verbringen. Um unsere Beziehung zwanglos zu halten und so.

Aber egal wie sehr ich versuche, meine Gefühle ungezwungen zu belassen – ich habe keinen Erfolg. Es ist fast so, als würde ich alles von ihm nehmen, was ich kriegen kann.

Bastian und ich schreiben immer wieder für den Rest der Woche. Ich kann spüren, dass sein Untertauchen der letzten Woche ihm noch immer ein schlechtes Gewissen bereitet, und das wärmt mein Herz. Unsere Nachrichten sind flirtend und manchmal schmutzig und ich freue mich immer auf seine Antworten.

Am Samstag vergesse ich fast meine Verabredung mit Ryland bei Gary's. Es ist achtzehn Uhr, als es mir einfällt. Ich ziehe Jeans und eines der wenigen sauberen Oberteile in meinem Schrank an, packe mein Handy ein und renne aus der Tür. Ich trage kaum Makeup, aber es sind Ryland und seine Freunde, also wen interessiert's? Ich komme zwanzig vor sieben an und sehe mich nach einer großen Gruppe um. Ich entdecke ein paar Typen an einem Tisch, aber keinen Ryland.

„Julia!"

Ich drehe mich um und da ist Ryland, der auf mich zuläuft. Er trägt keine Rockerkluft, aber eine, wie ich weiß, teure Jacke und enge Jeans.

„Ich bin hier. Kann ich dir ein Bier holen?", fragt Ryland.

Er leitet mich zur Bar und ich setze mich auf einen Hocker neben ihn. Ich sehe mich weiter um und frage mich, wo die anderen sind. Sind wir früher dran als der Rest? Vielleicht sind seine Freunde nicht gerade die pünktlichsten.

„Suchst du jemanden?", fragt er, als er mir ein Bier reicht, das er vom Bartender bekommen hat.

„Wo sind die anderen?"

„Wer? Welche anderen? Es sind nur wir beide, Babe." Er lacht und legt einen Arm um meine Schultern.

Ich starre ihn an. Dann realisiere ich, dass ich ein Gruppentreffen angenommen hatte. Und dass Ryland denkt, wir hätten ein Date.

Ich erstarre. Sein Arm scheint ungewöhnlich schwer auf meinen Schultern zu liegen und ich lasse ihn sanft fallen. Er schenkt mir einen verletzten Blick, aber das interessiert mich nicht. Ich überlege, ob ich wütend sein sollte oder nicht. Hat er mich absichtlich in die Irre geführt oder bin ich nur eine Idiotin, weil ich seine Absichten nicht bemerkt habe?

Ich nippe an meinem Bier und frage mich, was ich tun soll. Ich will Ryland gerade sagen, dass alles ein Missverständnis ist, als ich einen Schimmer dunkles Haar fünf Stühle weiter erkenne. Mein Herz klopft wie wild, als ich realisiere, dass es sich um keinen anderen als Bastian handelt.

Und er hat mich mit Ryland gesehen. Basierend auf seinem donnernden Ausdruck ist er darüber nicht glücklich.

Ich will gerade aufspringen und Bastian sagen, dass es nicht so ist, wie er denkt, als Ryland einen Teller Nachos vor mich schiebt. „Iss! Ich habe eine Seite ohne Jalapenos bestellt, weil ich nicht sicher war, ob du sie magst."

Schuld erfüllt mich. Ryland behandelt mich wie jedes Mädchen, das er mag, während der Mann, den *ich* mag, denkt, dass ich ihn betrüge. Mein Verstand dreht sich und ich weiß nicht, was ich tun soll. Ich will keine Szene machen, vor allem da die Leute Ryland erkennen und ihn und mich beobachten. Ich frage mich, ob dieses Date auf einem Lästerblog erscheinen wird. Ich stöhne innerlich.

Könnte dieser Abend noch schlimmer werden?

„Hör mal, Ryland", beginne ich.

„Hier, probier mal. Das sind die Besten." Er tut so, als wolle er mich füttern, und führt ein paar Nachos an meinen Mund heran. Ich muss zugeben, die Nachos sehen fantastisch aus.

Ich lasse mich füttern, um ihn zu besänftigen, doch der käsige Gaumenschmaus wird auf meiner Zunge zu Pappe. Bastian sieht nun weg, aber ich kann sehen, wie er sich über seinen Drink beugt und vermutlich davon überzeugt ist, dass ich die schlimmste Sorte Frau bin.

„Sieh mal Ryland", versuche ich es erneut. „Ich denke, das war ein Missverständnis."

„Worüber?" Er schiebt sich einen Chip in den Mund und kaut laut. „Magst du keine Nachos?"

„Ja, ich meine nein, ich mag Nachos. Aber ich hatte angenommen, dass du eine Gruppe Leute mitbringst. Nicht dass wir... alleine sind."

Er runzelt mit der Stirn und fragt: „Was meinst du?"

„Ich meine, ich wusste nicht, dass das ein Date ist." Ich schlucke und weiß, dass ich es sagen muss. „Wenn ich das gewusst hätte", sage ich leise, „hätte ich nicht akzeptiert. Tut mir Leid."

Er starrt mich an und Röte steigt ihm in sein hübsches Gesicht. Ich kann nicht ausmachen, ob er beschämt oder wütend – oder beides – ist und er isst weiter Nachos, bevor er antwortet.

„Also hast du mir etwas vorgemacht?"

Jetzt bin ich an der Reihe zu starren. „Was sagst du? Ich habe dir nichts vorgemacht!"

„Warum schreibst du mir dann, machst mit mir Musik und gehst mit mir aus? Wie kann das nicht aussehen, als würdest du mir etwas vormachen?"

Ich weiß nicht, wie ich darauf antworten soll. Aus seiner Perspektive sieht es tatsächlich aus, als hätte ich ihm etwas vorgemacht. Die Nachos, die ich gegessen habe, erstarren in meinem Magen und ich frage mich, ob ich ins Badezimmer gehen und mich dort verstecken kann, bis Ryland geht.

„Gib es ein Problem?"

Ich drehe mich schnell um und falle dadurch fast vom Stuhl, als ich Bastians Stimme höre. Doch Ryland stellt lediglich sein Bier ab und schenkt Bastian einen verächtlichen Blick.

„Folgst du mir jetzt?", fragt Ryland.

„Ich bin zu beschäftigt, um dir hinterher zu jagen.

Bastian wendet seine Aufmerksamkeit nun mir zu und sein Blick bohrt sich durch mich hindurch. Ich habe nichts falsch gemacht. Das weiß ich. Doch es fühlt sich genauso an. Bastian denkt definitiv, dass ich etwas falsch gemacht habe, und das bringt mich dazu, mich gerade hinzusitzen. Er hat kein Recht, mich zu verurteilen, ohne die ganze Geschichte zu kennen!

„Ryland", sage ich, als ich vom Barhocker rutsche. „Ich muss gehen. Es tut mir Leid – alles. Wir hören voneinander?"

Er kräuselt die Lippen. „Wie auch immer."

Bastian nimmt mich an der Hand, und obwohl ich versucht bin, ihm auf den Fuß zu treten, folge ich ihm nach hinten. Wir sind im Gang, der in die Küche führt, und ich kann hören, wie

Leute reden und Essen zubereitet wird. Es riecht nach Käse und Fett.

„Würde es dir was ausmachen, mir zu erzählen, was zum Teufel das war?" Bastian hat die Arme verschränkt und sein Blick ist wild.

Wenn er mich nicht so irritieren würde, würde ich ihn für verdammt sexy halten.

Ich bin jedoch nicht in der Stimmung, ihn zu verhätscheln. „Seit wann bist du mein Aufseher?" Es klingt defensiv und ich zucke innerlich zusammen.

Er löst seine Arme und kommt näher auf mich zu, drückt mich an die Wand. „Ich bin nicht dein Aufseher", sagt er weich, „aber ich habe sicherlich das Recht zu wissen, warum du ein Date mit meinem Klienten hattest."

Jetzt will ich ihm wirklich auf den Fuß treten. Darum geht es also? Breche ich eine Art Arbeitskodex? Als ich sein Gesicht betrachte, weiß ich jedoch, dass es nicht darum geht. Er ist eifersüchtig. Er sieht aus, als würde er mich gerne über seine Schultern werfen und mit mir in die Nacht verschwinden wie irgendein Steinzeitmensch.

„Das geht dich nichts an", fauche ich.

Julia, flüstert mein Verstand, *du machst alles noch schlimmer.*

Bastian ist jetzt so nahe gekommen, dass ich sein Becken an meinem Körper und die Wärme seines Atems in meinem Gesicht spüren kann. Seine Brust hebt und senkt sich schnell, seine Augen sind schmal.

„Ich frage dich nochmal. Was hast du mit Ryland Masters gemacht?"

Als ich seine Erektion an meinem Bauch spüre, schwindet mein anfänglicher Ärger. Ich bemerke, dass ich Macht über Sebastian Rich gewonnen habe, und das ist berauschend. Aber ein Teil von mir ist von seiner Reaktion geschockt. Wer hätte gedacht, dass dieser Mann seinen Kopf wegen der kleinen Julia Rominger verlieren würde?

Ich fahre mit meinen Händen seine Brust hinauf bis zu seiner Schulter. „Bist du eifersüchtig?" Ich wölbe mich leicht nach oben, reibe meine Brüste an ihm.

„Warum beantwortest du meine Frage nicht?"

„Warum tust du es nicht?"

„Julia", knurrt er warnend. „Du spielst mit dem Feuer."

Ich denke nicht. Ich rede nur. „Dann will ich brennen."

KAPITEL ACHTZEHN

Bastian

In Gary's Pub zu gehen, bedeutet normalerweise, billige Getränke und fettiges Essen mit einer Beilage Fett zu bekommen, und manchmal braucht ein Mann das einfach. Ich sitze an meinem gewöhnlichen Platz an der Bar, bestelle ein Pale Ale und nippe daran, während ich die Leute um mich beobachte.

Ich habe Julia seit dem Wochenende nicht gesehen, aber sichergestellt, ihr seither jeden Tag zu schreiben oder sie anzurufen. Es ist keine Last: Ich wollte mit ihr sprechen. Sie ist ein großartiger Gesprächspartner und oft lache ich laut auf, wenn sie mir etwas geschrieben hat. Plötzlich bin ich wie ein Teenager, der ständig auf eine Nachricht von seiner Freundin wartet. Das Klingeln meines Handys zu hören, schickt eine Ladung Adrenalin durch meinen Körper.

Ich habe vor, Julia für morgen Abend ins Kino einzuladen, aber dann höre ich eine Stimme – ist das Julia? Aufregung erfüllt mich, bis ich sehe, mit wem sie hier ist.

Mein Klient und Dorn im Auge, Ryland Masters.

Sie sitzen nahe zusammen und sind offensichtlich allein. Ryland lehnt sich nah zu ihr und fragt sie etwas. Er gibt ihr einen Teller Nachos und, um das Ganze zu toppen, legt er einen Arm um sie. Obwohl sie seinen Arm abschüttelt, lässt sie sich von ihm füttern, als wären sie eine Art Pärchen.

Zu diesem Zeitpunkt brodle ich bereits. Hat Julia wirklich ein Date mit Ryland Masters? Ich weiß nicht, worüber ich wütender sein sollte: Dass sie sich mit meinem Klienten trifft oder jemand anderem als mich.

Doch ich kenne die Antwort auf diese Frage. Ich kann es nicht ertragen, sie mit einem anderen Mann zu sehen. Irgendeinem.

Warum würde sie sich mit Ryland verabreden, wenn sie ihn nicht mögen würde? Ich drücke mein Bierglas so fest, dass der Bartender mir einen fragenden Blick zuwirft. Schläft sie mit ihm? Der Gedanke widert mich an. Bilder von ihr und Ryland beim Ficken erfüllen meinen Verstand und das macht mich nur noch verrückter.

Ich drehe mich, um sie weiter zu beobachten. Ich kann Rylands Stimme hören, doch er ist von mir abgewandt. Doch von meinem Platz hört er sich angepisst an.

Das reicht, denke ich. *Ich gehe rüber.*

Als ich näherkomme, frage ich mit meiner ruhigsten Stimme: „Gibt es ein Problem?"

Ryland sieht mich so unverblümt angewidert an, dass ich fast lachen muss. Doch Julia sieht frustriert und – traue ich mich, es zu sagen? – schuldig aus.

Ich muss mit ihr reden. Jetzt. Allein.

Nach einer kurzen schnippischen Konversation mit Ryland führe ich Julia nach hinten. Ich bin nie so zu Frauen: Ich nehme sie nicht am Handgelenk und ziehe sie weg, doch ich muss wissen, was los ist. Betrügt sie mich?

Sie hat darum gebeten, unsere Beziehung zwanglos zu belassen, erinnert mich mein Verstand.

Ich weiß das. Ich weiß, dass ich unangemessen reagiere. Penetrant, herrisch – ein Arschloch. Doch das hält mich nicht auf.

Ich drücke sie gegen die Wand, und trotz bester Absichten werde ich hart. Ich kann nichts dafür: Wenn ich bei ihr bin, will ich sie. Sie riecht nach Blumen und ich will sie von Kopf bis Fuß ablecken. Ihre Wangen sind rot vor Zorn und, Gott, ich will sie genauso sehr küssen wie ich sie schütteln will.

Doch sie antwortet nicht auf meine Fragen. Stattdessen wickelt sie ihre Arme um meinen Hals wie eine Art verführerisches Efeugewächs.

„Julia", sage ich warnend, „du spielst mit dem Feuer."

Ihre nächsten Worte lassen mein letztes Stück Selbstkontrolle verrauchen.

„Dann will ich brennen", flüstert sie.

Ich küsse sie. Ich fange ihren Mund ein, klammere mich an sie. Meine Hand verfängt sich in ihrem Haar, ich drücke ihren Kopf nach hinten, um besseren Zugang zu haben. Es ist ein chaotischer Kuss mit wenig Finesse, aber das stört mich nicht. Es geht hier nicht um Finesse. Es geht um Kontrolle. Ich will sie brandmarken und sie wissen lassen, dass sie mir gehört.

Sie zieht sich nicht zurück. Stattdessen fährt sie mit ihren Fingern durch mein Haar, ihr Atem stockt, als ich ihr in die Schulter beiße. Ich sauge an ihrer Haut und stelle sicher, einen Fleck zu hinterlassen.

„Du gehörst mir", sage ich. „Du gehörst mir und ich will, dass jeder das weiß. Ich werde dich markieren und einfordern und Anspruch auf dich erheben, und wenn wir gehen, wird jeder sehen, was ich getan habe." Ich rede wirr. Ich verliere meinen Verstand. Aber es interessiert nicht. Und als Julia ein Stöhnen entweicht? Die Flammen werden nur noch größer.

Ich sehe mich um und bemerke eine Abstellkammer in der Nähe. Ich ziehe die Tür auf und zu unserem Glück ist sie nicht abgeschlossen. Ich schalte das Deckenlicht ein, es flackert einige Male. Der Schrank riecht nach Moder und Bleiche und an einem

Regal lehnt ein Wischmopp. Ich kicke ihn weg, verschließe die Tür und küsse Julia erneut.

Ich schiebe sie nach hinten, bis ihr Po ans Regal stößt. Etwas fällt zu Boden, aber niemanden interessiert das. Sie keucht und stöhnt und ich frohlocke im Angesicht ihrer Kapitulation. Es kann mir nicht leidtun, was ich gesagt habe. Sie gehört mir und sie und alle anderen werden das erfahren.

Ich küsse ihren Ausschnitt, kneife einen Nippel fest durch ihr Shirt und ihren BH hindurch. Ihr Kopf fällt nach hinten, ihre Wimpern flattern an ihren geröteten Wangen. Während meine rechte Hand ihre Brust befummelt, wandert meine linke nach unten, kümmert sich nicht einmal darum, ihre Hose aufzuknöpfen. Ich finde ihr Geschlecht, klitschnass und flüssig, sie durchnässt meine Hand. Ich umfasse sie, streichle ihre Möse und spiele mit ihrer Klitoris, küsse sie gleichzeitig. Meine andere Hand kneift ihre Nippel, immer härter und härter.

Sie jammert an meinem Mund. Ich befehle ihr, still zu sein. Ich kann ihr Beben spüren und weiß, dass sie nah dran ist. Ich will in ihr sein, wenn sie kommt.

Ich wirble sie herum, drücke ihren Oberkörper nach unten. Ihr Arsch ist jetzt an meinem Schritt. Ein köstlicher Anblick, diese gerundeten Kugeln an meinem harten Schwanz.

Julia reibt ihren Arsch an mich und jetzt bin ich dran zu stöhnen. Sie blickt über ihre Schultern zu mir.

„Fick mich, Bastian", flüstert sie.

Wer wäre ich, darüber zu streiten? Sie knöpft ihre Jeans auf, während ich meinen Reißverschluss öffne. Dann sind ihre Unterhosen auf Höhe ihrer Knöchel. Ich nehme meinen Schwanz aus den Boxershorts, streichle ihn ein-zweimal, um ihm etwas Linderung zu verschaffen. Ein Tropfen Flüssigkeit rinnt herunter. Dann fluche ich. Ich lehne mich nach unten, um meine Hosen zu durchwühlen, finde meinen Geldbeutel und nehme das einzelne Kondom heraus. Zum Glück war noch eins da.

Ich schiebe das Kondom auf meinen Schwanz und zerteile

dann Julias Beine. Ich sehe zu, während ich meinen Schwanz in ihre Scheide einführe. Sie stöhnt und so stöhne ich mit ihr. In dieser Position fühlt sie sich noch enger an als sonst. Sie kreischt, als ich mich vollständig in ihr befinde, meine Eier streifen ihre Klitoris. Meine Hände greifen ihre Hüften so fest, dass ich ihr vermutlich blaue Flecken verpasse. Langsam ziehe ich ihn raus, fühle jeden Zentimeter von ihr und sie fühlt jeden Zentimeter von mir.

„Bastian." Sie sieht mich über ihre Schultern an.

Ich klatsche mit der Hand auf eine ihrer Pobacken und sie schaudert.

„Geduld", sage ich, als ich methodisch wieder in sie stoße.

Ich behalte einen langsamen Rhythmus bei, baue ihre Erregung auf,bis sie das Regal vor sich packt. Ihr Po ist rot von meinem Schlag und ich sehe eine Schweißperle, die ihren Rücken hinunterwandert. Ich kann nicht anders: Ich lehne mich vor und lecke sie ab. Sie wölbt sich gegen meine Zunge.

Ich muss sie festhalten, ihr Kommen scheint so dringend. Aber ich lasse sie nicht. Noch nicht. Ich will, dass dies hier so lange andauert wie möglich. Denn mit Julia in dieser Kammer zu sein – so nah werde ich dem Paradies nie wieder kommen.

Sie beginnt zu buckeln und zucken und dann steht sie auf, drückt meine Hände an ihre Brüste und lehnt sich gegen mich. Diese neue Position erlaubt nur flaches Stoßen, aber der neue Winkel macht Julia wahnsinnig. Sie buckelt und keucht und ich kann spüren, wie sie sich um meinen Schwanz zusammenzieht wie ein Schraubstock.

Ich kneife und rolle ihre Nippel zwischen meinen Fingern, dann wandert meine Hand nach unten. Ich teile ihre Schamlippen, finde ihre geschwollene Klitoris und beginne, sie gleichzeitig zu reiben und zu ficken. Sie lehnt sich an mich, atmet immer schwerer. Ich reibe sie in Kreisen, ihre Feuchte durchnässt meine Hand.

Ich stoße ein letztes Mal – so hart und tief wie ich kann – und sie kommt. Sie explodiert in meinen Armen, bebend und zitternd und stöhnend, so laut, dass ich ihren Mund bedecken muss. Aber ihr Orgasmus führt zu meinem und dann kommen wir zusammen. Ich fülle sie aus, Spritzer für Spritzer.

Ich küsse ihren Nacken, ihre Schulter, ihr Ohr. Ich will mich nicht von ihr lösen. Aber ich weiß, dass sie nicht bequem steht, also ziehe ich mich aus ihr zurück und lasse sie los. Doch sie bewegt sich nicht. Sie atmet noch immer schwer, ihr ganzer Körper gerötet.

Auch ich schwitze und ringe nach Luft. Ich ziehe das Kondom ab und werfe es in einen Mülleimer in der Ecke, bevor ich mich anziehe. Julia sieht mir nun zu, mit weiten Augen, und ich zucke innerlich zusammen.

Habe ich ihr wehgetan, frage ich mich. Sie scheint geschockt zu sein und das besorgt mich. Ich nehme ihre Hände und reibe ihre Finger.

„Bist du okay?", frage ich und küsse ihre Handflächen.

Sie sieht mich nur an. Dann lacht sie und ich entspanne mich. „Ich kann mich kaum bewegen!" Doch sie greift nach unten, zieht ihre Höschen hoch, wird noch röter und zieht sich dann ihre Jeans wieder an.

Ich suche nach meinem Schuh, den ich scheinbar weggekickt habe, als Julia sich räuspert. Ich blicke hoch.

Sie sieht mich nicht an und das macht mich wahnsinnig. Ist sie wütend? Ich könnte es nicht ertragen, etwas getan zu haben, was ihr nicht gefällt. Sie schien es genossen zu haben, aber vielleicht habe ich sie missverstanden? Nervosität macht sich in mir breit.

„Ich wollte dir nur sagen, dass ich nicht wusste, dass ich ein Date mit Ryland hatte."

Ich starre sie an. Ryland? Warum reden wir über Ryland? Das scheint Jahre her zu sein. Doch als ich Julia anschaue, kann ich sehen, dass sie erklären will.

„Er ließ es so klingen, als wäre es ein Treffen in der Gruppe, was es offensichtlich nicht war. Ich habe ihm klar gesagt, dass ich nicht gekommen wäre, wenn ich das gewusst hätte. Also nein, ich habe nicht mit ihm geschlafen."

Als ich nichts sage – vor allem, weil ich nicht weiß, was –, fragt sie: „Du bist nicht sauer, oder?"

Ich gebe zu, ich war sauer. Ich war verrückt vor Eifersucht, weil der Gedanke an Julia mit einem anderen einfach unerträglich ist. Jetzt schüttele ich nur meinen Kopf und nehme sie in den Arm.

„Nein, ich bin nicht sauer. Es tut mir aber Leid, dass ich vorhin so wütend war. Ich hatte nicht das Recht, so mit dir zu sprechen." Ich reibe ihren Rücken in beruhigenden Kreisen.

Sie seufzt. „Ich hätte mich gleich erklären sollen, aber du hast mich angepisst."

Ich lache. „Ich nehme an, ich habe verdient, gequält zu werden."

„Denkst du? Aber glaub mir, ich hatte keine Verabredung mit Ryland. Oder zumindest wollte ich keine haben. Ich habe tatsächlich die ganze Zeit an dich gedacht."

Sie sieht mich nicht an, also hebe ich ihr Kinn. Die Ernsthaftigkeit in ihrem Ausdruck gefällt mir nicht.

„Lass uns gehen", murmele ich und küsse ihre Stirn.

KAPITEL NEUNZEHN

Julia

„Warte! Willst du mir erzählen, dass Bastian dich mit Ryland gesehen und den Verstand verloren hat?" Kevins Augen werden weit, dann klatscht er die Hände zusammen, als hätte er gerade im Lotto gewonnen. „Mädchen, du hast ein Glück! Er war so eifersüchtig!"

Es ist der Dienstag nach meinem ‚Treffen' mit Bastian im Pub und ich bin bei Kevin zuhause. Der Gedanke daran lässt mich erröten. Hatte ich wirklich Sex in einem Abstellkämmerchen? Es klingt nach einer schlechten Erotikromanze.

„Ich glaube schon", antworte ich mit ungläubiger Stimme. „Ich hätte nie gedacht, dass er mich überhaupt ansieht, geschweige denn so eifersüchtig wird." Ich nehme Kevins Hand. „Kneif mich, Kev. Ist das real?"

Er kneift mich viel stärker als nötig. Ich schreie auf und bekomme meine Revanche, indem ich ihn zwicke. Unser kleiner Krieg endet, als ich sein Haar mit einem Sofakissen ruiniere.

„Ich habe eine Stunde daran gearbeitet", stöhnt er und schlurft zum Spiegel im Flur, um sein Haar wieder in Form zu bringen. „Du weißt, wie wichtig mir mein Haar ist!"

„Du bist zuhause? Wen interessiert das?"

Ich lache, als ich ihn fluchen höre.

Obwohl ich noch immer auf Wolke sieben schwebe, wächst ein kleiner Angstfunken in meinem Herzen. Ich habe seit Samstag nichts von Bastian gehört. Déjà-vu, oder? Doch dieses Mal versichert mich die Erinnerung an seine Eifersucht, als er mich mit Ryland gesehen hat. Und die Erinnerung unseres Techtelmechtels im Abstellschrank. Ich bin tatsächlich so sicher, dass ich lächle und entscheide, ihm ein einfaches*Hey, ich denk an dich. Wie geht es dir?*zu schreiben.

Nichts. Wo ist er?

Kevin kommt leicht angefressen zurück. Er erinnert mich an eine Katze voller Abneigung und Aufgeblasenheit, als hätte ich ihr Fell zerzaust, für dessen Reinigung sie Stunden gebraucht hat.

Er schnaubt, als er mich sieht. „Das ist mindestens schon das zwanzigste Mal, dass du auf dein Handy siehst. Was ist los? Ist er wieder untergetaucht?"

Ich will es nicht zugeben. Wenn ich es laut ausspreche, ist es wahr, und hatten wir das nicht alles schon? Wie kann er das tun, wo er doch weiß, wie unmöglich es das letzte Mal war?

„Ich glaube, er hat einfach nur zu tun", antworte ich. Es klingt so lahm, dass ich zusammenzucke.

„Aha. Und ich bin gestern erst auf die Welt gekommen. Dieser Typ ist auf jeden Fall eine ganze Menge Arbeit, Jules. In einem Moment fällt er über dich her, weil du Ryland Masters angesehen hast, dann meldet er sich tagelang nicht bei dir. Hat er ein punktuelles Gedächtnis?"

Ich lasse mich auf Kevins schäbige Couch fallen. „Ich weiß es nicht. Er hat sich das letzte Mal so oft entschuldigt, dass ich dachte, wir wären mittlerweile ein Stückchen weiter. Wenn es ein Problem gibt, könnte er mir mailen, zu mir kommen oder mich bei Cooper's besuchen. Außer er ist außer Landes oder so."

Kevin sagt nichts, dann tätschelt er mein Knie. „Kopf hoch, Liebes. Er wird schon schreiben. Ich glaube, er lässt sich einfach nur leicht ablenken." Er steht auf, geht in die Küche und kommt mit fruchtigen Drinks zurück. „Zeit für eine feucht-fröhliche Therapie."

Wir trinken bis in den Abend hinein, und obwohl ich mich anstrenge, eine gute Zeit zu haben, kann ich nicht aufhören, an Bastian zu denken. Ich schaue wieder auf mein Handy, obwohl Kevins Blick vor Mitleid trieft. Immer noch nichts. Zuhause zwinge ich mich dazu, mein Handy lautlos zu schalten, damit ich nicht verrückt werde, doch dadurch schaue ich nur noch öfter auf den Bildschirm. Ich lege das Handy auf den Tisch, weit weg vom Bett entfernt, und versuche, die Augen zu schließen, während ich abwesend Samson streichle. Samson beginnt zu schnurren und ich kraule seine Ohren. Doch der Schlaf kommt nicht. Als ich für die Arbeit aufstehen muss, habe ich vermutlich nur wenige Stunden Schlaf hinter mir.

Ich bin müde und habe dicke Augenränder, als ich zu meiner Schicht erscheine. Ich bin außerdem zehn Minuten zu spät. She-Hulk ist zur Stelle, um mir das genau zu sagen, als ich stemple. „Zuspätkommen bringt den ganzen Plan durcheinander, Rominger", sagt sie, als wüsste ich das nicht schon. „Es bedeutet, dass Ferrats länger bleiben muss, was heißt, dass er zwei statt einer Pause hätte machen sollen, und dann werde ich von den Bundessicherheitspolizisten vorgeknöpft."

Ich bezweifle, dass Letztere sich dafür interessieren, wie viele Pausen die Angestellten bei Cooper's machen, aber ich sage nichts. Ich erkläre She-Hulk nur, dass es nicht wieder vorkommen wird. Doch während ich rede, gähne ich und sie schenkt mir einen so zornigen Blick, dass ich davonhusche wie ein verängstigter Hase.

Am Ende der Woche habe ich Bastian drei weitere Male geschrieben – ohne Antwort. Ich habe ihn zwei Mal angerufen, keine Antwort. Obwohl ich mich wie ein totaler Stalker gefühlt habe, habe ich sogar sein Büro angerufen, um herauszufinden, ob er zu sprechen ist. Aber seine Assistentin meinte, er sei nicht verfügbar. Freitagabend bin ich kurz davor, bei ihm zuhause aufzutauchen und an seine Tür zu klopfen.

Ich redete mir ein, zu versuchen, Verständnis aufzubringen, aber ich bin nicht blöd.

Er hat es wieder getan.

Was mal wieder beweist, wie idiotisch ich bin.

Doch dann erinnere ich mich an die Umstände unserer ersten richtigen Begegnung und fühle mich wirklich idiotisch, nicht zu erwähnen besorgt. Was, wenn er wieder das Bewusstsein verloren hat? Was, wenn er krank ist? Um Himmels Willen, ich habe ein Taxi gekapert, um seinem Krankenwagen zu folgen, ohne ihn überhaupt zu kennen. Und jetzt, nachdem wir zusammen aus waren und ich mehrmals mit ihm geschlafen habe, limitiert mich mein Stolz zu elektronischer Kommunikation, wo ich doch einfach zu ihm nach Hause fahren könnte.

Samstagmorgen stehe ich früh auf, ziehe mich an, füttere Samson und verlasse das Haus. Ich habe den halben Tag frei und bin auf einer Mission. Bastian kann nicht einfach verschwinden und von mir erwarten, keine Fragen zu stellen. Er kann nicht fordern, dass ich mich verhalte, wie es ihm passt, wenn er mir nicht dasselbe anbietet.

Es ist zehn Uhr, als ich bei ihm ankomme. Zum Glück ist das Tor zur Einfahrt offen. Als ich die Steinstufen hinaufsteige, zögere ich jedoch. Gehe ich zu weit? Ich will nicht wie ein seltsamer Stalker rüberkommen. Auf der anderen Seite mache ich mir Sorgen. Die Tatsache, dass er keine meiner Nachrichten oder Anrufe beantwortet hat, ist besorgniserregend. Ich meine, vielleicht ist sein Handy kaputt und er hatte noch keine Zeit, es zu ersetzen. Aber mein Bauchgefühl sagt mir, dass es etwas anderes ist.

Ich klingele und warte. Niemand kommt, also klingele ich

erneut. Gerade als ich zum dritten Mal klingeln will, öffnet sich die Vordertür.

Es ist dunkel in Bastians Haus und ich brauche eine Sekunde, um ihn zu erkennen. Doch als ich ihn sehe, kann ich ein Keuchen nicht unterdrücken.

Er ist blass, sein Gesicht abgespannt und müde, eine Decke liegt um seine Schultern. Er zieht eine schmerzvolle Grimasse, als das hereinscheinende Licht ihn blendet, und ich bewege mich schnell. Ich sage nichts, schließe einfach nur die Tür und helfe ihm in sein Schlafzimmer. Er murmelt flüsternd meinen Namen, als er ins Bett fällt.

Die Vorhänge sind geschlossen und es ist dunkel, aber ich kann Pillendöschen, ein Fieberthermometer, Wassergläser und mehrere Decken verstreut sehen. Ich will ein Fenster öffnen, weil es stickig ist, aber ich weiß nicht, ob ihm das helfen würde.

Er schließt die Augen, als ich mich neben ihn ans Bett setze. Ich fühle seine Stirn und zucke zusammen. Er verbrennt.

„Du hast Fieber", sage ich. „Hast du schon etwas dagegen genommen?"

„Ja, aber erst von zehn Minuten. Es sollte bald sinken." Die Worte scheinen ihm nur schwer zu entkommen und seine Brust hebt und fällt mit schnellen Atemzügen, als koste Sprechen ihm zu viel Kraft.

Meine Brust zieht sich zusammen. Was ist los mit ihm? Wie kann ein Mann, so jung und kräftig, so krank sein? Ich frage mich, ob es die Grippe ist, aber dauert eine Grippe so lange an? Ich muss zugeben, dass ich in meinem Leben nur selten krank war, und für gewöhnlich war es nie schlimmer als eine Erkältung oder eine Halsentzündung, als ich noch klein war.

Ich sehe, dass sein Glas leer ist. Ohne zu fragen, fülle ich es auf und sehe mich in seiner Vorratskammer nach Essen um. Aber seine große Gourmetküche ist leer. Ein Pack Zucker steht auf dem Regal, wahllose Gewürze im Schrank. Das zu sehen, gibt mir etwas zu tun. Ich kann ihm Essen bei Cooper's besorgen. Ich kann mich um ihn kümmern. Es interessiert mich nicht, ob er das womöglich nicht will: Ich gehe nirgendwo hin.

Ich kehre in sein Zimmer zurück und stelle das Wasserglas auf dem Nachttisch ab. Ich sage nichts, aber Bastian versucht, sich aufzusetzen. Er schwitzt, als er es endlich geschafft hat, und ich sage, dass er einfach Schlaf braucht, aber er ist unnachgiebig.

„Du brauchst nicht hier sein", sagt er mit kratzender Stimme. „Ich hab alles unter Kontrolle."

Ich will ihn schütteln. Er wird sich zu Tode hungern und niemand wird etwas davon merken. „Es macht mir nichts. Ich habe heute frei. Lass mich helfen, Bastian."

Er schüttelt den Kopf. „Es gibt nichts für dich zu tun. Es wird von alleine wieder weggehen. Ich brauche keine Krankenschwester, die mir Wasser bringt. Es geht mir gut."

„Offensichtlich nicht." Ich berühre seine Stirn. „Du hast Fieber, nichts zu Essen und siehst furchtbar aus. Wirst du mir sagen, was los ist, oder bleibst du so stur?"

Er verzieht das Gesicht. Er schließt die Augen, seufzt und antwortet nicht.

Aber ich warte. Ich kann geduldig sein. Er kann versuchen, mir aus dem Weg zu gehen, so viel wie er will. Aber aus dieser Sache wird er nicht ohne Erklärung rauskommen.

„Ich habe Lupus", sagt er endlich und öffnet seine müden Augen. „Ich war über ein Jahr in Remission, aber offensichtlich ist es zurück. Wenn ich einen Anfall habe, bekomme ich Fieber, meine Gelenke schmerzen wie die Hölle und ich habe Probleme zu atmen. Es gibt nichts, was irgendjemand tun kann." Er atmet ein und ich sehe, dass es ihn Mühe kostet, zu reden.

Ich bedeute ihm, still zu sein und sich hinzulegen. Mein Verstand dreht sich. Lupus? Ich habe davon gehört, weiß aber nicht wirklich, was es ist. Doch es scheint eindeutig etwas Brutales zu sein, wenn man bedenkt, wie sehr es einem starken Mann wie Bastian zu schaffen macht.

Ich hole ein kaltes, nasses Tuch und tupfe seine Stirn. Er

murmelt etwas, fällt aber schließlich in einen unruhigen Schlaf, sein Fieber geht etwas runter. Als er schläft, öffne ich ein Fenster, lasse aber die Vorhänge geschlossen. Dann hole ich mir einen Stuhl und setze mich neben ihn.

Ich google Lupus, und als ich darüber lese, bricht mein Herz. Wie viele Jahre leidet Bastian schon allein? Mit einer Krankheit ohne Heilung? Während ich mehr und mehr Artikel und Geschichten von anderen Erkrankten lese, wische ich mir eine Träne weg.

Es ist kein Todesurteil, aber eine chronische Krankheit ohne Ursache, ohne Heilung. Der Körper attackiert sich quasi selbst mit einem überaktiven Immunsystem. Ich verstehe die wissenschaftlicheren Artikel nicht, doch ein Teil von mir ist erleichtert, es nun zu wissen. Um zu verstehen, warum Bastian die Dinge tut, die er tut.

Sein Zusammenbruch bei Cooper's muss dem Lupus geschuldet sein, realisiere ich. Ich frage mich, ob das der Start seines Rückfalls war.

Einige Stunden später wacht Bastian wieder auf, und als er sieht, dass ich immer noch da bin, ist er irritiert. Er setzt sich auf, nimmt das Wasserglas und trinkt mit schnellen Schlucken.

„Du solltest gehen", sagt er zu mir. Seine Stimme ist flach, emotionslos.

„Ich will helfen. Du kannst das nicht alles alleine schaffen, nicht wahr?"

Er lacht bitter. „Ich mache das seit Jahren alleine. Also, nein, ich brauche deine Hilfe nicht." Als ich zusammenzucke, wird seine Stimme etwas weicher. „Es tut mir leid, Julia. Aber ich denke, du solltest gehen." Ich bewege mich nicht und er fügt hinzu: „Bitte?"

Ich will nicht gehen, mich aber auch nicht aufzwingen. Als ich aufstehe und sein Gesicht sehe, will ich ihm jedoch sagen, dass er nie alleine sein wird.

Doch wie kann ich ihm das sagen, wenn er jede Hilfe ablehnt?

Als ich dennoch weggehe, höre ich ein Seufzen. Es ist das traurigste Seufzen, das ich je gehört habe, und ich weiß, ich *weiß*, dass ich nicht gehen kann.

„Ich gehe nirgendwo hin, Sebastian Rich", sage ich mit fester Stimme.

KAPITEL ZWANZIG

Bastian

Ich wollte nie, dass Julia so von meiner Krankheit erfährt. Als ich die Türglocke hörte, dachte ich, es sei vielleicht ein Händler. Beim zweiten Klingeln jagte ich aus dem Bett, um sicherzugehen, dass es kein Notfall war. Als ich die Tür öffnete und Julia sah, konnte ich kaum eins und eins zusammenzählen. Sie schien seltsamerweise so fehl am Platz, als gäbe es keine Chance, dass sie vor mir stehen könnte. In meinem Haus. Meinen pathetischen Anblick sehend.

Sie versucht zu helfen. Ich schätze das – wirklich. Sie ist ein guter Mensch und ich weiß, dass sie mich nicht verrotten lassen wird. Ich sehe zu, wie sie sich in meinem Schlafzimmer bewegt, aufräumt und mich über die Schulter anlächelt.

So hätte das nicht laufen sollen. Julia soll nicht meine Krankenschwester sein und meinen Tiefpunkt miterleben. Ich habe den Drang, ihr zu sagen, zu verschwinden. Stattdessen beiße ich mir auf die Zunge, bis ich Eisenschmecke.

Julia sitzt irgendwann neben mir und redet. Ich kann nicht

mehr. Ich kann sie nicht hier haben. Und wenn es die aufkeimende Beziehung zwischen uns zerstört? Dann ist es so.

Ich bin lieber allein, als mich von ihr pflegen zu lassen.

„Es tut mir leid, Julia", sage ich leise. „Aber ich denke, du solltest gehen."

Ihr verletzter Blick sticht durch mein Herz, aber ich bleibe eisern. Verzweifelt füge ich hinzu: „Bitte?"

Sie steht auf, um zu gehen, und ich seufze. Ich kann nicht anders. Ich will, dass sie geht, und ich will, dass sie nicht geht, und ich bin so müde, dass ich für immer schlafen möchte.

Aber Julia Rominger hat sich noch nie für Regeln interessiert. Sie dreht sich mit festem Gesichtsausdruck um. „Ich gehe nirgendwo hin, Sebastian Rich."

Sie setzt sich wieder auf mein Bett, als würde sie mir drohen, sie wieder wegzuschicken. Zu meinem Erstaunenfüllt mich Erleichterung. *Ich will nicht alleine sein. Bleib bei mir, Julia.*

Ich sage nichts. Aber ich denke, meine Augen verraten mich, denn Julias anfänglich verletzter Blick verwandelt sich in übersprudelnde Sympathie.

Wir reden lange nicht, genießen nur unsere Anwesenheit. Ich schließe die Augen und döse kurz. Als ich aufwache, ist es Nachmittag und Julia ist neben mir und liest. Sie sieht, dass ich wach bin, legt das Buch beiseite und fühlt meine Stirn.

„Dein Fieber ist definitiv gesunken. Wie fühlst du dich?", fragt sie.

„Besser", quake ich. „Ich denke, ich habe sogar Hunger."

Sie leuchtet auf. Nachdem sie sichergestellt hat, dass ich es bequem habe, nimmt sie ihre Handtasche und geht, um bei Cooper's einzukaufen. Obwohl ich protestiere, will sie nichts hören. „Nimm wenigstens meine Kreditkarte zum Bezahlen", sage ich. „Mein Geldbeutel liegt auf der Kommode."

Sie lächelt. „Ich kenne Ihr Portemonnaie sehr gut, Mr. Rich." Sie steckt es in ihre Tasche. „Ich bin bald zurück, okay?"

Um ehrlich zu sein, hat seit meinen Eltern sich nie wieder

jemand so um mich gekümmert. Ja, einige Freundinnen haben es versucht und sie haben es gut gemeint. Aber früher oder später hat mich ihr Wirbeln irritiert und ich habe sie gebeten zu gehen. Sie waren verletzt, haben aufgehört, meine Nachrichten und Anrufe zu beantworten, bis wir uns schließlich trennten. Deshalb habe ich mich geweigert, Julia als meine neue Krankenschwester zu akzeptieren: Ich wollte nicht kaputt machen, was wir eben erst begonnen hatten.

Ich habe noch immer Angst, dass das passieren wird. Aber dieses Mal versuche ich, anders zu reagieren, und aus irgendeinem Grund frustriert Julia mich in dieser Rolle nicht so wie die anderen Frauen. Ich glaube, es liegt daran, dass ich mich bei ihr wohler fühle.

Als sie zurückkommt, bereitet sie Essen zu und wir essen zusammen im Bett Mittag. Obwohl sie sich um mich kümmert, behandelt sie mich nicht wie ein Kind. Sie ist effizient, gedankenvoll, aber nicht übertrieben. Wenn ich nicht so schwach wäre, würde ich sie küssen und ihr zeigen, wie sehr ich sie noch immer will.

Nach dem Essen scheint Julia etwas sagen zu wollen, ist sich aber unsicher, wie. Also warte ich, damit sie ihre Gedanken sammeln kann. Ich frage mich, ob sie mehr über meinen Lupus wissen will, und ich schaudere. Ich will nicht wirklich darüber sprechen, nicht einmal mit ihr.

Doch sie überrascht mich. Sie blickt mich ehrlich und offen an und sagt: „Ich will dir erzählen, warum ich das Studium abgebrochen habe."

Es ist nicht im Entferntesten das, was ich erwartet hatte, aber ich sitze die ganze Zeit und höre zu. Ich hätte nie gedacht, dass sie mir den Grund erzählen würde. Ihr Vertrauen in mich erfüllt mich mit einem Gefühl, das ich kaum verstehen kann.

„Ich habe nicht abgebrochen, weil die Schule mich gelangweilt hat, ich kein Geld mehr hatte oder so. Es ist viel, viel peinlicher als das." Sie lacht ein bisschen, aber es ist ein trauriges

Lachen. „Ich habe Angst, dass du schlecht von mir denken wirst, wenn ich es dir erzähle."

Ich nehme ihre Hand und umschließe sie in meiner. „Ich könnte niemals schlecht von dir denken", sage ich.

„Danke. Aber du hast den Grund noch nicht gehört." Sie seufzt und atmet tief durch. „Ich habe das College mit einem Musik-Stipendium besucht und mich dabei auf Gitarre und Gesang konzentriert. Ich habe es geliebt. Ich wollte nie aufhören. Ich hatte Freunde, meine Professoren mochten mich und meine Noten waren gut. Sogar sehr gut. Ich war an der Spitze meiner Klasse. Aber dann traf ich den Professor, der mich eben nicht mochte. *Den* Professor, den jeder verehrte und auf ein Podest hob. Er erzählte mir grundsätzlich, dass ich scheitern würde. Dass ich niemals mehr als eine Mitläuferin sein würde. Ich hörte nicht auf ihn."

Ich streichle ihre Hand. „Gut, ich bin froh, dass du das nicht getan hast."

Sie schüttelt ihren Kopf und lächelt traurig. „Eines Nachts besuchte ich eine Party in einem Verbindungshaus. Nichts Besonderes, richtig? Diese Bruderschaft war bekannt für ihre Partys, aber ich habe mich nie getraut, eine zu besuchen. Doch dieses Mal wollte ich gehen."

Mein Verstand wirbelt, ist voller Szenarien, hoffend, dass sich keines als wahr entpuppt. Wurde sie angegriffen? Vergewaltigt? Beim Gedanken daran wird mir schlecht.

„Zunächst begriff ich nicht, wieso jeder so kalt und gemein mir gegenüber war. Aber ich sollte es noch früh genug herausfinden. Jemand hatte das Gerücht verbreitet, dass ich mich mit Professor Macintosh treffen würde. Dass ich Sex mit ihm für eine gute Note eintauschen wollte. Dazu war ich sowieso schon ein untalentierter Mitläufer. In den anschließenden Wochen wurde ich zur Zielscheibe. Wie ein Nerd, dem in der High School vom Liebling aller Mädchen die Bücher aus der Hand geschlagen wurden. Die Zeit fühlte sich für mich nicht sonderlich anders an, außer dass es mehr ein psychisches als ein physisches Mobbing war, und das am College, um Gottes Willen.

Meine Noten litten darunter. Ich fiel in eine Depression, sodass ich sogar Kurse ausfallen ließ. Ich schwänzte meinen Job, bis mein Chef mir kündigte und ich meine Fixkosten nicht mehr bezahlen konnte, weil die durch mein Stipendium nicht gedeckt waren. Und sollten meine Noten noch schlechter werden, würde ich sogar mein Stipendium verlieren. Ich kann nicht fassen ... was ich getan habe ... aber ich habe aufgegeben. Ich packte alle meine Sachen zusammen und verließ das College. Ich versank in meiner Depression für lange Zeit, und als ich es endlich schaffte, mich aufzuraffen ..." Sie zuckt mit den Achseln. „Bereute ich es, das College geschmissen zu haben. Aber was sollte ich tun? Ich war zu stolz, um zurückzukehren. Zu stolz, kannst du das glauben? Ich habe meinen Traum wegen so was Dummem aufgegeben und ich ..."

Sie schüttelt ihren Kopf. Ihr Gesicht füllt sich mit Abscheu. Keine Abscheu gegen ihren Arschloch-Professor oder ihre Kommilitonen, die sie so schlecht behandelten, sondern Abscheu gegen sich selbst.

Ich umschließe ihre Hand fester. „Du warst jung, Julia. Erfüllt mit Selbstzweifel. Du warst verärgert ..."

Sie wendet sich mir zu. Traurigkeit und Scham sind auf ihrem Gesicht zu erkennen. „Ich habe zu viel auf die Worte anderer gegeben. Ist das nicht lächerlich? So dankbar ich Mr. Cooper auch für meinen Job bin, aber ich habe die letzten fünf Jahre damit zugebracht, Warenproben zu verteilen. Ich bin nirgends gewesen, habe nichts unternommen. *Ich bin niemand.*"

„Hör auf damit", unterbreche ich sie. „Du bist wundervoll. Du bist die tollste Frau, die ich jemals getroffen habe, und ich möchte nicht, dass du so über dich selbst sprichst. Wenn du so weit bist, wirst du ans College zurückkehren."

Sie schüttelt ihren Kopf. „Die Zeit ist vorbei. Es wäre dumm, jetzt noch mal anzufangen."

„Es wäre dumm, es nicht zu tun ...", beginne ich, doch sie ignoriert mich.

„Ich wollte dir nur erzählen, was passiert ist – was ich getan habe –, weil du dich für deine Krankheit nicht schämen solltest. Wenn sich jemand schämen sollte, dann bin es ich."

Ich bin berührt. Meine Brust zieht sich zusammen und ich weiß, dass ich sehr nah dran bin, mich in diese Frau zu verlieben.

„Du bist ein besserer Mensch als die meisten jemals wissen werden", sage ich ihr.

Eine Stunde lang halte ich sie einfach nur fest und wir reden sehr wenig miteinander. Es ist, als hätten wir beide unsere Seele Preis gegeben, und nun bleibt uns nichts weiter als die gegenseitigen Berührungen.

„Ich sollte gehen und dir ein wenig Ruhe gönnen", sagt sie schließlich und löst sich von mir.

Ich würde sie am liebsten fragen, ob sie bleiben und bei mir übernachten möchte, einfach nur schlafen, aber sie sieht müde aus und ich möchte sie nicht bedrängen. Also streiche ich bloß ihr Haar zurück, küsse sie seicht auf die Stirn und sage: „Danke. Dafür, dass du bei mir bist. Dafür, dass du deine Erlebnisse mit mir teilst."

Sie wird ein bisschen rot und umarmt mich. Sie gibt mir einen Kuss. Dann noch einen. Wir sind beide atemlos, als sie sich von mir entfernt und schließlich zur Tür hinausgeht.Als ich höre, wie ihr Wagen meine Einfahrt verlässt, lasse ich mich zurück in meine Kissen sinken und stöhne.

Wie konnte ich nur jemals denken, einer Frau wie Julia Rominger widerstehen zu können?

Am folgenden Montag bin ich wieder zurück im Büro. Obwohl ich noch immer müde bin und die Dinge langsam angehen muss, bin ich in der Lage, mich mit Klienten zu treffen und mit Lucian darüber zu reden, was ich verpasst habe. Ich gehe außerdem sicher, Julia zu schreiben, die so umwerfend unermüdlich war, sich nach mir zu erkundigen.

Ich weiß jetzt, dass es niemals funktionieren wird, sie zu meiden. Und das ist ein wundervolles Gefühl.

Montag wird zu Dienstag und Dienstag zu Mittwoch. Obwohl Julia und ich oft miteinander sprechen und wir uns zum Lunch und Dinner treffen, spüre ich die leichte Distanz, die sie allmählich zwischen uns aufbaut. Zuerst dachte ich, dass sie anders über mich denkt, nachdem sie mich krank gesehen hat, doch dann erinnere ich mich daran, wie schwer es ihr gefallen ist, mir von ihrem Collegeabbruch zu erzählen, und realisiere, dass sie sich immer noch dafür schämt. Möglicherweise hat sie Angst davor, dass ich nach der Geschichte den Respekt vor ihr verloren haben könnte.

Dummes Mädchen. Ich habe den höchsten Respekt vor ihr und ich habe entschieden, dabei zu helfen, ihr Selbstbewusstsein wieder aufzubauen, damit sie ihre Träume weiter verfolgen kann. Genauso habe ich beschlossen, unsere Beziehung wieder auf den rechten Weg zu bringen.

Wir haben uns in der letzten Woche viel geküsst und miteinander rumgemacht, doch sobald wir uns in Richtung Schlafzimmer bewegt haben, brachte sie Abstand zwischen uns und behauptete, sie sei müde oder müsse kurzfristig irgendwo hin. Ich frage mich, ob sie tatsächlich denkt, dass es das Richtige sei, mich zuerst wieder an Kraft gewinnen zu lassen, bevor sie mir erneut mehr abverlangt. Der Gedanke schmeichelt mir ebenso sehr wie er mich verärgert. Ich möchte nämlich weder verhätschelt noch wie ein Kranker behandelt werden. Vielmehr möchte ich sie schmecken. Sie berühren. Es ist viel zu lange her und ...

Als mein Handy klingelt und ich sehe, dass es Julia ist, verschwindet meine Verärgerung sofort und Freude erfüllt mich. Ich kann es nicht mehr leugnen – ich habe mich in Julia

Rominger verliebt und es ist mir egal, sollte die ganze Welt davon erfahren.

„Ich habe gerade an dich gedacht", sage ich, als ich den Anruf angenommen habe.

„Wirklich?", fragt sie erheitert.„Wie wäre es mit einem Treffen? Ich konnte heute früher gehen und dachte, dass ich etwas zum Dinner kochen könnte."

„Wo bist du jetzt?"

„Zuhause", sagt sie und sofort male ich mir aus, wie sie ihre Arbeitskleidung auszieht und sich duschen geht. Die Gedanken lassen mich umgehend hart werden und ich sehne mich nach ihr. Ich stehe auf und schließe meine Bürotür, bevor ich mich wieder setze.

„Was hast du an?"

Stille. Dann ein kaum wahrnehmbarer Hauch ihres beschleunigten Atems. „Ähm ... ich ... ich habe eben erst meine Uniform ausgezogen und wollte gerade duschen gehen."

„Das beantwortet nicht meine Frage, Julia", sage ich und lege absichtlich eine bestimmerische Nuance in meine Stimme. Bisher hat es Julia immer gefallen, wenn ich die Führung übernommen und sie damit überrascht habe. Und genau das habe ich jetzt wieder vor.

Ich will sie so voller Leidenschaft, dass sie ihre Sorgen um meine Gesundheit, ihre Vergangenheit und alle anderen Dinge vergisst, wenn ich sie zum Kommen bringe.

„Ich habe einen Morgenmantel an", sagt sie schließlich und nimmt einen tiefen Atemzug, als müsste sie all ihren Mut zusammennehmen. Dann ergänzt sie in einer rauen Stimme: „Und darunter bin ich nackt."

Ich schließe meine Augen mit einem Seufzen, hebe meine Hand an den Kragen meines weißen Hemdes und beginne, es aufzuknöpfen. „Ich wünschte, ich wäre bei dir." Als das Hemd geöffnet ist, ziehe ich es aus und werfe es auf den Boden. Ich streiche mit meiner starken Hand über meine Brust. „Sag mir, was du siehst, wenn du dich selbst anschaust. Sind deine Nippel hart? Bist du erhitzt?"

Sie gibt ein Geräusch von sich. „Meine Nippel sind hart, seit du angefangen hast, mit mir zu reden."

Ich stöhne auf. „Fuck, Julia. Hör nicht auf, mit mir zu sprechen."

„Meine Brüste sind prall, als würden sie von dir berührt werden wollen. Als würden sie wollen, dass du sie anfasst und mit ihnen spielst. Ich wünschte, deine Finger lägen auf ihnen, streichelten meine Nippel, bis sie schmerzen. Jeden Tag sind meine Nippel hart, weil ich mir immer wieder vorstelle, wie du sie berührst." Sie keucht.„Ich schaffe den Tag über nichts, weil ich dich so sehr will."

„Mir geht es genauso. Mein Schwanz wird hart, sobald ich an dich denke. Ich muss mich jedes Mal bremsen, mich nicht selbst zu berühren, wenn dein Name in meinem Kopf schwirrt."

Unsere Atem beschleunigen sich. Ich stelle mir ihren Duft vor, ihre Wärme, ihr Lächeln. Mein Schwanz drückt gegen meine Boxershorts und ich öffne den Gürtel und anschließend den Reißverschluss meiner Hose.

„Ich will dich berühren, aber da ich das gerade nicht kann, will ich, dass du das für mich tust", weise ich sie an.

„Jetzt?"

„Jetzt, Julia." Meine Hand streicht über meinen Bauchnabel und spielt mit dem Stoff meiner Hose. „Berührst du dich selbst?"

„Ähm ..."

„Tust du es? Oder schaust du dir bloß deinen wundervollen Körper im Spiegel an? Erzähl es mir. Ich mag keine Lügereien."

Sie stößt ein Lachen aus. „Fein. Ich fasse mich selbst an. Meine Nippel und meine Pussy."

„Stell dir vor, ich wäre bei dir. Wie mein Körper über deinen schwebt."

„Okay. Ich stelle es mir vor."

„Jetzt stell dir vor, wie mein Schwanz über deine Klit streicht, so gewillt, gleich in dich zu stoßen."

Sie schnauft. „Wow. Es fühlt sich fast echt an." Sie klingt erregt, taff, und es lässt mich nur noch steifer werden.

Aber ich muss sicher gehen: „Stört dich das? Wir müssen das nicht tun." *Bitte sag, dass du es genauso sehr willst. Bitte. Ich brauche das gerade. Ich brauche dich.*

„Nein, nein. Ich will das." Sie atmet angestrengt. „Was wirst du als nächstes tun?"

„Ich bin kurz davor, in dich einzudringen." Ich schiebe meine Boxer etwas nach unten, gerade genug, um meinen harten Schwanz in die Hand nehmen zu können. Meine Finger umschließen den Schaft und mein Herz macht einen Aussetzer. „Ich bin über dir, möchte mich in dir spüren, aber ich warte auf deine Erlaubnis."

Julia schweigt, als ich beginne, meinen Penis in einem langsamen Rhythmus zu massieren. Obwohl ich versucht bin, meinen Schwanz fester zu umschließen und meine Hand bis zur Besinnungslosigkeit auf und ab zu bewegen, bemühe ich mich um Zurückhaltung. Ich will den Moment genießen. „Julia?", frage ich. „Bist du noch da?"

„Ja." Ich kann ein Schlucken vernehmen. „Was möchtest du, das ich tue?"

„Ich will, dass du von mir verlangst, dich zu ficken."

„Ja, bitte." Ihre Stimme ist rauchig.

Ich berühre den Spalt meiner Eichel mit dem Daumen und fange den Lusttropfen ab. „Da ich nicht da bin, möchte ich, dass du deine Augen schließt. Drücke einen deiner Finger gegen deine Klit. Stell dir meinen heißen Atem in deinem Nacken vor, während du einen Finger in deine enge Möse gleiten lässt. Stell dir vor, dass ich es bin, der in dich eindringt, bis ich dich bis zum Anschlag ausfülle."

Sie stöhnt durch das Telefon, was mich nur noch mehr antörnt. Mein Schwanz wird noch härter. Meine Faust pumpt um meine Männlichkeit und ich komme dem Höhepunkt bedrohlich nahe. Die Gedanken an ihre Finger, wie sie ihren Körper berühren, ihre feuchte und rosafarbene Pussy und ihren erröteten Körper lassen mich die Kontrolle verlieren. „Wie fühlt es sich an, Julia? Wie fühlt es sich an, mich tief in dir zu haben? Wie willst du gefickt werden?"

„Wie willst du mich ficken?", kontert sie.

„Ich will dich hart nehmen." Ich halte die Luft an, um gegen meinen Orgasmus anzukämpfen. „Ich möchte dich umdrehen, sodass du auf allen Vieren kniest, damit ich von hinten in dich stoßen kann, während meine Finger sich in deinen Haaren vergraben."

„Ja!"

„Ich stoße tief in dich", stöhne ich. „So tief wie möglich und ich will in deiner heißen Pussy kommen."

„Bring mich zum Höhepunkt. O mein Gott, Bastian, ich komme gleich."

„Ich will spüren, wie du kommst." Ich erhöhe die Geschwindigkeit und den Druck meiner Hand, sodass ich über meinen ganzen Schwanz fahre und mit jedem Pump über die Spitze meiner Eichel gleite. In meiner Vorstellung kann ich jeden Millimeter ihrer Pussy spüren. Ich fühle ihre Wärme und die Tiefe, und als ihr Atem kollabiert, merke ich, wie sie sich um meinen Schwanz zusammenzieht.

Plötzlich klingt ihre Stimme gedämpft, doch ich kann den Schrei hören, als sie in Ekstase ihren Höhepunkt erreicht. Ich sehe vor meinen Augen, wie sie sich zurücklehnt, während sie sich selbst befriedigt, ihre Brüste heben und senken sich mit jedem Atemzug. Wird ihre Pussy noch feuchter, wenn sie kommt? Allein der Gedanke daran lässt mich abheben, als ich mich bis zur Vollendung massiere, meinen Samen auf meine gewölbten Bauchmuskeln spritze.

Ich werfe meinen Kopf zurück und beruhige meinen Atem, als ich von meinem gigantischen Orgasmus runterkomme. Am anderen Ende des Hörers nehme ich erst Rascheln und dann ihren beschleunigten Atem wahr.

„Tut mir Leid", sage ich nach kurzer Zeit. „Ich kann nicht zum Dinner kommen, Julia. Ich habe ein Meeting. Aber du kannst darauf zählen, dass ich das nächste Mal, wenn ich dich sehe, naschen werde. Nicht vom Essen, sondern von deinem Körper."

„Klingt perfekt", sagt sie sanft.

KAPITEL EINUNDZWANZIG

Einige Stunden später sitze ich in Declan Kiss's Büro, höre dem Mann zu, der sich mit seinen zwei Brüdern, Hunter und Owen, berät, und gebe mein Bestes, um meine Gedanken von Julia abzuwenden. Durch ihr ständiges Hin- und Herreisen zwischen New York und LA ist das hier eine seltene Gelegenheit für mich, alle drei Brüder gemeinsam zu treffen, und die Tatsache, dass sie sich für ein Meeting mit mir Zeit freigeschaufelt haben, ist der einzige Grund für meine Dinnerabsage bei Julia.

Die alleinige Absicht dieses Treffens ist es, dass die Kiss Brüder sich über eine Vielzahl an Klienten beraten können, die sie an RichCo weiterleiten wollen. Etwas, das sie offensichtlich immer noch beabsichtigen, obwohl Declans Klient, Ryland Masters, sich bisher noch nicht sonderlich positiv über mich geäußert hat.

„Wenn es um Geldinvestitionen geht, hat Masters in der Vergangenheit einige ungünstige Entscheidungen getroffen, weshalb wir ihn an dich weitergeleitet haben", sagt Declan. „Außerdem hat er ein Mädchen erwähnt, das du kennst. Julia? Es war nicht schwer, zwischen den Zeilen zu lesen, dass der Grund für Masters Ablehnung dir gegenüber seine Eifersucht ist."

Von seiner Einsicht beeindruckt, schlucke ich den Kloß in meinem Hals hinunter und fahre mir durch das Haar, aber ich werde sicher nicht mit ihm über Julia sprechen. Seit wir unser Telefonat beendet haben, kämpfe ich gegen das brennende Verlangen an, sie zu sehen und zu berühren.

Es bereitet mir Sorge, wie sehr ich ihr untergeben bin, und ich beschließe, mich in diesem Meeting und für den Rest des Abends so zu geben, wie ich vor Julia war.

„Ryland Masters, Rockstar und eifersüchtig auf mich", sage ich. „Unwahrscheinlich. Aber wie ich bereits zuvor sagte, werde ich vorsichtig vorgehen. Ich bin ein Berater, letztlich ist es Rylands Geld, mit dem er machen kann, was er will."

„Solange du nicht aufhörst, ihn über potenzielle Fettnäpfchen aufzuklären, ist das alles, was ich von dir verlange", stimmt Declan mir zu. Für einen Moment starrt er mich an, als wolle er Julia wieder ins Gespräch bringen, doch dank meines unerschrockenen Blicks lächelt er bloß und zuckt mit den Achseln. „Also, Hunter. Owen. Was denkt ihr, welche Klienten können von RichCos Fachkenntnissen profitieren?"

Die nächste halbe Stunde diskutieren wir über einige ihrer Klienten. Ich richte mich unauffällig auf, als Owen einige ihrer Models anspricht, die bereits das Cover der Sports Illustrated verziert haben. Absichtlich beschwöre ich Bilder von ihnen in meinem Kopf herauf, vergleiche Julia schonungslos mit ihnen, nur um mir meinen eigenen Gefühlen bewusst zu werden.

Mein Kopf hat es nicht leicht, die Bilder der Models zu projizieren. Wie immer verzaubern mich die bloßen Gedanken an Julia. Wie hübsch sie ist. Wie elegant und vollkommen und aufrichtig. Wie witzig. Neben dieser *echten* und multidimensionalen Person wirken die 2D-Bilder der Bademodenmodels einfach nur blass.

Verflucht! Ich muss nachgeben. Die Wahrheit ist, ich stehe bereits felsenfest in einer nach-Julia Welt und ich muss, verdammt noch mal, endlich erwachsen werden und dazu stehen, anstatt ständig meine Gefühle für sie in Frage zu stellen.

Es ist hart, die ganze Zeit über meine Sehnsucht nach dem Ende dieses Meetings zu vertuschen, doch irgendwie schaffe ich es. Sobald es beendet ist, verlasse ich Declans Büro so schnell, dass ich den Kiss Brüdern nicht mal die Hand zur Verabschiedung reiche.

Ich hatte Julia gesagt, dass ich sie heute Abend nicht mehr besuche, aber ich muss einfach. Ich *will* sie sehen. Ich *muss* sie sehen, also steige ich in mein Auto und fahre geradewegs zu ihrem Haus.

Nachdem ich an ihrer Tür geklopft habe, warte ich. Keine Reaktion. Ich drehe am Türknopf und zu meiner Überraschung ist die Tür unverschlossen.

Ich muss mit ihr darüber reden, wie sie die Tür offen lassen kann, denke ich, aber ich sollte mich nicht beklagen. Ich schließe die Tür leise hinter mir – sperre sie ab – und mache mich auf den Weg in ihr Schlafzimmer. In der Küche brennt ein Licht und ich sehe einen Schatten den Flur entlanghuschen. Der Schatten verwandelt sich schnell in eine große schwarze Katze – Samson.

Ich stoße ein leichtes Lachen aus. „Hey, Junge. Ich bin's nur." Ich kraule den Kater hinter seinen Ohren, bevor ich meinen Weg ins Schlafzimmer fortsetze.

Ich betrete den Raum leise, da ich sie nicht aufschrecken möchte. Das Licht der Straßenlampen draußen erhellt das Zimmer ein wenig, was es mir erlaubt, Julia schlafend in ihrem Bett zu erspähen. Sie liegt ausgestreckt auf dem Bauch, die Steppdecke fest mit der Hand umklammert. Ich möchte sie eigentlich gar nicht aufwecken, sie sieht so friedvoll aus.

Doch dann erinnere ich mich an unseren Telefonsex und ich kann nicht widerstehen. Ich berühre ihre Stirn, dann streichle ich ihre Schulter, bis sie seufzt und aufwacht. Ihre Augenlider flattern.

„Bastian?" Ihre Stimme ist durch den Schlaf heiser. „Was machst du hier?"

Ich lasse mich aufs Bett nieder, während sie sich streckt und sich mit einem Gähnen aufsetzt. „Ich musste dich sehen", antworte ich.

Sie braucht noch einen Moment, um gänzlich aufzuwachen, und den gebe ich ihr, auch wenn es mir schwer fällt. Ich brauche sie so sehr, dass ich es bis auf die Knochen spüren kann.

„Warte mal ... Wie bist du hier reingekommen?", fragt sie mich verwirrt.

„Du hast deine Vordertür nicht abgeschlossen. Worüber wir noch reden werden – später."

„Oh, werden wir ...?"

Ich unterbreche sie mit einem Kuss. Sie schmeckt nach Minze, woraufhin ich meine Zunge zwischen ihre Lippen schiebe, um mehr von ihr zu schmecken. Der Telefonsex war wundervoll, aber das hier ist genau das, was ich brauchte: Sie, mit mir, neben mir. Unter mir. Sie gibt ein Stöhnen von sich, was mich nur noch mehr antörnt. Ich bin jeden Abend steif, wenn ich an sie denke.

„Sagtest du nicht, du hättest ein Meeting?" Sie neigt ihren Kopf etwas zurück, damit ich ihren Nacken besser küssen kann.

„Das sagte ich. Ich konnte mich keine Sekunde darauf konzentrieren, weil ich so sehr an dich denken musste." Ich klinge, als würde ich mich bei ihr für etwas entschuldigen, und ich nehme an, das tue ich auch. Sie hat mein Leben komplett auf den Kopf gestellt. Und zwar in dem Moment, in dem ich sie das erste Mal bei der Arbeit sah. War mein Leben nicht auch schön, bevor sie in mein Leben trat?

„Bastian ..." Sie seufzt, während sie ihre Finger durch mein Haar gleiten lässt.

Ich lecke und schmecke ihre Haut, liebe ihre Wärme, die sie ausstrahlt. Bald darauf lassen wir uns in die Kissen sinken und ich drücke meine Hüften gegen ihre. Sie stöhnt meinen Namen.

Ich küsse sie intensiver und presse meinen Schwanz gegen die Stelle, von der ich noch vor ein paar Stunden geträumt habe.

Wir verschwenden keine Zeit. Es ist, als hätten wir Jahre aufeinander gewartet. Wir werfen unsere Kleidung ab, bis wir nackt sind, küssen und berühren schließlich einander. Ich sauge an ihren Nippeln und sie lässt ihre Finger meine Brust hinabwandern. Ich brenne beinahe für sie und habe Angst, nicht bis zum eigentlichen Akt durchhalten zu können. Wann hat es jemals eine Frau geschafft, sich so in mein Herz zu schleichen?

Ich spreize ihre Beine, berühre ihre Pussy und merke, wie feucht sie bereits ist. Sie öffnet ihre Beine noch weiter für mich. Ich streife mit einem Finger durch ihre Spalte, aber ich will in ihr sein. Ich will sie um mich spüren.

Ich murmele eine Entschuldigung, als ich aufstehe, um in meinem Geldbeutel nach einem Kondom zu suchen. Ich höre sie heiser lachen und es besteht kein Zweifel: Sie erinnert sich an den Moment, in dem sie meinen Geldbeutel in der Hand hielt und in ihm die Kondome fand. Ich knurre, als ich auf sie zurückklettere und meinen Schwanz in den Pariser hülle, bevor ich meine Spitze gegen ihre Öffnung presse.

„Lachst du mich aus?" Ich gleite ganz langsam in sie und schließe für das atemberaubende Gefühl die Augen.

„Nein, ich würde dich niemals auslachen. O Gott, wieso so langsam?"

Jetzt bin ich dran mit lachen.

Ich dringe Zentimeter für Zentimeter in sie ein, bis ich ganz in ihr bin. So wie sie es sich vorstellen sollte, als ich es ihr am Telefon ins Ohr flüsterte. Sie gibt einen wimmernden Schrei von sich, als ich mich nicht weiter bewege. Meine Oberarme fest umklammert, versucht sie, ihre Hüften zu heben, um mich in Bewegung zu versetzen.

„Bastian ..."

Ich sauge an ihrem Nacken, bevor ich sage: „Erzähl es mir, Julia. Wie willst du von mir gefickt werden?"

„Hart", erwidert sie dieses Mal ohne Zögern. „Hart und *schnell.*"

Ich schmunzle, doch dann verwandelt sich das Schmunzeln in ein Stöhnen, als ich mich aus ihr zurückziehe und erneut zustoße. Sie gibt ein leises Kreischen von sich und ihre Nägel krallen sich in meine Arme. Ich stoße unaufhaltsam in sie, unsere Körper klatschen aneinander. Das Kopfende des Bettes quietscht und liefert die richtige Harmonie zur Melodie unseres Stöhnens und unserer Flüche, während wir dem Höhepunkt näher und näher kommen.

Ich spüre, wie sich meine Eier zusammenziehen. Es dauert nicht mehr lang. Ich greife zwischen uns und finde ihre Klit, streichle sie.

„Komm für mich", verlange ich. „Komm für mich."

Ihr Atem setzt aus und ich reibe ihre Knospe härter, ich kann fühlen, wie ihre Möse beginnt, meinen Schwanz zu melken. Sie kreischt, als sie kommt, was meinen eigenen Orgasmus auslöst. Ich schreie, drücke meine Hüften gegen sie. Ich fülle sie gänzlich aus, mein Kopf ist völlig leer. Das einzige, was ich wahrnehme, sind unsere Körper, aufeinanderliegend.

Als ich das Kondom entferne, klappe ich neben ihr zusammen und ziehe sie in meine Arme. Nur wenige Sekunden später fallen wir beide in einen tiefen Schlaf.

Ich wache noch vor Julia auf. Ich beobachte eine Weile, wie sie schläft, sauge ihren Anblick in mich auf, doch Samson entscheidet, diesen Moment zu unterbrechen, indem er auf das Bett springt und beginnt, klagend zu miauen.

„Okay, komm mit, Kumpel", sage ich zum Kater. „Ich gebe dir etwas zu essen, damit du dein Frauchen nicht weiter störst."

Samson folgt mir in die Küche, wo ich sein Futter auf der Anrichte finde. Samson umkreist mich miauend, und nachdem ich eine, in meinen Augen, angemessene Menge an Futter in sein Schälchen gefüllt habe, lasse ich ihn allein, damit er sein Frühstück zu sich nehmen kann.

Da wir gerade dabei sind ... Mein Magen knurrt. Ich habe nach meinem Meeting gestern Abend nichts mehr gegessen und jetzt sterbe ich fast vor Hunger. Ich lasse meinen Blick durch Julias Kühlschrank schweifen und freue mich, als ich sehe, dass sich mehr als eine Flasche Ketchup und Reste der letzten Tage in ihm befinden. Als ich in ihrem Alter war, hatte ich nie so viel in meinem Kühlschrank. Der Gedanke daran, dass Julia nicht vernünftig essen könnte, lässt mich die Stirn runzeln. Mir wird schlecht.

Ich schiebe ihn beiseite und fange an, Rühreier und Toast zuzubereiten. Ich bin kein guter Koch, aber ein paar Eier bekomme ich hin, wenn der Anlass es verlangt. Als Samson sein Futter aufgegessen hat, vermenge ich gerade die Eier und verrühre sie anschließend in der Pfanne.

„Machst du mir Frühstück?" Julia trottet in die Küche und gähnt weit.

„Ich lächle sie an. „Habe ich dich aufgeweckt? Ich habe versucht, leise zu sein."

Sie schüttelt mit dem Kopf. „Ich wache immer zu dieser Zeit auf. Außerdem klettert Samson immer auf mich, als Zeichen dafür, dass es Zeit ist, ihm Futter zu geben. Ich habe mich eben gewundert, was mit ihm los ist." Sie sieht zu ihrer Katze, die sich gerade die Pfoten leckt. „Aber ich sehe, dass ich mir keine Sorgen machen brauche. Hat Bastian dich gefüttert, du kleiner Faulenzer?"

Sie hebt die Katze auf ihren Arm. Samson sieht mich an, als würde er sagen: *Bitte rette mich*, als Julia wieder und wieder Küsse auf seinem Kopf verteilt.

„Jetzt machst du mich eifersüchtig auf eine Katze", grummle ich mit einem Lächeln.

Sie grinst. „Samson wird immer meine erste Liebe sein. Tut

mir Leid." Sie setzt die Katze auf den Boden, bevor sie sich zu mir umdreht, aber ich schaue stattdessen die Eier an.

Liebe. Sie hat Liebe gesagt. Will sie damit sagen, dass sie mich liebt? Der Gedanke sollte blanke Panik in mir auslösen, aber seltsamerweise ruft er nur meinen Beschützerinstinkt hervor. Ich weiß nicht, ob ich sie liebe, aber ich würde lügen, wenn ich nicht kurz davor stünde.

Sobald die Eier fertig sind, setzen wir uns, um zu frühstücken. Samson rollt sich mit wedelndem Schwanz auf einem Stuhl neben Julia zusammen.

„Da hat jemand Hunger", werfe ich ein.

Sie errötet. „Naja ... Jemand hat mich auch die halbe Nacht wach gehalten", erwidert sie naserümpfend. „Außerdem verbrennt Sex eine Menge Kalorien. Ich würde mir Sorgen machen, hätten wir danach keinen Hunger."

Ich lache laut auf. Julias Lächeln lässt mein Herz nur noch schneller schlagen.Gott, ich komme da nicht mehr raus, oder?

Nach dem Essen bleiben wir noch eine ganze Weile sitzen. Wir trinken einen Kaffee gemeinsam, quatschen, lachen und reden über alles und nichts. Wenn ich es nicht besser wüsste, würde ich sagen, wir verhalten uns wie ein altes, verheiratetes Ehepaar. Die Vorstellung, Julia wäre meine Frau, lässt mein Herz fast aus meiner Brust springen.

„Erzähl doch mal ... Worum ging es in deinem Meeting?" Sie nippt an ihrem Kaffee – Sahne, kein Zucker. Noch etwas, was ich über sie gelernt habe.

Ich zucke zusammen. „Wer weiß. Ich habe die ganze Zeit nur an dich gedacht."

„Oh, du Charmeur. Ich kann mich dich gut vorstellen, wie du in dem Meeting sitzt, mit Herzchen-Augen, während deine Gedanken zu mir abschweifen."

„Was sind Herzchen-Augen?"

Sie blickt mich ungläubig an. „Hast du noch nie Cartoons gesehen? Die tauchen auf, wenn eine Figur verliebt oder einfach nur glücklich ist. Die Augen werden dann zu Herzchen. Komm schon. *So* alt bist du doch noch gar nicht."

Ich schenke ihr einen verschrobenen Blick. „Du sorgst schon dafür, dass ich mich alt fühle."

„Wir müssen deine Wissenslücken ein wenig füllen. Es gibt so viele Dinge, die du anscheinend noch nicht kennst: Katzenvideos, Internetmemes, neue Slangs."

Ich will damit widersprechen, dass ich nur ein paar Jahre älter bin als Julia, aber sie genießt es gerade zu sehr, mich zu necken, als dass es mich in diesem Augenblick sehr stören würde. Ich möchte sie lachen sehen. Meinetwegen kann sie sich rund um die Uhr über mich lustig machen, wenn sie das will.

Gut, vielleicht nicht unbedingt in der Nacht. Die Nächte sind dazu da, um sie zum Stöhnen zu bringen.

Als sie aufsteht, um sich eine weitere Tasse Kaffee zu holen, ziehe ich sie auf meinen Schoß. „Bist du glücklich?", frage ich sie gerade heraus.

Sie legt ihren Kopf zur Seite. „Sehe ich so aus, als wäre ich es nicht?"

Ich bin mir nicht sicher, was ich überhaupt mit dieser Frage bezwecken wollte, aber aus irgendeinem Grund möchte ich sichergehen, dass sie glücklich ist. Dass ich ihr nichts als Freude bereite und keinen Schmerz. Ich denke an meinen Lupus und wie sie versuchte, mich zu meiden, sodass ich sie nur noch fester an mich ziehe. „Ich weiß, dass es für dich schwer gewesen sein muss, herauszufinden, dass ich krank bin, aber ich möchte, dass du weißt, dass du dir keine Sorgen um mich machen musst. Mir geht es gut, okay?"

Sie scheint nicht überzeugt zu sein, aber anstatt ihr die Chance zu gehen, zu widersprechen, ziehe ich sie zu mir für einen Kuss. Sie schmeckt nach Kaffee und ich kann nicht genug von ihr bekommen. Ich nehme ihr die Tasse aus der Hand, damit sie nichts verschüttet, während ich den Kuss fortsetze. Es ist, als würden wir uns den gesamten Morgen küssen und nichts anderes tun. Er ist süß, zärtlich, und ich will ihn niemals enden lassen.

Julia wird mir sicherlich gleich sagen, dass sie sich für die Arbeit fertig machen muss.

Ich kitzle ihren Fuß, was sie zum Kichern bringt. „Meld dich krank. Dann können wir die nächsten vierundzwanzig Stunden Liebe machen."

Sie schüttelt ihren Kopf. „Ich kann nicht. Es tut mir Leid. Oh man! Hör auf damit!"

Ich tue genau das Gegenteil, aber sie wird nicht nachgeben.

„Ich muss mich wirklich fertig machen. Außerdem, hast du nicht auch was zu erledigen? Arbeit? Meetings? Dinge, die alte Menschen so tun?"

Ich zwicke sie und sie jault auf. „Werd nicht unverschämt. In der Tat habe ich etwas zu tun. Sehr wichtige, erwachsene Dinge."

Sie haut mir auf die Brust. „Los, hol dir dein Metamucil, alter Mann. Brich dir ja nicht die Hüfte, während du die Treppe hochgehst."

Ich lege ein Grummeln in unseren Kuss, um ihr zu zeigen, wie „alt" ich wirklich bin.

KAPITEL ZWEIUNDZWANZIG

Ein paar Tage später sitze ich an meinem Schreibtisch und versuche, mich durch die endlose Liste E-Mails zu kämpfen, als Lucian an die Tür klopft und sie hinter sich schließt. Als ich seinen mürrischen Ausdruck sehe, seufze ich.

„Was ist jetzt passiert?", frage ich.

„Ryland Masters ist passiert – mal wieder." Lucian setzt sich und fährt seine Hand durchs Haar und zerwühlt es. Er sieht fast genauso mitgenommen aus wie ich. „Er hat von dir und Julia gehört. Ich weiß nicht warum, aber er ist sauer. Richtig, richtig sauer."

Ich zucke zusammen. Natürlich hat er es nach meinem Verhalten im Pub herausgefunden. Ich bin sicher, Ryland hatte eine Ahnung, aber er wusste nicht, dass wir wirklich zusammen sind, bevor ich sie mir über die Schultern warf und nach hinten trug.

„Ich fürchte, das ist mein Fehler", gestehe ich. Auf Lucians Blick antwortend, sage ich: „Ich habe Ryland und Julia bei Gary's getroffen und den Verstand verloren. Ich dachte, die zwei hätten ein Date."

Lucian starrt mich an und grinst dann. „Gott, Bastian, ist das dein Ernst? Das ist fabelhaft!"

„Ist es das?"

„Ja, ich kenne dich. Ich weiß, dass du jede Beziehung gemieden hast, seit du Lupus hast. Das sagt mir, wie stark deine Gefühle für Julia sind."

Ich kratze mich im Nacken. „Stark ist ein Weg, um es auszudrücken. Sie war tatsächlich bei mir. Hat sich eine Weile um mich gekümmert."

„Gut. Versau es nicht."

„Das ist das Letzte, was ich tun möchte." Und ich meine es so. In der vergangenen Woche haben Julia und ich so viel Freizeit wie möglich miteinander verbracht und ich schwöre, ich war noch nie so glücklich in meinem Leben. „Also, was schlägst du vor? Ich glaube nicht, dass sich Ryland mit einem Obstkorb zufriedengibt."

Ein Teil in mir hofft fast, dass Ryland uns komplett fallen lässt. Er ist mehr Ärger als irgendetwas anderes, aber er ist auch einer unserer größten Klienten. Ich lehne mich zurück und versuche, durch meinen Nebel der Anstrengung hindurch einen Plan zu entwickeln. Ich weiß, dass ich mir selbst nicht zu viel zumuten darf, sonst werde ich wieder rückfällig. Gleichzeitig darf ich hier nicht auf der faulen Haut rumliegen.

„Wir müssen ihm zeigen, dass wir auf seiner Seite sind", denke ich laut. „Wir müssen vorwärts gehen und ihn das Geld so investieren lassen, wie er es möchte. Ich habe mir das Geschäft seines Freundes nochmal angesehen, und obwohl es keine Garantie gibt, könnte es in den richtigen Händen Erfolg haben."

„Also werden wir ihn einfach besänftigen und hoffen, dass er keinen weiteren Wutanfall bekommt?"

Ich zucke mit den Schultern. „So in etwa. Außer du hast eine bessere Idee?"

„Was haben wir zu verlieren?" Lucian atmet aus. Er steht auf und ist schon fast aus der Tür raus, als er noch hinzufügt: „Wenn du mich fragst, glaube ich, dass du die richtige Entscheidung getroffen hast. Mit Julia zusammen sein, meine ich. Ich glaube, sie tut dir gut."

Ich antworte nicht, aber das brauche ich auch nicht. Denn Lucian hat recht: Sie ist das Beste, das mir je passiert ist.

Julia

Nach einem faulen Morgen im Bett (ich muss mich von einem besonders aktiven Abend im Bett mit Bastian erholen) beschließe ich, ihn mit einem Lunch zu überraschen, bevor meine Schicht im Laden anfängt.Das aufgeregte Prickeln meines Körpers in der Erwartung, ihn gleich zu sehen, verrät mir, dass ich durch all die Zeit, die wir miteinander verbracht haben, ganz verrückt nach diesem Mann bin. Ich könnte die nächsten fünfzig Jahre mit diesem Mann verbringen und es würde niemals langweilig werden. Ich habe es sogar geschafft, die unaufhörliche Stimme in meinem Kopf abzustellen, die immer wieder sagte, ich sei nicht gut genug für ihn. Bastian streitet es immer wieder ab, also habe ich beschlossen, meinem Glück zu danken und die Zeit mit dem Mann meiner Träume zu genießen, so lang es eben möglich ist.

Nachdem ich mir alles zusammengesucht habe, mache ich ein leckeres Truthahnsandwich mit knusprigem Ciabatta-Brot, Tomaten, Salat und frischem Senf (von dem ich weiß, dass er ihn mag) und richte einen leichten Salat dazu an. Ich koche nicht viel, da ich viel arbeite und nur unregelmäßig zuhause bin, aber es ist schön, für jemand anderen zu kochen. Ich platziere alles in einer hübschen Tasche, steige in den Wagen und fahre zu Bastians Büro. Ich lächle, wenn ich daran denke, wie ich ihn überraschen werde.

Als ich ankomme, meint Noah, dass Bastian in einem Meeting

sei, aber bald Zeit für mich haben würde. Er starrt mich an wie eine Art Alien und ich erinnere mich, wie ich Bastian das letzte Mal hier zum Teufel geschickt habe. Ich werde rot. Ich will ihm sagen, dass wir uns vertragen haben, aber auf der anderen Seite könnte das die Dinge noch seltsamer machen. Also schweige ich und warte.

Nach einiger Zeit fange ich an, mich etwas dumm zu fühlen, hier mit einem Sandwich auf Bastian zu warten. Vielleicht hat er schon gegessen? Vielleicht isst er auswärts? Ich will gerade Holly das Essen geben und gehen, als kein anderer als Ryland Masters durch die Glastür kommt.

Ich erstarre. Ich habe seit dem Treffen im Gary's nichts mehr von ihm gehört und wünschte, ich könnte mich unter einem Stuhl verstecken, um nicht mit ihm reden zu müssen. Doch sobald er mich sieht, werde ich zu seiner Beute. Ich halte die Tasche fester, das Papier zerknittert unter meinen Fingern.

„Mr. Masters", sagt Noah. „Mr. Rich ist noch in einem Meeting, aber ich lasse Holly wissen, dass Sie hier sind."

Offensichtlich hat er keinen Termin. Ryland winkt jedoch nur ab. Er kann vielleicht nicht mit Bastian sprechen, aber er hat mich gesehen. Und ich kann schlecht aufstehen und schreiend davon laufen.

„Obwohl, sagen Sie Holly noch nicht Bescheid, danke", sagt Ryland zu Noah und setzt sich zu mir, als wären wir die besten Freunde. Ich bin noch immer angepisst, weil er sich bei unserem (Nicht)-Date so kindisch verhalten hat, also weigere ich mich, mit ihm zu sprechen. Doch er berührt meinen Arm und ich bin gezwungen ihn anzusehen.

Er neigt seinen Kopf in Richtung eines offenen, leeren Büros. „Können wir reden?" Seine Stimme ist weich und hoffnungsvoll und irgendwie schmilzt mein Ärger dahin. Er hatte vermutlich nicht die Absicht, mich zu täuschen, denke ich. Und es war nicht gerade hilfreich, dass ich nicht bemerkte, dass er mich mag. Ich will nicht mit ihm alleine sein, gleichzeitig sollten wir die Sache aber abschließen, bevor alles nur noch schlimmer wird. Mit kurzem Nicken stehe ich auf und folge ihm. Er schließt die Tür hinter mir.

„Wie geht es dir?" Er schiebt unsicher seine Hände in die Hosentaschen.

Ich weiß nicht einmal, wie ich diese Frage beantworten soll. Auf der einen Seite geht es ihn nichts an, vor allem hat er kein Recht, mich über mein Privatleben auszuquetschen. Wir sind nicht zusammen. Ja, sicher, vielleicht hätte ich die Dinge besser handhaben können, aber er hat viele Dinge einfach nur angenommen und war dann ärgerlich geworden, als sich seine Annahmen als falsch entpuppten.

Ich halte mich noch immer am Essen für Bastian fest. Ich stelle die Tüte auf einen Tisch, damit ich das Sandwich nicht aus Versehen zerdrücke.

„Mir geht es gut", antworte ich achselzuckend. Meine höfliche Seite piekst mich, weil ich ihn nicht nach seinem Befinden gefragt habe, aber ich fühle mich kleinlich und will nicht höflich sein.

„Ich habe dich lange nicht gesehen. Arbeitest du immer noch bei Cooper's?" Er hat seine Hände aus den Taschen genommen und verschränkt jetzt die Arme.

Ich bin mir nicht wirklich sicher, wo er mich zu sehen gehofft hatte, da sich unsere Kreise nicht oft kreuzen. Außerdem erinnere ich mich nicht, ihm von Cooper's erzählt zu haben. Vielleicht habe ich, es fühlt sich jedoch sehr intim an.

„Ja, ich arbeite noch dort. Apropos, ich muss bald dort sein und sollte wohl gehen..."

Als ich das Büro verlassen will, berührt Ryland meinen Arm, um mich zu stoppen. Ich widerstehe der Versuchung, die Stelle zu reiben, wo er es gewagt hat, mich zu berühren. Als ich ihn ansehe, blickt er mich mit so purer Sehnsucht an, dass mir das Herz zu Boden fällt.

„Hör zu, Julia", sagt er. „Ich weiß, du bist sauer. Es tut mir

Leid, wie ich mich bei Gary's verhalten habe. Ich war mir meinen Absichten nicht klar und dadurch sind die Dinge seltsam geworden, nicht wahr?"

Ich nicke nur.

„Aber ich muss dir sagen – ich habe Gefühle für dich. Echte Gefühle. Seitdem wir uns hier in diesem Büro zum ersten Mal gesehen haben."

Ich bin fassungslos. Naja, okay, nicht *fassungslos*. Ich hatte gewusst, dass Ryland an mir interessiert war, aber ich habe wohl nur gedacht, dass er einen schnellen Fick wollte und weiter nichts. Er war immer so flirtend, dass ich nie damit gerechnet hatte, dass sein Herz involviert war.

Ich starre ihn an, unsicher, wie ich antworten soll. Ich weiß, dass ich nicht einfach über seine Gefühle trampeln kann. Doch andererseits will ich seine Worte zurückweisen und vergessen, dass sie ausgesprochen wurden. Er sagt all das, obwohl er weiß, dass ich mit einem anderen Mann zusammen bin? Wie soll ich mit dieser Beichte umgehen?

Schließlich sehe ich weg, denn sein Blick ist zu intensiv. Ich starre zu Boden auf meine abgesplitterten roten Fußnägel und wünschte, ich hätte mir dieses Wochenende die Zeit genommen, sie neu zu lackieren. „Ich weiß nicht, was ich sagen soll", sage ich sanft. „Ich bin mit jemand anderem zusammen. Also kann ich dir keine Neuigkeiten geben, die dich glücklich machen."

Als er nichts sagt, sehe ich auf. Ich zucke zusammen, als ich sein Gesicht sehe.

Er schweigt für eine Weile und ich sehe das als Gelegenheit zu gehen. Doch wieder stoppt er mich. Er fasst mich am Handgelenk und streichelt meine Sehnen. Ich zittere. Es ist kein Zittern der Lust, sondern ein nervöses Zittern. Er wird nicht kampflos aufgeben und ich rüste mich automatisch für den aufkommenden Sturm.

„Ich weiß, dass du mit Bastian zusammen bist." Ryland spricht Bastians Namen mit solch Groll aus, dass ich für einen Moment erschrocken bin. „Aber das bedeutet nicht, dass du für immer bei ihm sein wirst. Ich kenne seine Geschichte. Ich weiß, dass er ein Playboy ist und nie lange bleibt. Ich hasse es, das zu sagen, aber glaubst du wirklich, er ändert sich für dich?" Er packt mich etwas fester am Handgelenk. „Menschen ändern sich nicht so einfach, wenn überhaupt."

Es fühlt sich an, als hätte er mich ins Gesicht geschlagen. Ich kenne Bastians Vergangenheit und müsste lügen, wenn ich sagen würde, dass es mir keine Angst macht, dass er realisieren könnte, dass ich gar nicht so toll bin und mich verlässt. Aber diese Worte aus Rylands Mund zu hören, schicken eine Welle des Ärgers durch meinen Körper. Ich löse meinen Arm von ihm und trete einen Schritt nach hinten.

„Willst du damit erreichen, dass ich dir in die Arme falle?", frage ich. „Denn wenn dem so ist, ist das der schlechteste Anmachspruch in der Geschichte des Universums, falls es dich interessiert. Du bist ein verdammter Rockstar, Ryland."

„Das stimmt, aber ich war nie ein Playboy. Und ich bin nicht derjenige, der Schwanzbilder online hat. Ich sehe an deinem Gesichtsausdruck, dass du weißt, dass ich recht habe. Er ist nichts für dich, Julia. Aber ich kann es sein. Willst du uns keine Chance geben?"

„Du bist sagenhaft. Ich hätte nie gedacht, dass jemand so arrogant sein kann, aber du hast alle meine Vorstellungen einfach so weggeblasen." Ich schüttle den Kopf, als könnte ich damit die Worte abschütteln, die Ryland sich getraut hat, mir ins Gesicht zu werfen.

Er kommt näher, seine Augen sind schmal. „Ich weiß auch, dass er nicht so ein guter Fang ist, wie man vielleicht annehmen könnte. Wusstest du, dass er dauerhaft krank ist? Ich habe seit Wochen nichts von ihm gehört und herausgefunden, dass er oft zuhause ist wie ein kranker Hund. Wie kannst du mit einem Mann zusammen sein, der es morgens kaum aus dem Bett schafft? Er ist nur halb der Mann, der ich bin, und das weißt du."

Da Ryland näher auf mich zugekommen ist, trete ich wieder einen Schritt zurück. Weiter und weiter. Ich bin eine Mischung aus Ekel und Ungläubigkeit und habe keine Ahnung, wie ich darauf antworten soll. Aber ich weiß, dass ich keine Sekunde länger in diesem Büro bleiben kann. Ich weiche Ryland aus, greife nach Bastians Essen, halte es hoch wie ein Schild und gehe zur Tür.

„Du liegst falsch, Ryland", sage ich leise. „Bastian ist mehr als genug. Du bist nicht mal halb der Mann, der er ist – du bist nicht mal ein Millionstel von ihm und du wirst dich niemals mit ihm messen können. Also schieb dir deine selbstgerechte Haltung in den Arsch und fahr zur Hölle."

Ryland schaut mich mit schmalen Augen an und zu meiner Überraschung packt er mich und küsst mich. Ich bin so schockiert, dass ich erstarre und seinen Mund an meinem spüre. Doch nach einer Sekunde löse ich mich und schlage ihn mit aller Kraft ins Gesicht. Ich atme schwer, er atmet schwer und jetzt trägt sein leicht gebräuntes Gesicht einen handförmigen Abdruck.

Danach gehe ich, bevor er seinen Mund öffnen und etwas Offensiveres sagen kann. Ich werde mir seine Entschuldigungen nicht anhören; ich will nicht mehr hören, wie sehr er mich angeblich liebt.

Alles, was ich will – der einzige Mann, den ich will –, ist Bastian.

KAPITEL DREIUNDZWANZIG

Bastian

Nach meinem Gespräch mit Lucian ruft Noah an, um mir zu sagen, dass ausgerechnet Julia in der Empfangshalle sitzt und nach mir sucht. Vorfreude wird in mir wach und ich muss mich zurückhalten, um nicht wie ein Idiot zu grinsen. Doch als ich mein Büro verlasse, höre ich Ryland Masters Stimme und bin sofort hellhörig.

Ich stehe außerhalb meines Büros und höre Ryland und Julia reden. Sie ist offensichtlich nicht interessiert, doch als Ryland vorschlägt, irgendwo ungestört zu reden, lehnt sie nicht ab. Ich weiß, ich sollte es nicht tun, aber ich folge ihnen mit leisen Schritten. Ich warte, bis sie die Tür des leeren Büros im Flur gegenüber schließen, und lausche dann an der Tür.

Zuerst höre ich nur Murmeln und Seufzen. Doch dann wird Ryland immer lauter und lauter, bis ich hören kann, wie er Julia seine Gefühle gesteht. An diesem Punkt verkrampft sich mein Kiefer so sehr, dass meine Zähne schmerzen. Mein Herz klopft und ich bin kurz davor, hineinzustürmen und Ryland zu vermöbeln.

Stattdessen stehe ich da und höre zu, mein Herz sinkt jeden Moment ein Stückchen tiefer. Obwohl sie Ryland sagt, dass sie kein Interesse hat, beleidigt er mich lediglich als Playboy, der sie verlassen wird. Ihr wehtun wird, wie er jeder anderen Frau wehgetan hat.

Ich bin mir meiner Vergangenheit sehr wohl bewusst und ich bin nicht stolz drauf. Es ist nicht so sehr die Tatsache, dass ich mit vielen Frauen geschlafen habe, sondern die, dass ich sie benutzt und weggeworfen habe. Ich bereue es, ihnen allen wehgetan zu haben.

Mein Herz erhebt sich ein wenig, als Julia mich verteidigt. Doch als Ryland seine letzte Granate zündet, ihr erzählt, dass ich die ganze Zeit krank bin, und ihr einredet, einen solchen Mann nicht zu wollen, atme ich schwer und fühle mich schwindelig. Aber ich kann nicht gehen. Ich höre weiter zu, obwohl jedes weitere Wort ein Nagel in meinem Sarg ist.

Julia reagiert nicht auf den letzten Teil der Rede.

Nicht schnell genug.

Ich bin angepisst. Nicht wegen Julia, sondern wegen Ryland. Und mir selbst.

Ich kann nicht weiter zuhören. Ich stampfe davon, Ärger, Traurigkeit und Herzschmerz verschmelzen in meiner Brust. Schwer und drückend. Alle meine Ängste kommen an die Oberfläche: Dass sie einen gesünderen Mann verdient, einen Mann mit einer weniger ruinierten Vergangenheit. Vielleicht zweifelt sie noch nicht an unserer Beziehung, aber früher oder später wird sie das. Zum Teufel, Ryland Masters ist ein verdammter Rockstar, und obwohl Julia vor ihrer Vergangenheit noch immer davonläuft, liebt sie Musik. Ryland kann ihr dabei helfen, das Leben zu erreichen, von dem sie immer geträumt hat.

Mit verschwommenerSicht komme ich in meinem Büro an.

Weniger als eine Minute später steht Julia in meiner Tür.

„Hallo, Julia", sage ich mit steifer und distanzierter Stimme. „Was tust du hier?"

Julia

Bastians Begrüßung verletzt mich ein wenig. Keine Berührung, kein Kuss, keine Fragen nach meinem Befinden. Ich frage mich, ob ich mit meinem Kommen etwas falsch gemacht habe.

„Ich wollte sehen, wie es dir geht."

Er zuckt mit den Schultern. „Ich bin müde, aber es wird besser. Du hättest nicht herkommen müssen, um mich das zu fragen, weißt du."

Meine Beine fühlen sich an wie Pudding und ich setze mich ihm gegenüber in einen Stuhl. Die Essenstüte stelle ich auf Bastians Schreibtisch. „Ich wollte dich einfach nur sehen. War das falsch?"

Er setzt sich mir gegenüber hin, fährt sich mit den Fingern durchs Haar. Es mag ihm vielleicht besser gehen, aber es ist definitiv noch nicht bei hundert Prozent. Ich hasse den Gedanken an einen weiteren Rückfall, weil er sich zu schnell und zu heftig in die Arbeit gestürzt hat.

Doch er antwortet nicht. Er zieht eine Grimasse, reibt sich die Stirn und seufzt. Die Anspannung ist schmerzhaft und ich beginne zu vermuten, dass er mich und Ryland zusammen gesehen hat. Dass er Dinge gehört und gesehen und missinterpretiert hat. Ich will ihm gerade sagen, dass Ryland abhauen kann, als Bastian die Worte ausspricht, vor denen ich seit unserem ersten Date Angst habe. „Ich denke, wir sollten eine Pause machen."

„Eine Pause machen...?", wiederhole ich.

„Von unserer Beziehung."

Seine Stimme ist fest – zu fest. Ich starre ihn nur an. Mein Verstand kann seine Worte nicht begreifen, sie fallen zur Seite wie das Laub von einem Baum. Sie drehen und drehen sich, ergeben erst Momente später überhaupt einen Sinn.

Er will es beenden. Er will nicht mehr mit mir zusammen sein.

„Warum?" Meine Stimme zittert.

„Ich denke einfach, dass wir nicht zusammenpassen." Als er meinen geplagten Gesichtsausdruck sieht, erklärt er: „Wir haben eine tolle Chemie, körperlich. Aber du bist jünger und hast einen anderen Lebensweg vor dir."

Ich kann ihn nicht ansehen. Ich schaue auf sein Essen auf dem Schreibtisch und erinnere mich daran, wie ich es heute Morgen zusammengestellt habe. War das heute Morgen? Es scheint Jahre her zu sein. Heute Morgen war ich aufgeregt, meinem Freund ein Mittagessen zur Arbeit zu bringen – jetzt will er mit mir Schluss machen.

Es ist zu viel. Ryland hat mich beleidigt und geküsst und jetzt entscheidet Bastian sich dafür, unsere Beziehung zu beenden, ohne mir überhaupt erzählt zu haben, dass etwas nicht stimmt?

Ich presse meine Hände zu Fäusten, bis sie schmerzen. „Dann war's das also? Du bist gelangweilt, oder sonst etwas, und jetzt ist es vorbei. Ich habe kein Mitspracherecht?"

Er runzelt die Stirn. „Ich habe nie etwas von Langeweile gesagt."

„Nein, du hast mir bescheuerte Entschuldigungen gegeben, die null Sinn machen. Wie alt bist du? Dreißig? Ich bin nur ein paar Jahre jünger als du." Ich stehe auf, unwillig, ihn anzusehen. Dann lege ich meine Handflächen flach auf den Tisch und lehne mich vor. Ich weiß, ich bin feuerrot, aber das stört mich nicht.

„Warum bist du nicht ehrlich und nennst den wahren Grund hierfür?", sage ich leise.

Bastian

Julia beugt sich zu mir vor, ein herrliches Feuer in den Augen, und ich kann mich nur fragen, wie um alles in der Welt ich ohne diese wunderschöne Frau leben kann. „Ich habe dich und Ryland gehört und gesehen."

Sie runzelt die Stirn und richtet sich auf. „Bastian, es war nicht, wie es aussah. Ich habe nicht..."

„Ich weiß", sage ich sanft. „Ich habe gehört, wie du dich ihm entgegengesetzt hast. Habe gehört, wie du ihn hast abblitzen lassen."

Sie schüttelt den Kopf. „Dann verstehe ich nicht. Warum – warum siehst du mich so an?" Sie blinzelt, als versuche sie sich davon abzuhalten zu weinen. Als könnte sie bereits spüren, was geschehen wird.

„Weil er recht hat. Du verdienst einen besseren Mann als mich. Ein Mann, der nicht immer wieder krank ist, keine Hoffnung auf Heilung hat und dich nicht immer nur runterziehen wird. Ich kann nicht versprechen, dass du dich nicht mehrere Monate im Jahr um mich kümmern müsstest. Was für ein Leben wäre das für dich?" Was wenn ich einen so langen Rückfall habe, dass sie sich rund um die Uhr um mich kümmern muss? Ich könnte darauf bestehen, eine Krankenschwester einzustellen, aber ich kenne Julia gut genug, um zu wissen, dass sie alles opfern würde, um jemandem zu helfen, der Hilfe braucht – auch, wenn ihre eigene Zeit, ihre Energie und ihre Ziele darunter leiden würden.

„Also nimmst du einfach an, ich bin oberflächlich genug, um jemanden sitzenzulassen, weil er *krank* ist? Ich fühle mich geehrt."

„Nein. Ich sage, dass ich zu oberflächlich bin, es dich tun zu lassen. Ich habe lieber eine Reihe zwangloser Affären, als dich an ein Leben mit einem kranken Mann zu binden. Und während du sagst, dass du willig bist, Chancen zu nutzen, tust du es doch nicht, Julia. Du bleibst bei dem, was sicher ist. Und ich werde kein weiteres Sicherheitsnetz für dich sein."

„Was?", flüstert sie.

„Was im College passiert ist, war Scheiße. Aber du hast die letzten fünf Jahre in einem Lebensmittelladen verbracht, weil du zu viel Angst hast, weiterzumachen."

„Ich habe fünf Jahre in einem Lebensmittelladen verbracht, weil Mr. Cooper mit mir ein Risiko eingegangen ist. Weil ich loyal bin. Ich mag meinen Job. Vielleicht nicht immer, aber wer tut das schon?"

Ich schüttele den Kopf. „Du verdienst mehr als einen Job, den du meistens magst, Julia. Du verdienst einen Job, den du liebst. Du verdienst, zurück zur Schule zu gehen und deine Träume wahr zu machen. Ryland kann dir dabei helfen. Was du nicht verdienst, ist eine Zukunft mit einem Kerl, der dich nur runterziehen wird."

„Du bist nicht – du bist kein Typ, der mich runterziehen wird. Du bist fantastisch. Erfolgreich und liebenswert. Witzig. Ich liebe es, mit dir zusammen zu sein. Ich glaube sogar, dass ich dich..."

„Stopp", sage ich schnell, weil ich weiß, was sie sagen wird. Und ich weiß, dass ich es nicht hören kann. Nicht wenn ich damit weitermachen möchte, was ich vorhabe. So sehr liebe ich *sie*. Ich muss sie freilassen, damit sie fliegen kann. „Du hast selbst die Regeln festgelegt, Julia. Wir belassen die Dinge zwanglos, und wenn ich bereit bin, weiterzuziehen, bin ich ehrlich darüber. Ich sage dir hiermit, dass ich bereit bin, weiterzuziehen. Mach die Dinge bitte nicht komplizierter, indem du nach mehr fragst, als ich geben möchte."

Sie starrt mich mit großen, ungläubigen Augen an und kämpft mit den Tränen. Als ich sehe, wie verärgert sie ist, lenke ich fast ein, aber ich kann nicht. Ich kann einfach nicht.

„Ich hätte mich von Anfang an nicht auf dich einlassen sollen." Die Worte sind harsch, vor allem weil sie wahr sind. Ich habe mir immer gesagt, dass wir aus diesem bestimmten Grund nicht zusammen sein können, aber ich habe gegen meine Vernunft gehandelt. Und jetzt sind wir hier. Ich verletze sie und breche mein eigenes Herz.

Ihre Unterlippe zittert. „Das war's also? Du wirfst uns weg, weil du denkst, jemand wie Ryland Masters weiß, wovon er spricht?" Sie geht einen Schritt zurück und schüttelt den Kopf. „Ich wollte unsere Beziehung zwanglos führen, weil ich Herzbruch vermeiden wollte. Und jetzt sind wir hier. Und weißt du schon das Beste?"

Ich schüttele den Kopf.

„Ich *liebe* dich. Du wolltest nicht, dass ich es sage, aber jetzt ist es raus. Ich liebe dich vermutlich, seitdem du das erste Mal bei Cooper's gewesen bist und nach Vitaminen gesucht hast. Ich habe dich geliebt, bevor ich wusste, dass du existiert." Ihre Tränen fallen nun schnell und frei, glänzen im Licht des Büros. „Ist das nicht lächerlich? Der Mann, den ich liebe, denkt, ich sei zu oberflächlich, um bei ihm zu bleiben, weil er Lupus hat."

Ich wanke hinter dem Tisch hervor und nehme sie an den Armen. Ich atme schwer, bin eine Mischung aus Wut und Traurigkeit, sodass ich kaum klardenken kann. Ich sehe nur Julias tränenüberströmtes Gesicht und ein kleines Flüstern in meinem Kopf fragt sich, ob ich das Richtige tue.

„Hör mir zu", sage ich leise und halte sie an mich gedrückt. Ich kann den Puls in ihren Handgelenken fühlen. „Ich liebe dich, Julia Rominger. Ich liebe dich so sehr, dass es wehtut. Ich liebe dich so sehr, dass der Gedanke, dich gehen zu lassen, mich umbringt. Aber deshalb tue ich es: Weil du etwas Besseres verdienst. Du bist brillant. Hör auf, ein Feigling zu sein. Hör auf, auf Nummer sicher zu gehen. Du kannst zurück zur Schule gehen, deinen Abschluss machen und das Leben leben, für das du bestimmt bist. Ich weigere mich, dich davon abzuhalten. Du schuldest es dir selbst, die Frau zu werden, die du immer werden wolltest."

„Wie kann ich ohne dich durchs Leben gehen?" Sie zittert nun, ihre Stimme ist weich und zerstört. „Wie kann ich zurück zur Schule gehen ohne den Mann, den ich liebe? Wie soll das besser sein als das, was ich jetzt habe? Ich arbeite lieber für den Rest meines Lebens bei Cooper's und bin bei dir, als meine Träume zu erreichen und ohne dich zu sein."

Ich lasse sie los. Ihre Worte sind genau das, was ich hören wollte, und ich widere mich selbst an. „Es tut mir Leid, Julia. Ich habe mich entschlossen. Ich wünsche dir alles Gute."

Sie sagt nichts. Ich drehe mich um und ihre Augen sind groß. Sie beißt sich auf die Lippen, schluckt einen Schluchzer hinunter. Sie packt die Tüte, die sie mir auf den Tisch gestellt hat, und schiebt sie zu mir. „Ich habe dir heute Mittagessen gemacht. Ich wollte dich überraschen, weil ich wollte, dass du weißt, dass ich mich um dein Wohlergehen sorge. Ich habe dir dein Lieblingssandwich gemacht, aber weißt du was?" Sie drückt mir die Tüte gegen die Brust, bis ich sicher bin, dass das Sandwich zerdrückt ist. „Ich hoffe, du erstickst daran, du charakterloses Arschloch."

Sie geht. Sie geht und kommt nicht wieder. Ich wirble sie herum und küsse sie, drücke sie – trotz der Tüte zwischen uns – an meine Brust, als wollte ich sie auf meinen Körper prägen. Sie stöhnt tief in der Kehle und wir küssen uns wie Verrückte. Wir können nicht aufhören, uns zu berühren, Hände sind überall: im Haar, Oberkörper hoch- und runterwandernd, Hüften und Ärsche packend. Unsere Münder sind verzweifelt und wir küssen und küssen uns, bis wir nach Luft schnappen müssen. Es ist der intensivste Kuss, den ich je erlebt habe.

Und ich will, dass er nie endet.

Ich sage immer wieder ihren Namen, aber nur in meinem Kopf. *Julia, Julia, Julia. Verlass mich nicht. Bitte verlass mich nicht.*

Der Kuss wird weicher, dann zieht sie sich zurück. Sie sieht mich mit müden, traurigen Augen an und vernichtet mich mit einem Kuss auf die Stirn. „Sei glücklich, Bastian", sagt sie leise.

Dann geht sie und schließt die Tür mit einem sachten Klick hinter sich.

Ich weiß nicht, wie lange ich da stehe und die geschlossene Tür anstarre. Ich höre mein Telefon klingeln, aber ich kann nicht abnehmen. Ich mache einen Schritt und höre ein Knirschen: Das Essen, das sie mir gebracht hat, liegt auf dem Boden, zermalmt und versaut. Ich hebe es auf und nehme es mit zu meinem Schreibtisch. Ich öffne es und ziehe ein zerdrücktes Sandwich in Folie und einen kleinen Beilagensalat heraus. Ich öffne das Sandwich langsam, und obwohl es zerdrückt, das Brot von den zermalmten Tomaten aufgeweicht und der Senf überall verteilt ist, beginne ich, es zu essen.

Es schmeckt nach Zuhause.

Es schmeckt nach Liebe.

KAPITEL VIERUNDZWANZIG

Julia

Die Zeit vergeht so langsam, dass es schmerzhaft ist. Ich kann mich kaum daran erinnern, welcher Tag ist, ob ich arbeiten muss, ob es einen Tag, eine Woche oder einen Monat her ist, seitdem Bastian mit mir Schluss gemacht hat.

Ich bin in einem Nebel. Ich verteile Pröbchen bei Cooper's und höre, dass Leute etwas zu mir sagen, aber ich registriere nichts. Ich bin ein Roboter, der sich nur bewegt, weil er weiß, dass er muss. Selbst wenn She-Hulk wütend wird, sage ich lediglich, dass ich mich bessern werde, und mache dann weiter.

Schließlich sagt Kevin nach der Arbeit, dass wir uns bei ihm zum Mädelsabend treffen: Mädchen-Filme, Eiscreme und keine Gespräche über Jungs. Ich will eigentlich heute Abend alleine sein, aber Kevin ist so besorgt, dass ich zustimme, kurz zu kommen. Es ist das Mindeste, was ich tun kann, da ich in letzter Zeit die unbrauchbarste Freundin überhaupt war.

Ich bringe ein paar Becher Ben and Jerry's zu Kevin mit. Er hat eine ganze Kollektion Mädchen-Filme, und obwohl er einige meiner Favoriten hat, klingt nichts ansprechend. Ich will keine Romanze schauen und ich will nicht darin erinnert werden, wie ich Bastian gesagt habe, dass ich ihn liebe und er es mir zurück ins Gesicht geworfen hat.

Wir haben seit jenem Tag im Büro nicht miteinander geredet. Einen Tag später hätte ich ihm fast geschrieben, dass ich nicht will, dass es vorbei ist. Später in der Woche, als ich mich betrunken hatte, war ich kurz davor, mir ein Taxi zu seinem Haus zu nehmen, doch Kevin stoppte mich. Ich war so verzweifelt, noch immer so in ihn verliebt, dass mich meine Würde nicht kümmerte. Ich wollte einfach nur bei ihm sein, die Dinge richtig stellen.

Kevin und ich machen es uns auf der Couch bequem und schauen *Schlaflos in Seattle*. Aber ich kann weder Tom Hanks noch Meg Ryan Aufmerksamkeit schenken. Mein Eis schmeckt nach nichts. Ich will einfach nur den Rest der Woche schlafen. Vielleicht den Rest des Jahres, denn vielleicht tut es dann nicht mehr so weh.

Jeden Tag geht es mir ein bisschen besser. Ich lächle hie und da und denke nur alle zwanzig Sekunden an Bastian statt alle zehn. Ich höre auch auf, jedes Mal nach ihm Ausschau zu halten, wenn ich arbeite, obwohl ein sehr dummer Teil von mir hofft, dass er wie früher nach Vitaminen sucht. Aber er kommt nie und ich verteile weiter wahllose Proben. Mein Leben ist fast genauso wie es war, bevor Bastian ein Teil davon wurde.Das einzige, was sich verändert hat, ist, dass meine Mom jemanden kennengelernt hat. Einen Kerl aus dem Fitnessstudio, in das sie neuerdings geht. Er erholt sich gerade von einer Krebserkrankung und irgendwie bringt er etwas Herzliches in meiner Mom zum Vorschein. Im Gegensatz zu mir ist sie glücklich. Ruhiger. Sie nimmt sich sogar Zeit, um nach meinem Wohlbefinden zu fragen. Ob ich glücklich bin. Ob ich jemanden kennengelernt habe. Doch leider muss ich unser Telefongespräch, natürlich mit tränenden Augen, abbrechen, aber nicht, ohne ihr zu versprechen, dass ich mich bald zurückmelden werde. Und das werde ich, sobald ich mich besser fühle, um über Bastian reden zu können. Bis dahin lasse ich sie die Zeit mit ihrem neuen Schönling genießen, während ich mich von meinem gebrochenen Herzen erhole.

Es ist fast Herbst und die Blätter werden bunter. Ich liebe diese Jahreszeit eigentlich, aber jetzt erinnert sie mich nur daran, dass Zeit vergangen ist ohne Bastian an meiner Seite. Ich klammere mich an meinen Pumkin Spice Latte, als ich zurück zur Arbeit laufe, und plötzlich hat mein Lieblingsgetränk so viel Geschmack wie Sand. Bevor ich reingehe, schmeiße ich den Becher in den Müll und schwöre, nie wieder einen zu trinken.

Einige Tage vor Halloween erklärt Kevin mir, dass wir tanzen gehen. Ich bin widerwillig, aber wenn man Kevin etwas zuschreiben kann, dann ist es Sturheit. Wir gehen in einen miesen Club Downtown und ich tanze die Nacht hindurch, fühle mich so frei wie seit Wochen nicht mehr.

Doch als ich danach, halb-betrunken, auf Kevins Couch liege, wiederhole ich Bastians Worte in meinem Kopf. *Um Himmels Willen, hör auf, so feige zu sein. Hör auf, auf Nummer sicher zu gehen. Du kannst zurück zur Schule gehen und deinen Abschluss machen und das Leben leben, für das du bestimmt bist.*

Diese Worte kamen in letzter Zeit immer öfter zu mir zurück. Ich habe mich bis vor kurzem geweigert, seinen Vorschlag in Betracht zu ziehen, doch manchmal will ich diesen nächsten Schritt machen. Aber als ich eine Neubewerbung recherchiere, scheint es so kompliziert, dass ich den Tab in meinem Browser schließe und schwöre, nie wieder danach zu suchen.

Als ich zur Decke starre, weiß ich, dass er recht hat. Ich hasse es, aber es stimmt. Der Grund, warum ich nicht zurück zur Schule bin, ist weder Zeit noch Geld noch irgendwas Pragmatisches: Ich habe Angst, ein zweites Mal zu versagen. Ich lasse mir von der Vergangenheit meine Zukunft diktieren und lasse zu, dass sich das, was passiert ist, im Rest meines Lebens ausbreitet. Ich fühle mich wie der größte Feigling, das College geschmissen zu haben und nie wieder zurückgekehrt zu sein, doch kann ich diesem dummen Fehler von vor fünf Jahren wirklich erlauben, mein restliches Leben zu beeinflussen?

Ich vertiefe meine Recherche der Neubewerbung. Ich schaue mir Deadlines an, den Zulassungstest und wo man Transkripte bestellen kann. Aber es fühlt sich nicht real an, bis ich mit dem Verfassen meines Bewerbungs-Essays beginne und die Gründe erkläre, warum ich zurückkehren will.

Ich zeige Kevin einen Entwurf, um seine Meinung zu hören. Er runzelt die Stirn, als ich ihm das Papier reiche, und macht wahllose Geräusche, während er liest. Dann liest er es erneut. Dann sieht er mich an, zieht die Augenbrauen zusammen und gibt mir die Seite zurück.

„Und?", frage ich ungeduldig. „Hast du irgendwelche Vorschläge oder wirst du weiter herumdrucksen?"

Er gibt ein weiteres „hmmmm"-Geräusch von sich, was mich dazu anleitet, ihn zu kneifen. Er kreischt. Dann gibt er mir das Papier und sagt ehrlich: „Das ist es überhaupt nicht."

Ich schaue auf das Stück Papier in meiner Hand. „Was meinst du? Ist es so schlecht?"

„Es ist überhaupt nicht schlecht. Es ist ein gutes Essay. Aber es ist nicht ehrlich." Kevin setzt sich in seinen großen, grünen Sessel im Wohnzimmer und ich setze mich ihm gegenüber.

„Hörst du endlich auf, in Rätseln zu reden, und sagst mir, was du wirklich denkst?" Ich weiß, ich klinge ungeduldig, aber das interessiert mich im Moment nicht.

„Du meidest vollständig darüber zu reden, was passiert ist, als du gegangen bist." Ich schweige beim Gedanken daran, wie schwach ich gewesen war. „Du weichst dem Thema die ganze Zeit aus, was nicht funktioniert. Es klingt, als würdest du etwas verstecken, obwohl es nichts gibt, wofür du dich schämen müsstest."

„Was soll ich sagen: Professor Macintosh wollte Sex mit mir, und als ich ablehnte, erzählte er, ich sei ein Nichtsnutz, und verbreitete Gerüchte, dass ich ihm im Tausch für gute Noten sexuelle Gefälligkeiten anbot? Ich habe keine Beweise. Himmel, sogar die Art, wie er mich anmachte, war eher stillschweigend als eine aufdringliche Einladung." Ich rolle das Papier in meiner Hand und bin unglaublich irritiert. „Toller Ratschlag, Kev. Soll ich vielleicht auch alle Namen aufschreiben, die auf der Verbindungshausparty gemein zu mir waren?"

Er rollt nur mit den Augen. „Du bist so verdammt dramatisch, obwohl ich die dramatischste Person in der Geschichte des Universums bin. Ich sage nicht, dass du jedes Details der Geschehnisse beschreiben sollst. Aber du musst erklären, warum du geschmissen hast. Nenne keine Namen, aber du kannst über das Mobbing und die ganzen Gerüchteschreiben. Darüber, dass du dich nicht dazugehörig fühltest, dass du Zweifel bezüglich deines Talents hattest. Sowas halt. Sei ehrlich, dass es ein Fehler war, deinen Traum aufzugeben. Sei ehrlich, dass du es verbockt hast und die Dinge richtig stellen möchtest. Wenn sie das nicht respektieren, dann scheiß auf sie."

Ich zerknülle das Papier fest zu einem Ball in meiner Faust. Ich habe Kevin gegenüber nicht erwähnt, dass ich gelogen habe: Das war nicht mein erster Entwurf, es war mein fünfter. Ich schrieb das Essay immer wieder neu, um es besser zu machen. Doch stattdessen fühlte sich jeder Entwurf schrittweise schlechter an, bis ich ihn auf unnütze Krümel reduziert hatte.

Am nächsten Samstagmorgen setze ich mich hin und beginne zu tippen. Mein Herz klopft, als würde ich in einem Gerichtssaal sitzen. Doch als die Wörter zu fließen beginnen, verfliegt auch meine Nervosität. Es ist so, als hätte mein Unterbewusstsein schon die ganze Zeit gewusst, dass ich ehrlich sein muss. Doch erst, als ich tatsächlich damit begann, hob sich auch die Bürde von mir.

Ich schreibe das Essay in zwei Stunden. Als ich fertig bin, schwitze ich und mein Herz klopft in meiner Brust, aber es ist ein gutes Gefühl. Eine Mischung aus Vorfreude und Beklommenheit, aber auch das Gefühl, wieder frei atmen zu können. Ich überfliege meine Worte. Versteht mich nicht falsch, sie machen mir Angst, aber Kevin hatte recht: Ich muss ehrlich sein. Ich drucke eine Kopie aus und bringe sie am nächsten Tag mit zu Cooper's.

Ich zeige sie Kevin in der Mittagspause und er wird still. Er durchkämmt die Seite und ich bin so nervös, dass ich auf und ab gehen muss. Ich habe mir einen Salat mitgebracht, kann aber keinen Bissen runterbringen. Immer wenn ich nervös bin, ist mein Appetit aus dem Fenster.

Nach einer gefühlten Ewigkeit hat Kevin immer noch nichts gesagt. Ich bin kurz davor wie ein kleines Kind mit meinem Fuß aufzustampfen und eine Antwort zu verlangen, als er aufsteht und mich umarmt.

„Das ist genau, was ist meinte", sagt er und zerknittert das Papier an meinem Rücken. „Wenn sie dich nicht nehmen, sind sie Idioten."

Ich sacke erleichtert zusammen, dann erwidere ich die Umarmung. „Danke. Das musste ich hören."

Wir umarmen uns noch einige Sekunden. Dann gibt Kevin mir das Essay zurück und sagte leise: „Übrigens, du hast ‚Verpflichtung' falsch geschrieben."

Ich kreische, sehe, dass er recht hat, und sage: „Danke Kevin. Fürs Briefelesen. Und dafür, dass du mein Freund bist."

„Gleichfalls, Julia."

Anfang November bin ich bereit, meine Bewerbung einzureichen. Ich bewerbe mich bei einigen guten Colleges, aber meine erste Wahl ich das College, das ich verließ. Ich habe überprüft, ob Professor Macintosh noch immer im Dienst ist, doch das ließ mich nur wieder an meine Vergangenheit denken. Ich sammle alle Materialien zusammen – Transkripte, Essays, Testergebnisse, Empfehlungsschreiben – und kann kaum glauben, dass ich das wirklich tue. Doch es fühlt sich auch an, als wäre es schon lange zu erwarten gewesen. Ich bewerbe mich fürs Frühlingssemester und sollte Mitte Dezember eine Antwort haben. Meine Hände zittern, als ich am Computer sitze und nach der Fertigstellung meiner Bewerbung auf ,abschicken' drücke. Dann atme ich tief durch.

Jetzt kann ich nur warten und versuchen, mich nicht damit zu befassen, was passieren oder nicht passieren könnte.

Danach fange ich an, nach einem neuen Job oder vielleicht einem Praktikum zu suchen. Ich kann nicht weiter bei Cooper's arbeiten. Damit kann ich zwar die Rechnungen bezahlen, aber es fühlt sich an, als würde ich mein Leben damit verschwenden, Kostproben zu verteilen. Und wenn ich zurück zur Schule gehe, kann ich genauso gut so viele Veränderungen in meinem Leben durchführen wie möglich, oder?

Als ich in dieser Nacht versuche zu schlafen, dominiert Bastian meine Gedanken. Wäre er stolz zu wissen, dass ich mich beworben habe? Manchmal will ich ihn anrufen und ihm sagen, was ich gemacht habe, ihm beweisen, dass ich nicht die pathetische Frau war, die er in mir sah. Aber dann entscheide ich, dass das nichts bringen würde. Er hat unsere Beziehung beendet. Ich werde nicht darum betteln, dass er mich zurücknimmt.

Ich rede mir ein, dass mich mein Stolz nachts warmhalten wird. Doch das hält mich nicht davon ab, mich nach Bastians Umarmung zu sehnen, wenn ich kalt und alleine im Bett liege.

KAPITEL FÜNFUNDZWANZIG

Bastian

Ich liebe diese Jahreszeit normalerweise: die bunten Blätter, die klare Luft, ja sogar den allgegenwärtigen Pumkin Spice. Doch dieses Jahr scheinen die Blätter dumpf zu sein und ich kann nicht einmal daran denken, den übersüßen Pumkin Spice Latte zu trinken, ohne ihn in den nächsten Mülleimer werfen zu wollen. Julia hatte immer davon gesprochen, wie sehr sie den Herbst liebt, und das ist alles, woran ich gerade denken kann.

Ich stehe an meinem Bürofenster und nippe an einer Tasse sehr schwarzem Kaffee. Da bemerke ich, dass ich Julia seit drei Monaten nicht gesehen habe. Drei lange, einsame Monate. Und obwohl ich seit dem einen Mal, als Julia sich um mich kümmerte, keinen großen Rückfall mehr hatte – mein Arzt erklärt es mit einem neuen Medikament, das ich nehme –, fühle ich mich vollständig ausgelaugt.

Ich war noch nie der Typ gewesen, über eine Frau zu trauern, aber bei Gott: Ich habe getrauert. Ich sehe sie überall und es macht mich wahnsinnig. Ich sehe sie jedes Mal, wenn ich meine

Garage betrete und meine Motorräder sehe, und obwohl ich meine Harley mittlerweile wieder vollständig repariert habe, weigere ich mich, mit ihr oder meiner Ducati auszufahren. Meine nächste Ausfahrt auf einem dieser Bikes soll mit Julia an meinem Rücken sein, doch trotzdem habe ich sichergestellt, dass das nicht geschehen wird.

Ich habe einen schrecklichen, schrecklichen Fehler gemacht. Ich weiß das jetzt.

Ich will Julia zurück.

Aber wie, wo ich es doch so versaut habe? Ich habe sie als Feigling bezeichnet und gesagt, dass ich nicht mit ihr zusammen sein kann. Bei der Erinnerung zucke ich zusammen. Ich wusste, dass ich ein Arschloch sein kann, aber das war definitiv der Höhepunkt des Arschlochseins gewesen.

Lucian klopft und tritt ein. Wir haben uns endlich mit Ryland Masters geeinigt, obwohl es ein teuflischer Kampf war. Obwohl Ryland nie mein größter Fan sein wird, haben wir einen gegenseitigen – und widerwilligen – Respekt entwickelt. Ich habe ihm gesagt, dass er sein Geld investieren könne, wie er es für angebracht hält, aber dass er mir wenigstens zuhören sollte, wenn ich genug Beweise vorbringe, dass ein Deal eine schlechte Idee ist. Zum Glück hatte das Geschäft seines Freundes einen tollen Start und der Ertrag seines Investments hat uns alle glücklich gemacht. Ich habe herausgefunden, dass Geld dazu neigt, das zu tun.

„Kommst du zum Mitarbeitertreffen?", fragt Lucian und stellt sich neben mich ans Fenster.

„Sofort."

Wir sagen eine Weile lang nichts, schauen nur nach unten auf die Straße. Ich sehe zu, wie eine Mutter ihr kleines Kind im Wagen schiebt, ein großer, wuscheliger Hund an ihrer Seite. Ich sehe einen alten Mann joggen und zwei Teenager, die vermutlich die Schule schwänzen. Als ich eine Frau mit dunkelblondem Haar sehe, setzt mein Herz aus. Aber es ist nicht Julia. Es ist nie Julia.

„Wie lange willst du noch damit weitermachen?" Lucians Stimme ist leise.

Ich sehe ihn nicht an, weiß aber genau, was er meint. Er hat nicht viel über mich und Julia geredet, aber er weiß, was passiert ist. Ein Teil von mir will seine Frage ignorieren, während ein anderer Teil ihm sagen will, dass ich ein Arsch bin und sie zurückhaben möchte.

Ich war noch nie so uneins mit mir selbst und ich muss sagen: Ich *hasse* es.

„Dir geht es bescheuert, Mann", fährt Lucian fort. „Ich habe dich noch nie so gesehen und ich habe dich am Boden gesehen, wenn du krank warst. Aber das ist anders. Du bist wie eine Hülle deines alten Selbst."

„Vielen Dank."

„Hey, du weißt, ich bin immer ehrlich. Ich dachte, du blickst vielleicht nach vorne. Aber wenn, dann blickst du nach hinten. Wie lange wirst du dich noch damit quälen, was du getan hast, anstatt es wieder gut zu machen?"

Ich schlucke einen Mundvoll heißen Kaffee. Er verbrennt mir die Zunge. „Wie kann ich es wieder gut machen?", frage ich leise. „Du hättest ihr Gesicht sehen sollen, Lucian."

„Oh, ich bin mir sicher, dass du sie so angepisst hast, dass sie dich von einer Klippe schubsen wollte. Aber wenn du sie liebst, kämpfst du um sie." Er sieht mich an und ich treffe schließlich seinen Blick. „Du sitzt nicht einfach nur da und heulst", fügt er hinzu.

Ich weiß, dass er recht hat. Ich habe nur herumgesessen und mir selbst leidgetan. Ich nehme noch einen Schluck Kaffee. „Was soll ich überhaupt zu ihr sagen?"

„Zuerst, dass es dir verdammt noch mal Leid tut. Erfinde keine Ausreden, versuche nicht, so zu klingen, als hatte sie Unrecht damit, sauer zu sein. Sag einfach nur, dass es dir Leid tut und du es verbockt hast." Er schiebt sich die Hände in die Taschen. „Du wirst dich vielleicht nicht unbedingt bei ihr beliebt machen, aber eine Entschuldigung – eine ehrliche – ist deine beste Chance."

Ich denke den ganzen Tag über Lucians Worte noch, bis in den Abend hinein. Ich denke den Rest der Woche darüber nach, bis Freitag. Ich bin entschlossen, Julia zu sagen, wie Leid es mir tut, was ich gesagt habe. Aber vor allem will ich ihr sagen, dass ich falsch lag. Dass ich sie zurück will. Wenn sie mir nur die Chance gibt.

Freitagnachmittag fahre ich zu Cooper's rüber, da ich weiß, dass Julia normalerweise Schicht hat. Es ist Mitte Dezember und es hat neulich geschneit. Der Himmel, grau und verschleiert, sieht nach mehr Schnee aus, aber selbst wenn ich bei Cooper's unter einem Meter Schnee feststecke, kümmert mich das nicht. Ich halte nach Julias Auto oder Fahrrad Ausschau, sehe aber weder noch. Ich betrete den Laden und stampfe den feuchten Schnee von meinen Stiefeln, bevor ich zur Vitaminabteilung laufe. Mein Herz klopft so schnell und ich schwitze so sehr, dass ich kurz davon bin, mir Schal und Jacke auszuziehen.

Als ich zu dem Stand komme, an dem Julia normalerweise arbeitet, sehe ich stattdessen einen Kerl, den ich noch nie zuvor gesehen habe. Ich schaudere. Vielleicht arbeitet Julia mittlerweile an einem anderen Stand? Ich beginne, mich umzusehen, klappere jeden Stand ab, aber keine Julia. Arbeitet sie heute nicht? Oder ist sie vielleicht krank? Ich hasse den Gedanken, dass sie alleine und krank zuhause ist. Ich will gerade in meinen Wagen steigen, um zu ihr zu fahren, als ich einen jungen Typen mit perfekt gegeltem Haar und einem pinken Schal über seiner Cooper's Uniform sehe.

„Du!", ruft er aus, als begegne er gerade dem Mörder seiner Mutter Angesicht zu Angesicht.

Ich schaudere noch mehr. „Kann ich helfen?"

„Was tust du hier? Wenn du nach Julia suchst, sie ist nicht hier." Der Typ schnaubt und versucht, an mir vorbeizugehen.

Aber er weiß, wo Julia ist! Ich bekomme ihn am Ärmel zu

fassen. Er sieht mich an, als sei ich das heimtückischste aller Insekten. „Wo ist Julia? Ist sie krank? Ich muss mit ihr sprechen."

Er schnaubt wieder. Dann bemerke ich sein Namensschild, auf dem KEVIN steht, und ich erinnere mich, dass Julia ihren besten Freund Kevin mehr als einmal erwähnt hat.

„Hör zu, ich muss mit ihr sprechen", sage ich. „Persönlich. Ich habe versucht, sie anzurufen, aber sie hat ihre Nummer geändert. Ich könnte zu ihr nach Hause fahren, aber das scheint anmaßend zu sein." Ich höre auf zu sprechen und merke, dass Kevin vermutlich keine Ahnung hat, was ich da von mir gebe.

Er zieht lediglich eine gezupfte Augenbraue nach oben. „Warum willst du mit ihr sprechen?"

Ich will ihm wirklich nicht mein Herz ausschütten, aber er sieht so aus, als würde er mir anderenfalls gar nichts erzählen. Ich fahre eine Hand durch mein Haar.

„Ich muss mich entschuldigen, okay? Weißt du, wo sie ist? Sonst gehe ich einfach zu ihr."

Ich laufe los, da Kevin nicht antwortet, doch er stoppt mich.

„Warte", sagt er. Ich halte an. „Sie arbeitet hier nicht mehr."

Da drehe ich mich um. „Sie arbeitet nicht mehr bei Cooper's?"

Er schüttelt den Kopf. „Nein. Sie hat Anfang des Monats gekündigt. Sie geht zurück auf die Uni und beginnt im neuen Jahr ein Praktikum." Er lächelt etwas traurig. „Ich werde sie vermissen, aber ich freue mich wirklich für sie."

Mein Herz klopft wieder. Julia geht zurück aufs College? Ich denke an das, war ich ihr an jenem Tag an den Kopf geworfen habe, und bin zwischen Stolz und Schuld hin- und hergerissen. Geht sie nur zurück, um zu beweisen, dass ich unrecht hatte? Hoffentlich nicht. Ich hoffe, sie geht, weil sie fühlt, dass es das Richtige ist.

Ich will gerade gehen, als Kevin sagt: „Sie ist nicht zu Hause. Nachmittags ist sie normalerweise in einem Café namens Irwin's." Er wippt auf seinem Absatz und fummelt an seinem Schal. „Sag ihr nicht, dass ich dir das gesagt habe, okay?"

Ich will Kevin umarmen, halte ihm stattdessen aber meine Hand hin. Er schüttelt sie. „Danke, Mann", sage ich.

Als ich weglaufe, realisiere ich, dass Kevin der Typ war, der vor Monaten Fotos von meinem Arsch geschossen hat. Ich schaue zurück und sage: „Ich hoffe, dir haben die Fotos von mir gefallen. Lass mich wissen, wenn du mehr brauchst."

Er wird purpurrot und trippelt dann davon, doch ich lache. Es interessiert mich nicht, wie viele Bilder Kevin von meinem Po gemacht hat: Ich werde Julia finden. Ich werde ihr sagen, wie sehr es mir Leid tut, wie sehr ich sie liebe und wie stolz ich auf sie bin.

Zurück in meinem Wagen schalte ich die Heizung auf Vollgas und realisiere, dass ich der Feigling war, nicht Julia. Sie hatte Angst gehabt, ihr Studium wieder aufzunehmen, ja, aber aus berechtigtem Grund. Ich dagegen? Ich hatte Angst, mich in jemanden zu verlieben, weil ich keine Last sein wollte. Ja, wenn man es genau nimmt, war meine größte Angst, mich von ihr abhängig zu machen – nicht nur von körperlicher Fürsorge, sondern ihrer Liebe und allem, was diese beinhaltet – und dann von ihr sitzengelassen zu werden, wenn sie sich entscheidet, dass ich den Ärger nicht mehr wert sei. Ich habe Julia weggedrückt, obwohl sie mir von Anfang an gezeigt hat, dass sie nicht diese Art von Mensch ist. Meine Ängste basieren lediglich auf eigenen Unsicherheiten.

Lucian hatte recht: Ich habe es tierisch verbockt. Und jetzt habe ich die Chance, alles wieder gut zu machen. Ich ziehe mein Handy aus der Tasche, suche nach Irwin's und tippe die Adresse ein. Ich frage mich, ob Julia überhaupt mit mir reden wird. Was, wenn sie mich zum Teufel schickt? Doch es spielt keine Rolle. Ich muss es versuchen. Herumzusitzen und sich selbst zu bemitleiden, wird die Sache nicht besser machen.

Ich parke vor Irwin's, als es beginnt zu schneien, und als ich Julias Wagen in der Nähe sehe, hebt sich mein Herz. Ich betrete den idyllischen kleinen Coffee Shop, der trotz des Wetters brummt, und sehe sie sofort. Sie sitzt in einer Ecke, mit Kopfhörern im Ohr, und arbeitet konzentriert an etwas. Sie ist wunderschön: Ihr Haar ist zu einem Knoten auf dem Kopf zusammengebunden, sie trägt einen schönen roten Pullover und glitzernde Ohrringe. Wie ein Weihnachtsgeschenk zum Auspacken.

Ich beobachte sie einige Momente und sauge sie einfach nur auf.

KAPITEL SECHSUNDZWANZIG

Julia

Ich schiele auf die Uhr an meinem Laptop: halb sieben. Ich seufze und betrachte das Dokument vor mir. Nachdem ich die Zusage für ein renommiertes Praktikum mit einem meiner liebsten Komponisten erhalten habe, muss ich nun verschiedene Arten Musik recherchieren, bevor mein Praktikum überhaupt beginnt. Ich genieße die Arbeit und es ist mehr als aufregend, wieder in den Groove zu kommen, aber ich bin angestrengt.

Nachdem ich bei Cooper's meine Kündigung mit zweiwöchiger Vorlaufzeit eingereicht habe, sprach She-Hulk kaum mit mir. Sie sah mein Gehen als eine Art Beleidigung ihr gegenüber, und wenn ich etwas falsch machte, schenkte sie mir einen furchterregenden Blick. Doch zu meiner Verwunderung was sie auch diejenige, die meine Abschiedsparty geplant hatte und währenddessen sogar ein paar Tränen verdrückte! Da soll mal einer mitkommen. Wir tauschten eine seltsame Umarmung aus und ich sagte ihr, in Kontakt zu bleiben, obwohl ich ehrlich hoffe, dass sie das vergisst. Denn mit She-Hulk Kaffee trinken zu gehen, klingt furchtbar.

Doch nichts davon spielt eine Rolle, wenn ich mich daran erinnere, dass ich zurück aufs College gehe. Das Musik College rief mich nur zwei Wochen nach meiner Bewerbung an – zwei Wochen! Ich bekam ein volles Stipendium und alles.

Danach bewarb ich mich für ein Praktikum, das ich erhielt, und seitdem scheint alles so perfekt, dass ich es kaum glauben kann. Ich muss zugeben: Ich warte irgendwie auf den Teppich, der mir unter den Füßen weggezogen wird, doch ich versuche, positiv zu bleiben. Sobald ich Zweifel habe, schreit Kevin mich an und sagt, dass er mir im Schlaf die Augenbrauen abrasieren wird, wenn ich zurückkomme.

Kevin ist verrückt genug, das zu tun.

Jetzt debattiere ich, ob ich mehr Kaffee will oder Feierabend mache. Ein extraheißer Cappuccino klingt allerdings großartig. Doch bevor ich irgendetwas tue, blicke ich von meinem Laptop hoch und sehe die letzte Person, die ich je in diesem Café erwartet hätte.

Bastian.

Er steht nur einige Meter von mir entfernt, trägt einen gutge-schnittenen Mantel und einen teuren Schal, Schneeflocken sprenkeln sein dunkles Haar. Er sieht noch genauso aus, aber auch anders. Er ist nicht so müde wie beim letzten Mal, als ich ihn gesehen habe, aber er sieht auch nicht so aus, als wäre er glücklich. Mein Herz schnürt sich zusammen, sodass ich nicht atmen kann. Ich nehme langsam die Kopfhörer ab und bin so sprachlos, dass ich ihn lediglich anstarre.

Schließlich stoße ich das erste aus, was mir in den Sinn kommt: „Was tust du hier?"

Er starrt mich an, seine Augen dunkel und unermüdlich. Ich habe das Gefühl, als blickten sie gerade durch mich hinweg, direkt in meine Seele, und ich weiß nicht, wie ich reagieren soll. Er hat mich so sehr verletzt, doch jetzt ist er zurück? Ich weiß nicht, was ich davon halten soll. Ich bin zwischen der Freude, ihn wiederzusehen, und dem Ärger, dass er es wagt, mich hier aufzusuchen, hin-und hergerissen. Oder ist es nur ein Zufall?

Er setzt sich nicht. Stattdessen sieht er mich an und sagt unverblümt: „Ich will dich zurück, Julia."

Ich blinzele. Ich sehe, dass einige Leute uns anstarren, und will Bastian gerade sagen, sich zu setzen, als er einen Stuhl zu sich zieht und sich hinsitzt. Er scheint nervös zu sein, doch auf der anderen Seite war er nicht nervös genug, um etwas Draufgängerischeres wie ‚Ich will dich zurück' zu sagen.

Ich klappe meinen Laptop zu und versuche, Worte zu bilden. Ein Teil von mir will ihm den Kaffee ins Gesicht schütten, während ein anderer Teil vor Freude zittert. Gott, bin ich so leicht zu haben? Er entschuldigt sich nicht mal, sagt bloß, dass er mich zurück will, und ich werfe mich ihm in die Arme?

Ich muss hier raus. Ich beginne, meine Sachen einzupacken, es stört mich nicht, dass ich Papiere zerknittere und Kabel verheddere.

„Hast du mich gehört?", fragt er. „Ich will dich zurück. Ich vermisse dich mehr, als ich mir jemals vorstellen konnte."

Ich schließe meine Tasche und reiße meinen Schal von meiner Stuhllehne. Ich suche nach meinem Mantel, erinnere mich dann daran, dass ich ihn vorne aufgehängt habe. „Das ist schön. Aber ich bin nicht interessiert." Ich nehme meine Sachen und laufe nach draußen.

Wie kann er es wagen, hier aufzutauchen und so zu tun, als wäre alles in Ordnung? Was für ein arrogantes, selbstsüchtiges, idiotisches Stück Scheiße...

„Julia! Warte!"

Er packt mich am Arm, als wir die Tür erreichen. Ich bemerke, dass ich meinen Mantel vergessen habe, also schüttele ich ihn ab und nehme meinen Caban vom Jackenständer. Einige Leute beobachten uns und ich will einfach nur weg. Als Bastian nicht geht, drehe ich mich zu ihm und sage leise: „Lass mich alleine, okay? Lass mich einfach alleine. Du hast mein Herz einmal gebrochen. Ich habe nicht die Absicht, dir die Möglichkeit ein weiteres Mal zu geben."

Ich stapfe aus dem Café. Ich sehe zu den schnell fallenden Schneeflocken nach oben und bemerke, dass ich vermutlich mein Auto freischaufeln muss. Ich fluche leise. Natürlich ist mein Wagen in Schnee vergraben, wenn ich von Bastian Rich wegkommen muss! Ich höre, dass er mir folgt, und will mich gerade umdrehen und ihn in den Schnee schubsen, als er meine Schulter berührt.

Ich bleibe stehen, drehe mich aber nicht zu ihm um. Stattdessen starre ich in die Ferne.

„Ich habe dich gesehen und konnte mich nicht davon abhalten, dir zu sagen, wie sehr ich dich zurückwill. Aber deshalb bin ich nicht hier. Zumindest ist das nicht der Hauptgrund."

Ich beginne zu schmelzen wie die Schneeflocken auf meinen Wangen. Ich sollte ihm nicht zuhören, doch seine Stimme ist flehend genug, dass ich ihn anhören möchte. Schließlich sehe ich ihn an und seufze. „Fein. Du bekommst aber nur fünf Minuten."

Er führt mich zu seinem Wagen und ich bin dankbar, denn es ist noch immer ein bisschen warm darin und er ist nicht unter Schneemassen vergraben. Bastian schaltet den Motor ein und dreht die Heizung auf Vollgas, die Scheibenwischer schieben den Schnee von der Scheibe. Wir sagen einen Moment lang nichts.

„Ich habe dich gesucht", sagt er, ohne mich anzusehen. „Bei Cooper's. Als ich dich dort nicht gefunden habe, hatte ich Angst, du wärst krank zuhause."

„Nein, ich arbeite dort nicht mehr."

„Das hat mir Kevin erzählt. Auch, dass du zurück zur Uni gehst." Er dreht sich nun zu mir, und als sich unsere Blicke treffen, zischen Stromschläge durch meinen Körper. „Ich bin so stolz auf dich. Das ist ein großer erster Schritt. Du wirst die Frau sein, von der ich immer wusste, dass du sie sein könntest."

Ich bin sowohl geschmeichelt als auch genervt. Meine

Genervtheit gewinnt dieses Mal. „Das ist eine andere Meinung als letztes Mal. Da hast du mich, korrigiere mich, wenn ich falsch liege, einen Feigling genannt, nicht wahr? Ich hatte zu viel Angst, zu tun, was ich wollte. Ja, ich sehe, dass du dich erinnerst. Aber es scheint so, als hättest du falsch gelegen."

„Ich hatte unrecht", antwortet er sofort. „Das ist der wahre Grund, warum ich hier bin: Um dir zu sagen, wie falsch ich lag und wie sehr es mir Leid tut. Es tut mir so, so Leid. Ich hab's verbockt, Julia. Ich habe dich als Feigling bezeichnet, aber weißt du, was ich herausgefunden habe?" Ich schüttele den Kopf und er lacht kurz. „Du bist kein Feigling, sondern die mutigste Person, die ich kenne. *Ich* bin der Feigling. Und deshalb habe ich dich verloren."

Das Eis um mein Herz schmilzt noch immer und seine Entschuldigung hinterlässt einen ernsthaften Eindruck. Ich will es nicht. Gott, ich will es nicht, aber ich hatte bezüglich dieses Mannes nie viel Selbstkontrolle. Und trotz allem liebe ich ihn noch immer.

„Ich war ein Feigling", fährt er fort,„weil ich dachte, du verdienst einen besseren Mann. Ein Mann, der nicht krank ist und um den du dich nicht kümmern müsstest. Der Gedanke daran, dass du dein Leben für mich aufschiebst? Ich konnte ihn nicht ertragen. Also habe ich dich weggestoßen." Er blickt in die Ferne in den fallenden Schnee. „Ich erwarte nicht, dass du mir vergibst, aber ich musste dir sagen, wie sehr mir Leid tut, was ich getan habe."

Auch ich blicke gen Horizont und beobachte die Schneeflocken. Ich atme schwer und kann den Druck der Tränen auf meinen Augen spüren. Ich will weinen – für mich, für Bastian, für uns – und die Verzweiflung in seinen Worten zerstört langsam die letzte Mauer um mein Herz.

Ich sage leise: „Auf eine Weise hattest du recht."

Er sieht mich an.

„Ich hatte Angst. Ich hatte solche Angst, erneut zu versagen, dass ich bei einem Job blieb, den ich hasste, und in einer Wohnung lebte, die ich hasste, und mir ging es furchtbar, aber ich war sicher. Du hast mir geholfen, das zu realisieren – auch wenn es mich unglaublich wütend gemacht hat." Ich lächle. „Also entschied ich, dir ein großes Fuck you zu schenken und zurück zur Uni zu gehen. ‚Das wird zeigen, wie falsch Bastian lag.' Aber ich weiß, dass du recht hattest. Am Ende waren wir beide Feiglinge, nicht wahr?"

Sein Blick wandert über mein Gesicht, saugt mich auf, und ich tue dasselbe. Ich muss ihn berühren, kann es aber nicht zulassen. Noch nicht.

„Ich gehe im Frühling zurück zur Uni", sage ich, denn ich weiß, dass Bastian etwas sagen wird, was er nicht zurücknehmen kann. „Ich ziehe weg von Rutherford. Ich muss hier weg. Ich war nie dazu bestimmt, hier zu enden und alten Männern im Cooper's Wattestäbchen auszuhändigen." Meine Stimme wird lauter und ich merke, dass ich fast schreie. Ich atme tief durch. „Es tut mir Leid, Bastian."

„Was?"

Ich schüttele den Kopf. „Ich weiß es nicht. Einfach alles. Auch wenn wir die Sache wieder hinkriegen würden…" Ich schüttele erneut den Kopf. „Es spielt keine Rolle. Dein Job ist hier in Rutherford, deine Familie und Freunde – alles."

Er sagt nichts und ich weiß, dass ich recht habe. Er wird seinen Job nicht aufgeben, um mir zu folgen. Was sollte er? Nur weil wir tollen Sex hatten und Gefühle füreinander entwickelt haben, bedeutet das nicht, dass er alles aufgeben wird. Ich lehne meinen Kopf an den Ledersitz und seufze.

Dann nimmt Bastian meine Hand. Ich drehe mich zu ihm und sein Blick lässt mich nicht los.

„Julia", murmelt er. „Gott, Julia, ich liebe dich so sehr. Ich kann nicht ohne dich leben." Ich zittere und er hält meine Hand fester. Die Liebe in seinem Blick lässt meine Tränen überfließen. „Es macht nichts, wohin du gehst. Wir kriegen das hin. Wir führen eine Fernbeziehung, ich fahre jedes Wochenende zu dir. Die Logistik spielt keine Rolle." Er atmet tief durch. „Gibst du mir noch eine Chance?", fragt er weich. „Oder ist es wirklich vorbei?"

Nein, es ist nicht vorbei, will ich schreien. Ich will ihn bitten, bei mir zu sein. Ich kann mich nicht bewegen. Ich kann nicht glauben, dass er mich so sehr will. Doch als ich seine Augen ansehe und die Wahrheit in ihnen finde, weiß ich, dass ich sie nicht ignorieren kann.

Er liebt mich. Ich schluchze, als ich das realisiere.

Ich lehne mich an ihn und drücke meine Stirn an seine. „Ich verehre dich, Bastian Rich", flüstere ich. „Du bist meine wahre Liebe, und obwohl ich dich schütteln will, bis dir die Zähne ausfallen, will ich lieber mit dir zusammen sein." Ich seufze. „Alles daran macht mir Angst, du weißt das, oder? Ich habe dir am Anfang gesagt, dass ich eine zwanglose Beziehung führen möchte, aber ich weiß, dass ich das nicht kann. Ich habe mich in dich verliebt, als du Cooper's zum ersten Mal betreten hast."

Er lächelt. „Ich habe mich verliebt, als ich dir zugesehen habe, wie du versucht hast, den Typen davon abzuhalten, alle Chicken Wings zu essen."

Ich lache und schluchze. Dann lehne ich mich zurück und wische mir die Augen. „Bist du dir sicher? Ich werde Vollzeit aufs College gehen und mein Praktikum absolvieren. Ich weiß nicht, ob du mich oft sehen wirst."

Sein Lächeln ist so strahlend, dass es meinen ganzen Körper erleuchtet. „Solange ich dich sehen und deine Stimme hören kann. Sonst interessiert mich nichts. Du hast mich zu einem besseren Menschen gemacht, Julia. Ein Mann, der wieder daran glaubt, es wert zu sein, geliebt zu werden."

Ich kann nicht länger. Mit zitternder Stimme sage ich: „Küss mich, Bastian."

Er knurrt tief hinten in seiner Kehle. „Mit Vergnügen."

Er umfasst mein Gesicht und streichelt seinen Daumen über

meine Wange, während er mich küsst. Ich stoße ein Geräusch aus, das sich irgendwo zwischen Stöhnen und Schluchzen befindet, als sich unsere Lippen treffen. Es ist ein Nach-Hause-Kommen und darauf habe ich die ganze Zeit gewartet. Obwohl ich wütend war, wollte ich immer, dass er zu mir zurückkommt. Sein Mund ist weich und suchend und es ist eine Kommunion der pursten Art von Liebe. Ich kralle mich in seine Schultern, weil ich befürchte, sonst im Sitz dahinzuschmelzen.

Er sagt meinen Namen wieder und wieder. Ich küsse sein Gesicht, seine Nase, sein Kinn und er wiederholt das gleiche bei mir. Wir lachen beide. Ich habe nie jemanden mit so viel Freude geküsst. Ich will gerade vorschlagen, auf den Rücksitz zu klettern, um den Kuss etwas auszudehnen, als ein Cop an das Fenster der Fahrerseite klopft.

Ich springe auf. Bastian zieht sich zurück und fummelt am Fensterknopf herum. Als das Fenster herunterfährt, sagt er: „Wie kann ich Ihnen helfen, Officer?"

Der Cop beäugt uns, als versuche er herauszufinden, was genau wir gemacht haben. Ich werde rot und versuche, mich nicht so zu verhalten, als wären wir gerade kurz davor gewesen, im Wagenhinteren Sex zu haben.

Dann zuckt der Cop mit den Schultern. „Der Sturm wird schlimmer. Ihr zwei solltet schauen, dass ihr nach Hause kommt. Es ist eine Warnung draußen."

„Danke für die Info", sagt Bastian. „Wir schauen, dass wir bald loskommen."

Der Cop nickt und geht zurück zu seinem Fahrzeug. Als ich die Windschutzscheibe sehe, platze ich lachend los: Sie ist vollständig beschlagen und das hätte der Cop sehen müssen.

„O mein Gott!", sage ich, noch immer lachend. „Hast du das Gesicht gesehen?" Ich wische mir die Augen und blinzele zur beschlagenen Scheibe. „Ich habe das Gefühl, hier sollte ein Titanic-Witz folgen. Aber mein Gehirn ist so matschig, dass ich auf keinen komme."

„Ich würde lieber nicht in eiskaltem Wasser ertrinken, wenn das für dich alles dasselbe ist."

Ich grinse. „Ich würde meine schwimmende Tür mit dir teilen, Bastian Rich."

„Du bist zu liebenswert." Er schaltet den Wagen an. „Lass uns hier wegkommen. Wir holen deinen Wagen morgen."

„Abgemacht."

Er küsst mich erneut, und während der Schnee um uns weiterfällt, weiß ich, dass ich die richtige Entscheidung getroffen habe.

Bastian ist der einzige Mann für mich.

EPILOG

Bastian

Fast zwei Monate sind vergangen, seitdem Julia und ich wieder zusammen gekommen sind. Seit dem Abend bei Irwin's sind wir unzertrennlich, obwohl sie sich immer noch weigert, bei mir einzuziehen. Ich verstehe das: Sie will unabhängig sein und niemanden haben, der sich um sie kümmert. Ich habe sogar vorgeschlagen, sie könnte mir Miete bezahlen (naja, könnte sie, aber ich würde sie nicht akzeptieren), aber sie blieb stur.

Das hält uns nicht davon ab, uns so oft wie möglich zu sehen. Sie geht Vollzeit zur Uni und arbeitet als Praktikantin bei einem Komponisten und ich habe mein Unternehmen. Doch wir verbringen jegliche freie Zeit miteinander. Ich hätte nie gedacht, eine Frau zu finden, die mich so fasziniert wie Julia. Seitdem sie wieder studiert, ist sie aufgeblüht und ich habe sie sogar dazu gebracht, für mich zu spielen. Ihre Stimme ist exquisit, genau wie ich sie mir vorgestellt habe. Ich habe gesagt, dass ich vorhabe, sie Declan Kiss vorzustellen, wenn sie bereit ist, um zu sehen, ob er daran interessiert wäre, sie zu vertreten. Doch sie ist stur und sagt, sie wolle sich selbst darum kümmern. Ich bin mit ihrer Antwort für den Moment einverstanden, weil sie noch nicht einmal ihr Studium beendet hat, doch ich säe bereits meine Samen. Declan ist interessiert und wenn sie bereit ist, bringe ich sie zusammen.

Es gibt eine Sache, die ich ihr nicht erzählt habe – und womöglich niemals erzählen werde. Ich hatte einen kleinen Plausch mit Professor Macintosh, der leugnete, die Gerüchte über Julia vor all den Jahren verbreitet zu haben. Also machte ich ihm mehr als deutlich, dass es in seinem Interesse sei, sich von Julia fern zu halten und seine gehegten Absichten zu vergessen, ihr Talent noch einmal in Frage zu stellen. Einige Monate später reichte er seine Kündigung ein, was Julia nicht einmal erwähnte. Es gefällt mir, dass sie so auf ihr Studium und ihre Zukunft fokussiert ist, dass sie an Macintosh keinen einzigen Gedanken mehr verschwendet.

Valentinstag kommt näher. Ich beende meine Freitagnachmittagsarbeit und nehme einen Anruf von Ryland Masters an. Seine Investition stellte sich als Erfolg für uns alle heraus und wir sind nun meistens zivilisiert einander gegenüber. Ich versuche mein Bestes, Julia in seiner Gegenwart nicht zu erwähnen, doch wenn er mich aufregt, erwähne ich sie nebenbei. Julia hat mir gesagt, ich sei kleinlich, aber sie lächelt jedes Mal.

„Ein Meeting am Dienstag geht in Ordnung. Ja, wir können uns dein Portfolio ansehen." Ryland fragt, ob ich sein Portfolio schon am Wochenende besprechen kann. Ich schüttele den Kopf. „Ich habe Pläne am Wochenende – du weißt schon, Valentinstag." Ryland wird still und ich fühle mich ein bisschen schuldig, aber nur ein bisschen.

„Naja, wann auch immer du Zeit hast", sagt er schließlich und klingt etwas eingeschnappt.

„Mach ich. Bis später. Bye."

Ich schiele auf meine Uhr und sehe, dass es fast fünf ist. Ich gehe besser los, bevor der Verkehr zu schlimm wird, sonst sind meine Pläne im Eimer. Und heute Abend muss perfekt werden.

Ich werde Julia beim Abendessen einen Antrag machen. Ich werde den Ring abholen, bevor ich nach Hause gehe, um mich umzuziehen, und sie dann bei ihr zuhause abholen. Zum Glück haben wir einen Kompromiss in unserer Wohnsituation erreicht, sodass sie auf dem halben Weg zwischen Rutherford und ihrer Uni wohnt. Ihr gefällt die Stadt und mir gefällt die Idee, dort ein Haus für uns beide zu finden.

Ich stecke meine Papiere in die Aktentasche, nehme mein Handy und verlasse das Büro, nicht ohne Holly und Lucian zuzuwinken. Wenn ich es nicht besser wüsste, würde ich denken, die zwei hätten was am Laufen, aber meine eigene Beziehung nimmt mich zu sehr in Anspruch, um darüber weiter nachzudenken. Julia denkt, die beiden wären perfekt füreinander. Jetzt, da sie die Liebe gefunden hat, ist sie im Verkupplungsfieber.

Ich hole die Rosen beim Floristen und dann den Ring ab. Es ist kein riesiger Diamant, sondern ein bemerkenswerter, wunderschöner Smaragd. Julia hat mir einmal erzählt, dass sie farbige Steine bevorzugt, also habe ich den Smaragd für sie ausgewählt. Ich denke, der passt perfekt zu ihr. Nachdem ich den Juwelier bezahlt habe, mache ich mich auf den Weg nach Hause, um mich umzuziehen, bevor ich zu ihr fahre.

Obwohl ich ihren Schlüssel – und sie meinen – habe, klingle ich noch immer an der Tür. Ich will, dass es sich wie ein Date anfühlt. Außerdem war sie nicht angezogen, als ich das letzte Mal hineinplatzte und sie sich als Ergebnis fast für die ganze Nachbarschaft entblößte. Mich hat es nicht gestört, aber sie war nicht allzu glücklich darüber.

Ich warte mit Rosen in den Händen. Endlich öffnet sie die Tür, ein wunderschönes Lächeln im Gesicht. Sie keucht, als sie die Rosen sieht. „Sie sind wunderschön!" Sie nimmt sie mir ab, küsst mich und geht dann in die Küche, wo sie eine Vase aus dem

Schrank zieht. „Und du hast dran gedacht, dass ich weiße Rosen liebe!"

Der Florist hatte mir nicht geglaubt, als ich nur weiße Rosen bestellt habe, vor allem da doch rote Rosen die traditionelle Wahl für Valentinstag sind. Doch auch wenn Julia Pusteblumen aus dem Nachbarort gewollt hätte, hätte ich ihr diese gepflückt.

Ich ziehe sie an mich, küsse ihren Nacken und rieche an ihrem Haar. Sie trägt ein aufreizendes, weißes Kleid, das zu den Rosen passt. Ich frage mich, ob das Restaurant verärgert wäre, wenn wir zu spät kämen…

Julia stellt die Rosen ins Wasser und arrangiert sie, bevor sie sich zu mir dreht. „Fertig? Ich verhungere! Wo gehen wir hin?"

„Das ist eine Überraschung", sage ich.

Ich lade sie ins Tapas-Restaurant ein, wo ich mich für mein Untertauchen vor vielen Monaten entschuldigt hatte. Ihre Augen werden weit, als sie bemerkt, was ich getan habe.

„Ich hoffe, du musst dich für nichts entschuldigen", sagt sie und hebt eine blonde Braue.

„Nicht, dass ich wüsste. Außerdem bin ich mir sicher, dass du mir sagen würdest, dass ich mich nicht zu entschuldigen brauche."

Sie kichert, als wir uns setzen. „Du kennst mich so gut."

Es ist kaum zu glauben, dass ich jetzt mit Julia hier bin, sie lachen und reden sehe, während die Kerzen sie glühen lassen. Ich habe nicht nur die Liebe meines Lebens gefunden – mein Lupus ist mal wieder in Remission. Es gibt keine Garantie, dass er nicht zurückkommt, doch ich bin hoffnungsvoll, und so auch mein Arzt. Julia stellt außerdem sicher, dass ich richtig esse und genug Schlaf bekomme – naja so viel Schlaf man eben bekommen kann, wenn man einfach jede Nacht mit seiner Freundin Liebe machen will – und wir gehen gemeinsam ins Fitnessstudio. Sie in meinem Leben zu haben, hält mein Stresslevel unten, was mich länger in Remission bleiben lässt.

Es ist kitschig, aber Julia ist mein Engel, der immer auf mich aufpasst. Ich hoffe nur, dasselbe für sie tun zu können.

Wir essen und reden und trinken Sangria. Ich merke, dass draußen Schnee fällt, und die gesamte Szene wird noch magischer. Ich füttere Julia Tapa-Stückchen, und obwohl sie rot wird und lächelt, nimmt sie die angebotenen Bissen und leckt meine Finger sicher mehr als einmal.

Während wir auf die Rechnung warten, weiß ich, dass die Zeit gekommen ist. Ich kann spüren, wie der Ring ein Loch in meine Tasche brennt. Meine Nerven sind angespannt und ich bin überrascht, wie nervös ich bin. Ich bin mir sicher, dass sie ja sagen wird, aber dennoch ist das ein großer Schritt. Doch als ich sie ansehe, weiß ich, dass es der richtige Schritt ist. Ich kann mir nicht vorstellen, eine andere Frau zu heiraten.

Ich stehe auf und Julia sieht mich an. „Wo gehst du hin…?" Sie keucht, als sie bemerkt, dass ich mich vor ihr hinkniе.

Ich nehme ihre Hand, den Ring in der anderen. „Julia Louise Rominger", sage ich leise. „Ich hoffe, du weißt, wie sehr ich dich liebe. Ich liebe dich zum Mond und wieder zurück. Ich wünschte, ich könnte dir mit ein paar kunstvollen Metaphern sagen, wie sehr ich dich liebe, aber ich bin nicht der Typ dafür." Sie zittert ein bisschen und ich drücke ihre Finger. Dann öffne ich die Box mit der rechten Hand und nehme den Ring heraus. Er blinkt im Kerzenlicht.

„Oh, Bastian", murmelt sie.

„Ich verehre dich, Julia. Willst du mir die Ehre erweisen und meine Frau werden? Willst du mich heiraten?"

Sie weint jetzt und wischt sich Tränen aus dem Gesicht. Dann nickt sie, bevor sie ihre Arme um mich legt und fest drückt. Sie flüstert immer wieder *ja* an meinem Hals und ich halte sie fest. Ich bemerke nicht einmal, dass das ganze Restaurant applaudiert oder dass ich noch immer den Ring halte. Als Julia sich zurückzieht, um ihre Augen erneut zu wischen, nehme ich ihre linke Hand und platziere den Ring an ihrem Finger.

„Er ist wunderschön. Ich liebe Smaragde. Ich liebe ihn. Ich liebe dich!" Sie küsst mich und lacht. „Ich werde Mrs. Julia Rich sein!"

Das Restaurant applaudiert wieder und wir bekommen einen Glückwunschkuchen von der Belegschaft.

Ich interessiere mich nicht für den Kuchen. Ich will Julia einfach nur nach Hause bringen und dort Liebe mit ihr machen, während sie meinen Ring trägt.

Ich trage sie quasi ins Haus, als wir ankommen, und wir küssen uns die ganze Zeit. Als ich die Vordertür schließe, öffnet sie gerade meinen Gürtel. Ich versuche, den Reißverschluss an ihrem Kleid zu finden, und fluche, als er steckenbleibt. Sie lacht und öffnet das Kleid selbst. Sie trägt einen weißen Spitzen-BH samt Höschen und ich sabbere fast. Ich kann sehen, dass sie bereits feucht ist, und das macht mich nur noch wilder.

Wir rennen nach oben, streifen die letzten Kleidungsstücke ab, bis wir vollkommen nackt sind. Ich spiele mit ihren Brüsten, küsse sie dazwischen. Ich lecke sie, schmecke Salz und Rosen. Dann wandere ich nach unten, wo ich mein Gesicht in ihrer glatten Möse vergrabe. Sie wölbt sich und stöhnt, ich muss ihre Hüften festhalten. Ihre Klitoris schwillt unter meiner Zunge an. Ich lecke und sauge und gerade, als sie kurz davor ist zu kommen, stoppe ich.

„Bastian", wimmert sie mit begieriger Stimme. „Ich war so nah. Bitte…"

Ich spreize ihre Beine weiter und setze mich dazwischen. Ich küsse sie und sie stöhnt, besonders als mein Schwanz ihr empfindliches Fleisch berührt.

„Geduld ist eine Tugend", sage ich.

Sie flucht nur.

Aber auch ich verliere die Kontrolle. Sie ist zu heiß, zu feucht, zu sexy und zu umwerfend und ich kann den Ring im Licht glitzern sehen. *Meine Verlobte, meine zukünftige Ehefrau.*Der Gedanke erregt mich noch mehr und ich stoße komplett in sie hinein, meine Lende ist an sie gepresst.

Sie schlängelt sich, spielt mit ihren Brüsten. Dann öffnet sie die Augen, ihr Blick ist starr, als ich sie ficke. Ich Brüste wippen und ich packe ihre Beine, um mir selbst etwas Balance zu verschaffen. Ich weiß, dass ich jetzt nah dran bin: Ich kann das vertraute Kribbeln spüren, das in meinem unteren Rücken seinen Mittelpunkt hat. Ich stoße härter, pralle jedes Mal an ihrer Klitoris ab.

Sie wirft ihren Kopf zurück. Sie stöhnt. Und gerade, als sie ihre Nippel kneift und ich mich nach vorne lehne, um sie in den Nacken zu beißen, kommt sie. Ich kann die Wellen an meinem Schwanz spüren und dann komme ich mit ihr. Ich explodiere. Ich stöhne, laut und lang, und leere mich in ihr. Der Geruch nach Sex und Schweiß erfüllt den Raum und es ist eine berauschende, erotische Kombination.

Stunden später sind wir erschöpft. Ich habe aufgehört zu zählen, wie viele Orgasmen wir jeweils hatten. Meine Glieder fühlen sich an, als wären sie kurz davor, abzufallen, doch es ist eine gesättigte Art der Erschöpfung. Ich lege mich in Löffelchen-Stellung hinter sie und streiche ihr Haar von der Schulter, küsse ihren Nacken.

Dann lacht sie.

„Was ist so lustig?", frage ich verwirrt.

Sie versucht, die Frage zur Seite zu schieben, doch ich bin hartnäckig. Endlich seufzt sie und gibt zu: „Ich habe gerade daran gedacht, wie Kevin dich immer genannt hat. ‚Big Sexy'. Du warst im Cooper's, hast so sexy ausgesehen wie nichts und niemand sonst und der beste Moment meines Tages war, dich und deinen Arsch abzuchecken."

Ich wusste, dass Kevin Bilder von mir gemacht hat, aber das habe ich nicht gewusst. Ich bin etwas beschämt, aber auch geschmeichelt.

„Und was denkst du jetzt von mir? Bin ich immer noch Big Sexy?"

Sie rollt sich zur Seite und seufzt glücklich. Dann schielt sie nach unten. „Oh ja, du bist definitiv immer noch big. Und sexy."

Ich lache, halte sie dann an den Handgelenken und knurre zum Schein. „Ich zeige dir genau, wie big und sexy ich sein kann."

„Versprechen, Versprechen, Mr. Rich."

Ich lasse meine Lippen über sie gleiten, vergrabe mein Gesicht in ihrem Nacken und atme ihren berauschenden Duft ein. Das Wissen genießend, dass ich reich bin. Ich habe Julia, den größten Schatz auf Erden.

Vielen Dank, dass Sie " **Küss mich besinnungslos** " gelesen haben.

Wenn es Ihnen gefallen hat, Zeit mit diesen Figuren zu verbringen, schauen Sie sich auch die anderen Bücher dieser Serie sowie meine weiteren sexy, zeitgenössischen Romanzen an!

Mit dem falschen Bruder im Bett (Mit den Junggesellen, Band 1) - Im Folgenden finden Sie einen Auszug zum reinschnuppern. Viel Spass!

Und haben Sie eigentlich schon mit den O'Neill-Brüdern Quinn, Conor, Brady, Riley und Sean Bekanntschaft gemacht?

Fünf sexy Brüder ziehen in die kalifornische Idylle. Finde Dein nächstes Lieblingsbuch! **Die Serie, Heimkehr nach Green Valley**

Ein Newsletter speziell für meine deutschen LeserInnen.

Erfahren Sie alles über Neuerscheinungen und Geschenkaktionen! http://virnadepaul.com/deutsch-newsletter/

Schließen Sie sich unserer Facebookgruppe "Deutscher Buch-Harem" in der wir über Bücher und die Charaktere darin diskutieren. Außerdem gibt es tolle Geschenke!

MIT DEM FALSCHEN BRUDER IM BETT
(MIT DEN JUNGGESELLEN, BAND 1)

Mit dem falschen Bruder im Bett (Mit den Junggesellen, Band 1)

Nach dem Zerbrechen einer Beziehung gelingt es Melina, ihren Kumpel Max aus Kindertagen zu überreden, sie in der Kunst der Leidenschaft zu unterweisen. Doch Melina erlebt eine Überraschung, als Max' Zwillingsbruder Rhys unerwartet auftaucht und diese Herausforderung annimmt.

Da die Geschichte, die in Kalifornien spielt, sowohl heiß und hitzig als auch herzerfrischend zur Sache geht, wird sie mit HHH (Heat & Heart & HEA = Happily Ever After) bewertet, das heißt, sie garantiert auch ein glückliches Ende. Die vor Erotik knisternde Verwechslung im Bett umfasst charmante eineiige Zwillingsbrüder, frivole Lehrstunden, freche Wortspielereien, leichte Fesselungen, eine anziehende, jedoch schüchterne Hauptperson, die irrtümlich meint, langweilig zu sein, und einen Zauberer als Hauptfigur, der entschlossen ist, zu beweisen, dass das Mädchen seiner Träume alles hat, was er jemals brauchen wird.

Prolog

Daltons Zauberregel Nr.1:
Gib niemals deine Geheimnisse preis!

„Hey, Marienkäferchen!"

Die vierzehnjährige Melina Parker zuckte beim Klang von Rhys Daltons Stimme so zusammen, dass die Eidechse auf ihrer Hand sich eilig davonmachte. Als Melina aufstand, runzelte sie die Stirn, um zu verbergen, dass sie plötzlich das Gefühl von Schmetterlingen im Bauch hatte. „Mensch, Rhys! Es hat mich beinahe eine Stunde gekostet bis ich sie soweit hatte, dass sie zu mir kam."

Rhys, der mit seinen 16 Jahren Melinas kleine Gestalt deutlich überragte, rollte mit den Augen. Er war einer der beiden eineiigen Zwillinge, und Melina konnte kaum glauben, dass gleich zwei solch tolle Typen mit dem gleichen honigfarbenen Haar und den hellen, grünlichen Augen die Welt unsicher machten.

„Deine Mutter hat mir aufgetragen, dir zu sagen, dass du dich nicht schmutzig machen sollst." Sein linker Mundwinkel zuckte leicht nach oben und offenbarte die Andeutung eines Grübchens. „Vermute, dafür ist es jetzt bereits zu spät!"

Melina sah an sich hinunter und entdeckte Staub auf ihrer Jeans. Mit einer Grimasse klopfte sie den Dreck ab und stöhnte: „Sie wird mich töten! Sie ist jetzt schon verrückt wegen des Kleides, das sie mir gekauft hat, weil ich es nicht anziehen will. Du hättest es sehen sollen, Rhys. Es ist getupft. Ich und *Tupfen*. Kannst du dir das vorstellen?"

„Na, komm schon, das ergibt doch Sinn. Außerdem glaube ich, dass du in einem Kleid cool aussehen würdest."

Bei den leisen, fast verschwörerisch gesprochenen Worten schnellte Melinas Kopf hoch. Er konnte doch nicht meinen, dass …

Nein, natürlich nicht. In letzter Zeit war er so distanziert, er sah sie nicht einmal an. Stattdessen schaute er auf eine Spielkarte in seinen Händen und faltete sie. Da war nichts Seltsames dabei. Rhys und sein Zwillingsbruder Max beschäftigten sich so wie ihre Eltern immer mit irgendwelchen Zaubertricks. Besonders gerne ließ Rhys Münzen verschwinden.

Manchmal wünschte Melina, er könnte ihre Schwärmerei für ihn genauso leicht verschwinden lassen, aber dann müsste sie ihm diese erst einmal gestehen. Doch das würde niemals geschehen. Sie hatte die Art Mädchen gesehen, zu denen sich er und Max hingezogen fühlten, und unscheinbare, etwas rundliche Gören brauchten sich da nicht zu bewerben.

Zumindest nannte er sie nicht „Vieräugiges Schweinchen Dick" wie es einige andere Jungen der Schule taten. Im Gegenteil, als Rhys einmal hörte, wie Scott Thompson sie so nannte, verfolgte er ihn und gab ihm eine äußerst eindringliche Warnung. Wo auch immer Melina nun auftauchte, Scott konnte nicht schnell genug von ihr wegkommen.

Während sie ihre Brille zurechtrückte, kam sie näher, um zu sehen, was Rhys gerade machte. „Ähm. Also, hast du was von Max gehört?"

Seine Hände hielten kurz inne, bevor sie wieder weitermachten. „Nur dass er das Fußballlager doch nicht so sehr hasst wie er gedacht hatte. Das dürfte aber auch mit dem Mädchenlager nebenan zusammenhängen."

Sie kicherte. „Ich wette, du würdest auch gern ins Lager fahren, wenn du die Gelegenheit dazu hättest, nicht wahr?"

„Nööh."

„Warum nicht?"

Sein Blick traf ihren. Anders als Max' Augen hatten Rhys' Augen einen leicht bernsteinfarbenen Ring um die Pupillen. Irgendwo hatte sie gelesen, dass es bei eineiigen Zwillingen äußerst selten vorkam, dass sie unterschiedliche Augenfarben hatten. Der feine Unterschied passte zu Rhys' Persönlichkeit.

Während Max fast immer sorglos und verspielt war, trug Rhys eine gewisse innere Ruhe zur Schau – als ob ein Teil seines Selbst irgendwo anders wäre, an einem Ort, wo keiner hinkommen konnte.

Er zuckte mit den Schultern. „Wir sind selten zuhause. Das weißt du."

Melina nickte. Das stimmte. Das Schwierigste daran, mit den Dalton-Zwillingen befreundet zu sein, war, dass sie eine Menge Zeit damit verbringen musste, sie zu vermissen. Wenn die Familie von Rhys nicht gerade eine neue Aufführung vorbereitete, wie gerade jetzt, verbrachten die Daltons viel Zeit mit Reisen und Auftritten. Und dennoch, obwohl Rhys und Max während der Tour von Privatlehrern unterrichtet wurden, schien es so, als hätten sie viel Spaß daran, neue Orte kennenzulernen. Melina jedenfalls beneidete die beiden um ihre Möglichkeit, mehr zu sehen als diese kleine Universitätsstadt, die sie ihr Zuhause nannte.

„Armer Junge", neckte sie ihn, während sie einen Grashalm abzupfte und verzwirlte. „Es muss schon eine Qual sein, wenn man mit seinen berühmten Eltern die Welt sehen darf!"

Er runzelte die Stirn und schüttelte dann den Kopf. „Nein, du hast ja Recht. Das ist großartig!" Er streckte ihr die Hand hin. „Hier. Um die zu ersetzen, die ich verjagt habe."

Sie ließ den Grashalm fallen und nahm die Karte entgegen. Als sie sie betrachtete, schnappte sie nach Luft. Er hatte die Karte in Form einer Eidechse gefaltet, mit einem Pik als Auge. Ein Lächeln huschte über ihr Gesicht, und sie kreischte beinahe: „ Die ist ja cool!"

Sie sah auf und freute sich, dass sein Stirnrunzeln verschwunden war. Eine Haarsträhne war ihm über die Augen gefallen, und es juckte sie in den Fingern, sie zurückzustreichen. Sie hätte nicht zweimal darüber nachgedacht, wenn es bei Max gewesen wäre, aber bei Rhys? Sie konnte es nicht riskieren, preiszugeben, wie es mit ihren Gefühlen für ihn um sie stand. Das nächste, was sie erleben würde, wäre, dass er ihren Kopf tätscheln und gar nicht mehr mit ihr reden würde, und das wäre schrecklich für sie.

Er steckte seine Hände in die Hosentaschen und zuckte nochmal mit den Schultern. „Ich hab dieses Buch aus der Bücherei…"

Eine Bewegung hinter seiner Schulter ließ sie ihre Augen aufreißen. „Max?" Sie sah Rhys an, dessen Gesichtsausdruck erstarrte. „Da ist Max!"

Sie rannte an Rhys vorbei und warf sich Max in die Arme. Der lachte und hob sie hoch, wirbelte sie herum und setzte sie wieder auf ihren Füßen ab. Auch einem Außenstehenden würden nun die Unterschiede zwischen ihm und seinem Bruder auffallen. Er war sonnengebräunter, und sein Haar reichte ihm beinahe bis auf die Schultern, so war es gewachsen. Sie schnippte es leicht durch die Luft. „Was ist das für mädchenhaftes Haar?"

Seine Augen verengten sich, und mit einem Finger strich er über ihre Nase. „Spielst du immer noch im Schmutz?"

Sie stieß seine Hand weg. „Du kommst ja früh nach Hause. Rhys erzählte, dass du viel Spaß im Lager hättest."

„Hatte ich. Aber ich wollte sehen, was Mam und Dad gerade vorbereiten. Für die Tour durch Europa wollen sie sich wirklich etwas Einzigartiges ausdenken. Und deine Eltern helfen ihnen dabei?"

„Ja, jeden Tag während der letzten Woche bastelten sie an irgendsoeinem mechanischen Ding rum."

Max grinste und legte ihr einen Arm um die Schulter. „Ist ja super. Komm, wir wollen es uns mal anschauen!"

„Okay. Aber schau erst mal, was Rhys für mich gemacht hat." Sie hob die Papiereidechse hoch und wandte sich Rhys zu. „Die ist so schön. Rhys, lass uns…"

Rhys ging an ihr vorbei, nickte seinem Bruder zu und klopfte ihm auf die Schulter. „Komm schon, Mann! Das wird dir gefallen. Es ist riesig. Ich meine…"

Während sie vor ihr hergingen, lachten sie und rempelten sich an. Melina runzelte die Stirn, beobachtete die beiden, den lockeren Umgang, den sie miteinander hatten, und zögerte. In einigen Wochen würden sie wieder auf Tour gehen, dann wäre sie mit ihren Eltern wieder allein in ihrem kleinen, ruhigen Haus, und sie alle würden ihre Nasen in Bücher stecken. Niemand würde sie Marienkäferchen nennen oder ihr Zaubertricks vorführen.

Niemand wäre da, von dem sie träumen könnte.

Was sowieso dumm war. Ihre Eltern sagten, dass Dinge in Erfüllung gingen durch Forschung und Anwendung, nicht durch Träumen. Und sie hatten eigentlich immer Recht.

Außer was Kleider mit Tupfenmuster betraf, ergänzte sie.

Mit einem Seufzer steckte sie die Papiereidechse vorsichtig in die Tasche und rappelte sich auf, um die beiden einzuholen. „Hey, Leute! Wartet!"

Kapitel Eins

Daltons Zauberregel Nr.2:
Fordere dich ständig selbst heraus!

„Hör dir das mal an!", rief Lucy Conrad und wedelte mit Melinas Zeitschrift wie mit der roten Sturmflagge. „98,9 Prozent aller Frauen wünschen sich manchmal, dass ihre Liebhaber sie einfach packen, zu Boden werfen und bis zur Bewusstlosigkeit ficken würden." Nachdem sie die Zeitschrift aufs Sofa geschleudert hatte, deutete sie mit einem Finger in Melinas Richtung, und ihr kurzes, struppiges, rotes Haar bebte ganz schön. „Du weißt, was das heißt, oder?"

„Dass Frauen sich begehrt fühlen wollen, nehme ich an?", vermutete Melina, während sie Lucy einen Becher Kirscheis von Ben § Jerry reichte, ehe sie sich in den Stuhl schräg gegenüber von ihr fallen ließ. Melina saß mit überschlagenen Beinen da, und nachdem sie ihre Brille zurechtgerückt hatte, löffelte sie selbst ihr Lieblingseis Chunky Monkey. Seit genau sieben Tagen erlaubte sie sich diesen himmlischen Genuss. Als die kalte Süßigkeit ihre Zunge berührte, schloss sie ihre Augen vor lauter Wonne. „Hmmm", schnurrte sie. „Ich liebe diese nächtlichen Mädchenzusammenkünfte!"

„Das kannst du laut sagen." Die sanfte, aber leidenschaftliche Erwiderung kam von Grace Sinclair, die auf dem Stuhl neben Melina saß. Melina hielt ihr ihren Löffel hin, und Grace tupfte mit ihrem eigenen zart dagegen. Als Staatsanwältin und Geisteswissenschaftlerin für klassische Literatur hatte sie an der Universität Karriere gemacht und strahlte Klasse sowie heitere Gelassenheit aus. Während Lucy auf Cherry Garcia – Kirscheis mit Kirschen und Zuckergussflocken – stand, liebte Grace die Crème Brulée von Ben & Jerry – süßes Eiercreme-Eis mit karamellisiertem Zucker. Blond, gertenschlank und eine Haut wie Porzellan, das war Grace, die mit einem ganz leichten Südstaatenakzent sprach. „Alles was wir jetzt noch brauchen ist ein Film mit Viggo Mortensen, und schon wäre ich halbwegs im Himmel."

„Das hast du doch bereits probiert, erinnerst du dich? Doch sogar mit Viggos Stimme im Hintergrund bist du nicht abgehoben."

Grace warf Lucy einen vorwurfsvollen Blick zu, während sie mit ihrem Löffel herumfuchtelte. „Du darfst jetzt nicht Viggo die Schuld daran geben. Ich konnte ihn kaum hören wegen all der grunzenden Geräusche, die Philip machte."

Grace rümpfte die Nase. „Ich schwöre, der Mann hatte beste Tischmanieren, aber im Bett …" Sie täuschte ein Schaudern vor.

Melina kicherte, als Lucy auf die Zeitschrift schlug, die sie zuvor gelesen hatte.

„Im Ernst ", beharrte Luca, „es bedeutet nicht, dass Frauen sich begehrt fühlen wollen. Es bedeutet, dass sie auf Fantasien bauen anstatt sich am Anfang einer Beziehung darauf zu konzentrieren, was sie wirklich wollen. Und das ist genau das, was du machst, Melina."

Seufzend zwang sich Melina zu einem Lächeln. Das Letzte, was sie jetzt wollte, war eine weitere Diskussion mit Lucy über Professor Jamie Whitcomb. Obwohl Lucy ihre Sommersprossen puderte, die sie immer noch eher wie eine ihrer Studentinnen aussehen ließen und nicht wie eine Professorin in Amt und Würden, war sie leider wie eine Bulldogge, wenn es darauf ankam, ihre Freundinnen zu beschützen – notfalls vor sich selbst. „Und worauf genau soll ich mich konzentrieren?", fragte Melina.

„Leidenschaft", feuerte Lucy zurück.

Natürlich. Leidenschaft. Lucys Lieblingswort. „Und mit Leidenschaft meinst du …"

„Reine, animalische Lust. Von der Art, die dich dazu bringt, sich gegenseitig die Kleidung vom Leib zu reißen und es an einen Baum gelehnt zu tun, wenn es sein muss. Die Art von Leidenschaft, die du für Jamie nicht empfindest."

Diese Art Leidenschaft hatte sie noch niemals für einen Mann empfunden, dachte Melina. Für keinen Mann außer für Rhys, hieß das. Aber wenn sie an Rhys dachte, machte sie das nur traurig, und traurig zu sein, während sie Ben§ Jerrys Eis aß, war einfach falsch. „Ach", stöhnte sie nur und versuchte, nicht allzu bitter zu klingen. „Du meinst die Art von gegenseitiger Leidenschaft, die zu Liebe und lebenslangem Glück führt, und die ungefähr genauso real ist wie Einhörner oder fliegende Drachen."

„Seltenheit ist nicht dasselbe wie Fantasie", rief Lucy aus. Mit rot erhitztem Gesicht stand sie auf und gestikulierte wild mit ihren Händen. „Das ist den Frauen heutzutage so beigebracht worden: Dass Leidenschaft, wahre Liebe und Freundschaft, alles auf einmal unmöglich zu haben ist. Und deshalb begnügen sie sich."

„Lucy hat schon Recht", gab Grace zu. „Leidenschaft muss ein fundamentales weibliches Bedürfnis sein. Oder warum sonst würde sich ein so hoher Prozentsatz der Frauen danach sehnen?"

„Vielleicht", sagte Melina und versuchte die Stimme der Vernunft darzustellen, „weil 98,9 Prozent der Jungs nicht der Wirf-die-Frau-auf-den-Boden-Typ sind." Automatisch bewegten sich ihre Augen zu den Fotos von Max und Rhys, die bei ihr auf dem Regal standen. Sie hatte das Gefühl, dass die beiden die Ausnahme wären, aber sie stellten nicht gerade den genauen männlichen Durchschnittstypen dar. „Frauen wollen Leidenschaft, aber wenn sie nicht in der wahren Natur des Mannes liegt, sie ihr zu geben, was hat es dann für einen Zweck, sie sich zu wünschen? Übereinstimmung. Gegenseitiger Respekt. Sogar Liebe. Das zählt."

„Und was haben die hier dann zu bedeuten?"Lucy deutete auf mehrere Bücher auf Melinas Kaffeetisch. *Freude am Sex* lag als oberstes auf dem Stapel.

Melina zuckte prosaisch die Schultern, da sie sicher war, dass Lucy die Antwort bereits wusste. „Kerle mögen Sex. Jamie ist ein Kerl. Folglich ist ein Teil davon, Jamie zu bekommen und zu behalten, ihm Sex zu geben."

Und nicht einfach irgendeine Art Sex, dachte Melina. Sondern umwerfenden, überwältigenden, kann-nicht-mehr-ohne-das-leben, werde-nie-eine-andere-Frau-ansehen-aus-Angst-du-wirst-mir-das-nie-wieder-geben Sex. Die Art Sex, von der sie offenbar nicht wusste, wie man sie bereitstellte, aber sie würde es diesmal schaffen, auch wenn es bedeuten sollte, jeden Pornofilm herunterzuladen, den sie im Internet finden konnte.

„Du magst Sex auch", wies Grace sie darauf hin. „Beziehst du diesen Umstand überhaupt in die Gleichung mit ein?"

„Natürlich. Ich habe keine Zweifel, dass Jamie mir das geben kann, was ich will."

Lucy brummte missbilligend und sah sie mit zusammengekniffenen Augen an. „Na, da bin ich aber froh, dass deine Bedürfnisse noch mit im Bild sind. Zumindest hat Brian dein sexuelles

Selbstbewusstsein nicht völlig zerstört, als er mit seiner kleinen Studentin rummachte."

Nein, dachte Melina, er hatte ihr Selbstbewusstsein schon lange zuvor zerstört. Jedes Mal wenn er andeutete, dass sie ein paar Pfund weniger auf die Waage bringen sollte. Und da war er nicht der einzige ihrer Freunde gewesen, die zu solchen Äußerungen neigten. Doch von Unsicherheiten mal abgesehen, sie wusste, dass sie gesund und relativ attraktiv war. Doch das war für einige Männer einfach nicht genug. Der Schlüssel war, den Mann zu finden, der sie so liebte, wie sie war.

Und wie sie im Bett sein sollte, das würde sie *lernen*.

„Wahre Leidenschaft hat nichts mit Technik zu tun, Melina", beharrte Lucy. „Du kannst sie dir nicht zurechtzimmern, indem du darüber liest."

Melina nickte. „Hab ich verstanden. Aber ich bin sowieso noch nie allzu leidenschaftlich gewesen. Nach Brian war ich mir sicher, dass ich mit den Männern abgeschlossen hatte. Doch dann kam Jamie auf mich zu. Er war klug und freundlich und witzig. Ich denke, ich könnte mit ihm glücklich sein." Sie hörte das Zögern in ihrer Stimme, preschte aber weiter. „Ich brauche nur eine kleine Extra-Versicherung, dass ich ihn auch glücklich machen kann."

Wutschnaubend schüttelte Lucy den Kopf. „Wenn du meinst, ob du ihn im Bett glücklich machen kannst, da gibt es keine Versicherung. Da musst du einfach den entscheidenden Sprung wagen, sozusagen."

„Nicht unbedingt", sagte Grace gedehnt. „Wie meine Mutter immer zu sagen pflegte, Übung macht den Meister, nicht wahr?"

Lucys Brauen zogen sich zusammen, während Melina ein inneres Stöhnen von sich gab. Sie bemerkte die Herausforderung hinter der gedehnten Äußerung. Als eine Frau, die sich so sehr unter Kontrolle hatte, konnte sie eine Herausforderung hinwerfen wie niemand sonst. Schlimmer noch, sie wäre die erste, die eine solche annehmen würde, wodurch Lucy und

Melina schwer unter Druck gesetzt wurden, falls sie eine solche selbst ablehnen wollten.

Melina wandte sich Grace zu, deren boshaftes Grinsen unverkennbar war. „Und mit wem, schlägst du vor, soll ich üben?", fragte sie.

Völlig synchron wanderten die Augen aller zu demselben Regal mit den Bildern. Melinas Magen zog sich zusammen, als sie ihre neueste Errungenschaft genauer betrachtete. Max und Rhys, beide sahen unglaublich gut in ihren schwarzen Anzügen aus. Dieses Bild hatte sie letztes Jahr bei der IBM Zauberer-Zusammenkunft in Las Vegas gemacht, gleich nachdem die beiden Chris Angel und Lance Burton als beste Bühnenzauberer des Jahres geschlagen hatten. Natürlich hatte auf dem Bild jeder einen Arm um seine jeweilige damalige Freundin gelegt: Max um eine groß gewachsene, langbeinige Rothaarige und Rhys um eine pralle Brünette, deren Brüste aus dem tief ausgeschnittenen Kleid beinahe herausfielen.

Melinas Blick fiel auf ihr Eis. Wenn sie nicht angefangen hätten, Implantate herzustellen, würde sie wetten, dass die Brünette niemals von Ben & Jerry gehört hätte. Plötzlich fühlte sie jeden Bissen Eis direkt auf ihre Hüften und Oberschenkel wandern und stellte die Packung weg.

„Rhys?", fragte sie zweifelnd. „Ich sagte, dass ich eine Sicherheit bräuchte, dass ich Jamie zufriedenstellen kann, und ihr wollt, dass ich kopf-voraus in eine Ziegelwand fahre. Rhys spielt in einer ganz anderen Liga als Jamie."

„Genau", erwiderte Grace. „Du willst ihn, hältst dich jedoch aus Angst von ihm fern. In einer Woche wirst du achtundzwanzig, Melina. Warum willst du nicht zwei Ängste gleichzeitig besiegen? Beweise dir selbst, dass du einen Mann wie Rhys zufriedenstellen kannst, und damit beweist du gleichermaßen, dass du auch jemanden wie Jamie zufriedenstellen kannst."

„Du bist verrückt", stieß Lucy atemlos, aber äußerst beeindruckt aus.

Grace verbeugte sich dankend für die Anerkennung.

Melina schüttelte ihren Kopf und hielt ihre Hände hoch. „Ach, hört schon auf! Ihr nehmt an, dass ich Rhys zufriedenstellen kann. Wie wahrscheinlich ist das? Ich konnte noch nicht mal Brian im Bett zufriedenstellen, und der hat nur zwei andere Frauen gehabt. Aber nach all den Frauen, die Rhys schon hatte ...“ Melina schluckte schwer, allein der Gedanke an all diese Frauen verursachte ihr Brustschmerzen von unendlichen Ausmaßen.

„Umso mehr ein Grund, ihn zu fragen. Stell dir doch nur vor, was für ein fabelhafter Lehrer er wäre!“, drängte Grace.

Aber Melina schüttelte bereits wieder den Kopf. Trotzig nahm sie ihre Eispackung wieder zur Hand und einen recht üppigen Happen zu sich. „Auf keinen Fall“, murmelte sie mit dem Löffel noch im Mund. „Rhys mag mich auch gar nicht mehr. Schon seit Monaten haben wir nicht mehr gesprochen.“

Offensichtlich war er viel zu sehr mit den Frauen des Showgirl-Typus, mit denen er oft fotografiert wurde, beschäftigt, als Zeit für eine alte Freundin zu haben. Vor langem hatte er ihr schon einmal bewiesen, dass ihm die heißeste Braut aufzureißen wichtiger war als Freundschaft. Ihr Fehler war gewesen, zu glauben, dass es eine einmalige Angelegenheit wäre. „Vergesst es einfach! Ich werde Rhys um gar nichts bitten.“

Ihr Ton duldete keinen Widerspruch, dachte sie jedenfalls. Nach ein paar Sekunden warf Lucy ihr einen Seitenblick zu. „Okay, wenn nicht Rhys, wie wär's dann mit Max?“

Melina erstickte beinahe, hustete und stieß keuchend hervor: „Max?“

„Natürlich!“, rief Grace aus, nickte und lächelte vor Vergnügen. „Er hat sogar noch mehr Erfahrung als Rhys. Und mit ihm fühlt sie sich auch komplett wohl.“

„Nicht sooo wohl“, warf Melina ein, nur um komplett ignoriert zu werden.

„Sie vertraut ihm", stimmte Lucy zu. „Und er ist ein ganz Heißer. Sie haben sich bereits einmal geküsst ..."

„Das ist fast zwölf Jahre her, und ich tat ihm Leid ..."

„Und er fliegt zu ihrem Geburtstag hierher. Er ist perfekt."

„Perfekt", ahmte Grace nach. „Dieses Gespräch über die Verbesserung sexuellen Könnens."

Melina Blick sprang zwischen ihren Freundinnen hin und her, während sie verzweifelt versuchte, einen Grund zu finden, warum mit Max zu schlafen eine schlechte Idee war.

Doch ihr fiel keiner ein.

Und dennoch wäre es demütigend, so bald klein beizugeben.

Mit zusammengekniffenen Augen fragte sie: „Und welcher Verbesserung sexuellen Könnens genau würdet ihr beide euch zuwenden während meines Crash-Kurses, wie stelle ich einen Mann zufrieden?" Sie schaute zu Grace hinüber, die angefangen hatte, eine Strähne ihres langen blonden Haares zu flechten. „Grace?"

Grace hörte zu flechten auf, biss sich auf die Lippe, zuckte die Achseln und verzog den Mund zu einem zynischen Lächeln. „Hat wohl keinen Zweck, meine größte Angst leugnen zu wollen, oder? Mein Geburtstag ist zwei Wochen nach deinem; also werde ich versuchen, den Mann zu finden, von dem ich befürchte, dass er gar nicht existiert: der Mann, der mich kommen lassen kann. Ich bin sicher, das wird wieder zu einem Wochenende voller Enttäuschungen führen, aber solang ich meinen Vibrator griffbereit habe, bin ich bereit, für die Sache zu leiden."

Obwohl Melina spürte, wie sie weich wurde, reichte sie ihrer Freundin nicht die Hand. Diese Herausforderung war ja eigentlich die Idee von Grace. Vielleicht brauchte sie diese Herausforderung mehr als Melina selbst. Seit fast einem Jahr war Grace nicht mehr ausgegangen, da sie überzeugt war, dass wenn sie mit einem Mann sowieso kein Vergnügen erlangen konnte, es zwecklos wäre, sich mit einem abzufinden. Lucy andererseits legte so viel Wert auf Vergnügen, dass sie sich mit den Schwächen eines Mannes länger abfand als es gut für sie war. Trotz des finsteren Ausdrucks auf Lucys Gesicht wandte sich Melina ihrer Freundin mit unbewegter Miene zu. Lucys Geburtstag war erst in einigen Monaten, aber es war ein runder, der Dreißigste.

„Ich sollte bei so etwas eine Freikarte bekommen", sagte Lucy. „Denn ich habe keine Angst, wenn es um Sex geht, das wisst ihr. Ich habe schon alles ausprobiert, was es auszuprobieren gibt. Es gibt also keinen Grund ..."

„Du hast Angst vor Nähe", sagte Grace sanft. „Du triffst dich nur mit üblen Kerlen, Typen, die sich niemals an dich binden wollen ..."

„Nur weil ich zufällig grenzwertige, kreative Männer mit einem leichten Schlag liebe, bedeutet das nicht, dass ich Angst vor Nähe habe", protestierte Lucy.

„Es ist nur ein Wochenende, Lucy. Ein Wochenende mit einem netten Kerl, dem du normalerweise nicht mal einen zweiten Blick gönnst", stellte Melina klar.

„Einen netten Kerl?" Lucy schaute entgeistert. „Aber sicher. Für dein Geburtstagswochenende bekommst du die Aufgabe, einen heißen Freund zu bitten, dir alles zu zeigen, was er im Bett kennt. Grace bekommt die Aussicht, dass ihr jemand zwei Tage lang so viel Vergnügen wie möglich bereitet oder er stirbt dabei, es zu versuchen. Und was bekomme ich? Einen netten Kerl, der wahrscheinlich nicht einmal ein Kondom von einem Kakadu unterscheiden kann." Sie hob eine Hand, um Melinas Antwort zuvorzukommen. „Aber gut. Wenn ihr beiden das könnt, dann kann ich das auch."

Lucy hielt kurz inne und lächelte süß, was bei ihr eigentlich einem großen, hell aufleuchtenden Schild mit der Aufschrift „Gefahr" gleichkam. „Ich nenne die Bedingungen. Jede, die ihren Plan umsetzt und ihn das gesamte Wochenende über durchzieht, ungeachtet der Folgen, bekommt einen ganzen Tag das volle Verwöhn-Programm im besten Wellness-Tempel der Stadt. Jede, die das Vorhaben abbricht, muss vor den Studenten meines

Kurses 101 Rede und Antwort stehen. Und in allen Einzelheiten erklären warum."

Lucy streckte die Hand mit der Handfläche nach unten aus. Nach kurzem Zögern legte Grace ihre Hand sanft oben drauf. Melinas Hände waren zu Fäusten geballt. Ihr Blick landete auf der Zeitschrift, die Lucy gelesen hatte, die mit der Sex-Umfrage, die sie selbst vorher gelesen hatte. Einen Absatz hatte sie im Gedächtnis behalten. „Von allen Menschen, die mit ihrem Sexleben sehr zufrieden waren, waren neunzig Prozent auch mit ihrem Eheleben oder ihrer Partnerschaft sehr zufrieden. Je weniger sexuell zufrieden die Menschen waren, desto weniger waren sie auch mit ihrem Eheleben oder ihrer Beziehung zufrieden."

Das klang so einfach, dachte sie. Sorge dafür, dass dein Mann zufrieden ist, und er wird wahrscheinlich weniger fremdgehen, nicht wahr? Gib deinem Mann im Bett ständig das, wodurch bei ihm die Sicherung durchbrennt, und er wird ein Leben lang der Deine bleiben. In diesem Fall waren die Männer nicht recht viel anders als die Insekten, die Melina studierte: Gib ihnen was sie brauchen, und sie geben dir alles zurück.

Mit Max als ihrem Lehrer würde sie lernen, einen Mann sexuell zu befriedigen. Und sie war eine ausgezeichnete Schülerin. Sie hatte nur niemals ihr Augenmerk auf diese besondere Fertigkeit gelegt. Doch wenn sie das einmal tat, wie schwierig konnte das schon sein?

Zitternd legte sie ihre Hand auf die von Grace.

Sie würde Rhys niemals bekommen. Vielleicht war es die nächstbeste Sache, mit Max zusammen zu sein. Doch eines war klar. Durch die Bedingungen, die Lucy gesetzt hatte, würde sich keine von ihnen vor dieser Herausforderung drücken.

„Also wann fährst du nach Sacramento?", rief Rhys Max zu. Er versuchte, unbekümmert zu klingen, während er seine Aufmerksamkeit darauf konzentrierte, Lauras geschmeidiges, feminines Bein anzuheben und ihr Fußgelenk in die lederne Fessel zu legen. Er weigerte sich, Max anzuschauen, sondern zog lieber das Leder strenger, um sicherzustellen, dass die Fessel auch gut hielt. Dann wiederholte er das mit Lauras anderem Bein und beendete das Ganze mit einem verspielten Knurren, das sie veranlasste zu kichern.

Zufrieden, dass sie nun vollständig gefesselt war, spielte er seine Rolle weiter, indem er geistesabwesend mit seinen Fingerspitzen sanft an der Innenseite ihrer geschwungenen Wade entlangstrich, hinauf zu ihrem weichen, blassen Oberschenkel, von dort die Reise fortsetzte über eine wohl proportionierte Hüfte, eine schmale Taille, üppige Brüste und einen nach oben ausgestreckten Arm, bis er an der einen Fessel angekommen war, die ihre beiden zarten Handgelenke zusammenband. Max hatte noch nicht geantwortet.

Mit gespreizten Beinen stand er direkt vor Laura und berührte mit seiner Brust ganz leicht ihre herrlichen Brüste, drehte sich aber um, um seinen Bruder anzuschauen. „Max?"

Sein Bruder beachtete ihn nicht. Stattdessen starrte er mit zusammengezogenen Brauen auf den Boden. Rhys seufzte, öffnete das Lederband, das an einer Vorrichtung an einer Kette hing, und lächelte Laura an. „Gibst du mir eine Sekunde?"

Sie kaute weiter Kaugummi und winkte ab. „Ich gehe nirgendwohin."

Rhys bewunderte die Rauheit ihrer Stimme. Obwohl sie ein bescheidenes Leopardentrikot anhatte und nicht das knappe, mit Ziergoldmünzen besetzte Artistenkostüm, das sie sonst während einer Aufführung trug, war alles an ihr, von ihrer Stimme bis zu ihren pedikürten Zehen ein wandelnder feuchter Traum. Es war auch nicht unbedingt eine einstudierte Nummer. Auch wenn sie ihrem Sohn im Teenager-Alter verkündete, er solle seine Hausaufgaben machen, schaffte sie es, wie eine

Person zu klingen, die Telefonsex anbot. Während Rhys zu Max hinüberging, der an der linksseitigen Bühnenwand lehnte, ließ er seine Schultern kreisen und versuchte, seine Ungeduld zu unterdrücken.

Es zeigte sich, dass genau dann, wenn ihr Traum in Reichweite war, Max in seine grüblerischen Launen verfiel. Normalerweise konnte Rhys Max' Launen tolerieren und kompensieren, so wie Max es auch bei ihm tat, aber durch die ständigen Proben verbunden mit der Zeit, die er damit verbrachte, den neuesten Bühnentrick der Dalton-Brüder zu verfeinern und zu perfektionieren, dem spektakulärsten, den es jemals gab, war er mit seiner Geduld am Ende. Die Show nächste Woche musste reibungslos klappen. Sollte man zu all diesem Stress noch die Tatsache hinzufügen, dass Melinas Geburtstag vor der Tür stand? Erschöpft war der Ausdruck, der nicht einmal ansatzweise beschrieb, wie er sich fühlte.

„Max? Max!"

Max blinzelte und straffte die Schultern; dann kehrte sein in die Ferne gerichteter Blick zu Rhys und Laura zurück, die noch immer in dem nach Maß angefertigten Apparat hinter ihm hing. Mit einer Hand fuhr er durch sein bereits recht zerzaustes Haar und zielte mit seinem Kinn ruckartig in Rhys' Richtung. „Brauchst du mich, um diese Fesseln jetzt auszuprobieren?"

Rhys lächelte dünn. „Ich bin sicher, Laura kann solange warten bis ihre Hände taub werden, wenn du noch ein paar Minuten länger im Traumland verweilen willst."

Kopfschüttelnd ging Max zu Laura hinüber. „Entschuldige, Schätzchen. Aber ich habe gerade nachgedacht."

Hinter ihm schnaubte Rhys: „Ich dachte, wir wären überein gekommen, dass bis wir den Vertrag mit SEVEN SEAS unter Dach und Fach haben, du das Denken mir überlässt, während du dich darauf konzentrierst, deine Muskeln zu stählen und mit deinem Hintern ins Publikum zu wackeln."

„Was würde es schon ausmachen, ob es mein oder dein

Hintern wäre? Das Publikum würde wohl kaum den Unterschied bemerken."

Rhys ließ den Kopf hängen. Wo Max Recht hatte, hatte er Recht. All das Mysteriöse um die Zaubershow der Dalton-Zwillinge beruhte darauf, dass das Publikum wusste, dass der Zauberer, der an diesem Abend auftrat, ein eineiiger Zwilling war; es wusste nur nicht welcher, bis zum Ende der Show. Das Problem war, dass er immer zufriedener damit war, Max den Darsteller sein zu lassen, damit er das tun konnte, was er am liebsten machte: sich darauf zu konzentrieren, die Nummer einzustudieren und sich neue Zaubertricks auszudenken. Er müsste die Anzahl seiner eigenen Nummern stufenweise erhöhen oder er würde Gefahr laufen, die Kunst des Rätselhaften und Geheimnisvollen vollständig zu verlieren. Außerdem, wenn sie einmal das Geheimnis ihres neuen Tricks gelüftet hätten, würde Rhys für ganz schön lange Zeit keine Atempause bekommen. Die SCHWEBENDE VERWANDLUNG würde nur so lange spektakulär sein, wie das Publikum beide Dalton-Zwillinge gleichzeitig auf der Bühne sah.

Nachdem Max so an den Fesseln gezerrt hatte wie es ein Freiwilliger aus dem Publikum tun würde, nickte er Lou, einer Assistentin hinter der Bühne, zu. Als Lou begann die Fesseln zu lockern, tätschelte Max geistesabwesend Lauras Hüfte. Als Antwort hauchte Laura einen Kuss durch die Luft in Max' Richtung.

Laura und Lou verließen die Bühne, aber nicht bevor Laura Max einen verführerischen Blick zugeworfen hatte. Plötzlich bekam die Tatsache, dass die beiden mit unordentlichem, verschwitztem Haar eine halbe Stunde zu spät zum Proben gekommen waren und ausgesehen hatten, als hätten sie kaum geschlafen, eine ganz neue Bedeutung. Rhys funkelte seinen Bruder finster an. „Jesus, Max, du konntest einfach nicht deine Hände von ihr lassen, oder? Nicht einmal ein paar Wochen lang?"

Max zuckte die Schultern und hielt seine Handflächen vor sich ausgestreckt in einer Geste, die besagte: „Und wenn schon?"

„Was ist, wenn du sie vertreibst und sie an einem Showabend einfach geht? Versuchst du immer alles zu vermasseln, wofür wir gearbeitet haben?"

„Du gibst Laura nicht genug Vertrauensvorschuss. Sie ist ein großes Mädchen. Letzte Nacht war Spaß, aber sie hängt immer noch an ihrem Ex-Mann. An diesem Wochenende fährt sie hin, um ihn zu sehen. Und natürlich auch ihren Sohn!"

„Das ist nicht der Punkt", gab Rhys bissig zurück. „Seit wir Joey Salvador schnappten, als er hinter die Bühne schleichen wollte, musste ich den Sicherheitsdienst verdoppeln. SEVEN SEAS besteht darauf, dass wir ihnen ein siebenstufiges Sicherheitskonzept für die abendlichen Familienvorstellungen vorlegen. Und vergessen wir mal nicht, dass ich nach der Show heute Abend alles gepackt haben und allein nach Reno bringen lassen muss, während du fürs Wochenende nach Kalifornien jettest. Alles ist schon verrückt genug um uns herum, ohne dass ich mich noch um dein Sexleben kümmern muss."

Grimmig dreinblickend öffnete Max den Mund, um zu antworten, aber eine Stimme hinter den Kulissen unterbrach ihn. Es war ihr Vater. „Hey Jungs, eure Mutter trifft gerade der Schlag. Jillian besteht darauf, dass wir die Nummer für SEVEN SEAS unbedingt noch etwas aufpeppen müssen und die schwarzen Krawatten und schärpenartigen Rundbundgürtel mit etwas ersetzen müssen, das zum Outfit der Mädchen passt. Ich glaube, sie wollen es gerade ausraufen. Kommt schnell!"

Für einen Moment vergaß Rhys, warum er so verärgert war, und schaute Max an. Er war sicher, dass sich auf seinem Gesicht der gleiche Schrecken widerspiegelte wie auf Max'. Ihre Bühnenassistentinnen trugen glitzernde, münzenbesetzte Kostüme, deren Farben von rosée bis fuchsienrot variierten. Egal wie Jillian es nennen würde, für Rhys war es immer noch pink.

Max fluchte. „Bist du fertig damit, mich herunterzumachen?

Denn ich, für meinen Teil, will nicht auf die Bühne gehen und wie ein Homo aussehen."

Rhys wischte sich mit der Hand übers Gesicht, bevor er den Kopf schüttelte. Um was ging's eigentlich? Max war einfach nur Max. Es war nicht seine Schuld, dass er, Rhys, die Sache so eng sah. Nicht wirklich. „Scheiße. Vergiss es! Ich bin bloß müde. Ich werde gehen und mit Jillian verhandeln." Er hielt inne und murmelte dann: „Richte Melina alles Gute zum Geburtstag von mir aus!"

Rhys war nicht mehr als vier Stufen hinaufgespurtet, ehe Max ihn mit einer Hand auf seine Schulter schlug und ihn eine Stufe zurückzerrte. „Warum sagst du ihr das nicht selbst? Ich weiß, dass ich in letzter Zeit meinen Anteil nicht so recht geschultert habe. Ich werde bleiben. Du kannst mein Ticket haben und Melina überraschen." Max grinste. „Schau mal, ob sie diesmal den Tausch bemerkt!"

Rhys brachte ein Lächeln zustande. Als sie jünger waren, hatten er und Max die gleichen dummen Streiche mit Melina gespielt, die sie mit jedem anderen auch gespielt hatten. Abwechselnd hatten sie vorgegeben, der andere Zwilling zu sein, um ihre Opfer dazu zu bringen, etwas Abfälliges über den jeweils anderen zu sagen. Melina war die einzige, die sie niemals hereinlegen konnten. Nicht einmal. Sie hatte die unheimliche Fähigkeit, sie auseinanderzuhalten, sogar aus der Entfernung. Das war eines der Dinge, warum er sich von ihr besonders angezogen gefühlt hatte.

Und das war auch der Grund, warum er sich nicht selbst einreden konnte, dass sie, als er sah, wie sie Max an ihrem sechzehnten Geburtstag küsste, eigentlich ihn hatte küssen wollen.

Bei der Erinnerung daran verschwand sein Lächeln. Über lange Jahre hinweg hatte sich dieser Kuss störend auf zwei Freundschaften ausgewirkt: auf seine Freundschaft mit Melina und auf seine Freundschaft mit seinem Bruder. Anscheinend war der Kuss zwischen Max und Melina eine einmalige Angelegenheit, dennoch hatte er das Unbehagen noch gesteigert, wenn sie alle zusammen waren. Dieses Unbehagen hatte er fast zehn Jahre lang bekämpft, indem er versuchte, Melinas Freund zu bleiben. Doch alles was es bewirkt hatte, war, dass es für ihn unmöglich geworden war, über sie hinwegzukommen.

Dennoch hatte sein Plan funktioniert. Indem er ihren Kontakt während der letzten zwei Jahre auf ein Minimum beschränkt hatte, fing er endlich an, sie weniger zu vermissen. Zum Teufel nochmal! Er konnte jetzt Stunden, sogar Tage verbringen, ohne an sie denken zu müssen, und nun lag sein Augenmerk einzig und allein darauf, worauf es auch wirklich liegen sollte: auf seiner Familie, ihrer Aufführung und dem Sicherstellen eines andauernden Erfolges von beidem.

Max rempelte ihn an. „Mein Ticket ist in der Garderobe. Wenn du jetzt packst, kannst du gleich nach der Show abhauen und ...“

Doch Rhys schüttelte den Kopf und konnte seinem Bruder nicht ganz in die Augen schauen. „Ich kann nicht“, brachte er heraus. „Es gibt zu viel zu tun.“

„Was gibt's zu tun? Die Crew kann auch ohne uns alles zusammenpacken. Die GEBRÜDER SALVADOR würden es nicht wagen, hier nochmal aufzutauchen. Und was diese lächerliche Anfrage von SEVEN SEAS wegen der Kindervorstellung betrifft, kann man das noch rausschieben ...“

Rhys zog seine Augenbrauen energisch in die Höhe, wodurch Max' Worte abgewürgt wurden. Dann zog er eine Grimasse. „Zu viel?“

„Naja, ein wenig.“

„Ich kann es abmildern. Ich weiß, dass Melina dich gerne sehen würde ...“

„Nein“, sagte Rhys und schüttelte wieder den Kopf. „Du bist derjenige, mit dem sie sich wohler fühlt. Hat sie immer.“

„Ach Quatsch, Rhys, sie ist kein Kind mehr. Und sie war schon seit Jahren immer in dich verknallt.“

Rhys zuckte zurück, als ob sein Bruder ihn weggestoßen und geschlagen hätte. Sofort verengte er seine Augen zu Schlitzen, um ihn zu warnen: „Ich bin nicht der Ersatz für dich oder sonst jemanden, Max. Und das werde ich auch niemals sein."

Sein Bruder errötete schuldbewusst. „Es war ein Kuss, und den hat sie nicht einmal initiiert …"

„Jaja, das hast du mir erzählt, aber jetzt reden wir über alte Geschichten. Ich bin schon seit langer Zeit über sie hinweg." Die beiden, Spiegelbilder, starrten sich gegenseitig an, und diesmal errötete Rhys. Da er nicht mit seiner eigenen Unehrlichkeit konfrontiert werden wollte, starrte er auf den Bühnenfußboden.

„Wann hast du dich in einen Lügner verwandelt?", fragte Max ruhig. „Und was noch wichtiger ist, wann hast du angefangen zu glauben, ich wäre ein Idiot? Wir arbeiten zusammen. Wir sind Brüder. Glaubst du nicht, dass ich dich lesen kann?"

Rhys Gesicht schnellte nach oben. „Klar, nun, vielleicht ist genau das das Problem!"

„Jetzt haben wir ein Problem?"

„Du denkst, du kennst mich, aber das stimmt nicht. Genauso wie du Melina nicht wirklich kennst. Wenn du sie kennen würdest, hätten wir jetzt nicht diese Unterhaltung. Selbst wenn sie mich tatsächlich mehr wollen würde als dich als Ersatzmann, kann ich ihr das, was sie will, nicht geben, genauso wenig wie du."

„Sprich mal Klartext!" Sein Blick fiel auf Rhys' Lendengegend. „Ist was passiert, wovon ich nichts weiß?"

„Arschloch", knirschte Rhys. Er holte aus und schlug Max mit etwas mehr Härte als nötig auf die Schulter. „Ich spreche über Stabilität. Wurzeln."

Sein Bruder rieb sich die Stelle, an der er ihn getroffen hatte. „Autsch."

„Ja. Autsch. Du weißt, sie ist bestes Muttermaterial. Sie hat einen Job, den sie liebt. Sie möchte einen weißen Gartenzaun und zwei-Komma-zwei Kinder. Das kann ich ihr nicht geben."

„Vielleicht weiß sie nicht, was sie will. Vielleicht will sie reisen. Auf Tour zu gehen könnte ein Abenteuer sein."

„Sie konnte reisen, doch sie zog es vor, es nicht zu tun. Nicht einmal mit ihren Eltern. Selbst wenn sie es in Erwägung ziehen würde, wäre es nichts Langfristiges. Glaubst du wirklich, sie würde das ihren Kindern antun? Die Kindheit, die wir hatten, Max …" Er hob seine Arme und umfasste das gesamte Theater in einer großen Bewegung. „Das Leben, das wir *hier* führen, ist unkonventionell. Es ist nicht das, was die meisten Leute wollen."

„Das klingt so, als ob es vielleicht nicht mehr das ist, was du willst. Ist es das?"

Unbehagen drang in seinen Verstand ein. Er konnte es spüren. Sie waren gerade dabei, ganz groß rauszukommen – wirklich groß – und er war diesen Lebensstil gewöhnt. Kann sein, dass er mal was anderes gewollt hatte, aber das war ein seltener das-Gras-auf-der-anderen-Seite-ist-grüner Moment gewesen. „Machst du Scherze? Ich habe das Reisen nie so sehr gemocht wie du, aber wenn wir diesen Vertrag mit SEVEN SEAS jetzt an Land ziehen, dann haben wir zumindest unser eigenes Theater. Wir müssten nicht mehr alle zwei Wochen von einem Ort zum anderen ziehen. Wir sind an der Spitze angelangt. Das hast du doch immer gewollt."

„Du meinst wir."

„Was?"

Max starrte ihn an. „Du meinst, das ist das, was wir immer gewollt haben."

„Klar. Du. Mam und Dad. Ich. Wir. Das hab ich gemeint."

„Aha."

„Hey Jungs!" Ihr Vater streckte den Kopf um die Ecke, und sein spärliches Haar stand ihm in Büscheln zu allen Seiten ab, als hätte er daran gezogen. „Letzte Warnung! Ich bin ja nicht derjenige, der in Goldmünzen auf die Bühne muss!"

„Ich komme, Dad." Kopfschüttelnd begann Rhys rückwärts zu gehen. „Schau, ich weiß nicht, wie wir auf dieses lächerliche

Thema gestoßen sind. Melina und ich sind Freunde. Ich bin glücklich mit der Vorführung. Alles ist cool." Dann drehte er sich um, damit er den Zweifel auf dem Gesicht seines Bruders nicht länger mit anschauen musste, und ging hinter die Kulissen. Über die Schulter rief er: „Führ sie aus! Lass sie sich als was Besonderes fühlen! Und sag ihr, dass ich sie besuchen komme … naja, irgendwann mal besuchen komme."

Rhys zwang sich, weiterzugehen, obwohl eine leise Stimme in seinem Kopf schrie, dass er ein Feigling sei. Zum Teufel, er war kein Feigling, er war nur realistisch.

Er hatte sein Leben und Melina hatte ihres. Außerdem hatte er Max die Wahrheit gesagt: Ihre Ziele waren so weit auseinander, dass sie genauso gut an den zwei entgegengesetzten Enden der Welt hätten leben können. Dennoch dachte er mit einem Seufzer, nachdem er die Tür zum Garderobenraum geöffnet hatte, war er durch Max' Angebot stärker in Versuchung geraten als er es eigentlich sollte. Vor allem weil er gewollt hätte, dass Melina ihn für Max halten sollte.

Nur einmal wäre er von Melina gerne so begrüßt worden wie sie Max immer begrüßte. Mit offenen Armen und einem offenen Lächeln statt mit einer freundlichen, aber reservierten Distanziertheit, die ihn immer so zurückließ, dass er mehr wollte.

*Lesen Sie jetzt Mit dem falschen Bruder im Bett (Mit den Junggesellen, Band 1)

BÜCHER VON VIRNA DEPAUL

‚MIT DEN JUNGGESELLEN IM BETT‘
  Band 1: Mit dem falschen Bruder im Bett (Rhys)
  Band 2: Mit dem schlimmen Zwilling im Bett (Max)
  Band 3: Mit dem Milliardär im Bett (Jamie)
  Band 4: Mit dem besten Freund im Bett (Ryan)
  Band 5: Mit dem Biker im Bett (Cole)
  Band 6: Mit dem Bodyguard im Bett (Luke)
  Band 7: Mit dem Trauzeugen im Bett (Gabe)
  Band 8: Mit dem Boss im Bett (Eric)
  Band 9: Mit dem Vater des Babys im Bett (Dante)
  Band 10: Mit dem Schein-Boyfriend im Bett (Gio)
  *Hochzeit mit dem Bad Boy: Eine Novelle (Max)

KISS TALENTAGENTUR
  Band 1: Kiss mich um den Verstand (Hunter)
  Band 2: Küss mich die ganze Nacht (Lee)
  Band 3: Küss mich, du sexy Typ (Caleb)
  Band 4: Halt den Mund und küss mich (Simon)
  Band 5: Küss mich besinnungslos (Declan)
  Band 6: Küss mich für immer (Bastian)

LIEBE AM SPIELFELDRAND
Band 1: Gelbe Karte für die Liebe (Heath)
Band 2: Blaues Blut und tiefe Pässe (Kyle)
Band 3: Ganz tief drin (Alec)
Band 4: Wildes Sehnen (Gabe)

ÄRZTE ZUM VERLIEBEN
Band 1: Dr. med. Bad Boy
Band 2: Dr. Hottie

HART WIE STAHL
Band 1: Harte Zeiten für Schwere Jungs
Band 2: Harte Fälle für Toughe Anwälte
Band 3: Harte Entscheidungen, Sanfte Liebe
Band 4: Harte Jungs - Zwischen Hammer und Amboss
Band 5: Harte Schale, Weicher Kern

ROCK'N'ROLL CANDY
Band 1: Stark wie Rock'n'Roll
Band 2: Crazy wie Rock'n'Roll
Band 3: Wild wie Rock'n'Roll
Band 4: Frei wie Rock'n'Roll
Band 5: Sexy wie Rock'n'Roll
Band 6: Süß wie Rock'n'Roll

HEIMKEHR NACH GREEN VALLEY
Band 1: Wozu Liebe in der Age ist
Band 2: Wohin die Lie be führt
Band 3: Ich will Dich Lieben
Band 4: Das Beste meiner Lieben
Band 5: Denn du liebst mich
Band 6: So verliebt

SPECIAL INVESTIGATIONS GROUP

Band 1: Töne des Verlangens
Band 2: Töne der Versuchung

GLÜHEND HEIßE COPS REIHE
Band 1: Guter Cop/böses Mädchen
Band 2: Diesmal für immer
Band 3: Träumen (wieder) erlaubt

PARA OPS SERIE
Band 1: Knox — Blutsbande
Band 2: Wraith — Schicksalsbande
Band 3: Dex — Ausgestoßen

STANDALONE

WALL STREET ROMEO

NAGELPROFIS

ABENTEUER SEX(T)

EIN BILD VON EINEM MANN

SEAL – EIN LEBEN LANG

DER COWBOY, DER MICH LIEBT

VERRÜCKT NACH DEM VERKEHRTEN KERL

Erlösung für einen Vampir

Nacktfotos senden/ löschen

ÜBER DIE AUTORIN

Virna DePaul ist eine *New York Times* Bestsellerautorin und steht auch auf der Bestselling-Liste von *USA Today* für erregende, spannungsvolle Erzählliteratur. Ob es um Vampire, eine Spezialeinheit für paranormale Phänomene, heiße Polizisten oder umwerfende identische Zwillingsbrüder geht, ihre fiktiven Geschichten handeln immer von komplexen Individuen, die gewillt sind, auch die unglaublichsten Schwierigkeiten zu überwinden, um der Liebe den Weg zu bahnen.

Um weitere Informationen zu erhalten und den kostenlosen Newsletter zu abonnieren, besuchen Sie mich bitte auf: www.virnadepaul.com

Website: www.virnadepaul.com
   Facebook: www.facebook.com/booksthatrock
   Twitter: twitter.com/virnadepaul